故事里的家风

黄刚桥 ◎ 著

中国文史出版社

图书在版编目（CIP）数据

故事里的家风 / 黄刚桥著 . 北京：中国文史出

版社，2024. 7. -- ISBN 978-7-5205-4719-2

Ⅰ . I25

中国国家版本馆 CIP 数据核字第 20241T5N07 号

责任编辑：张春霞

出版发行：中国文史出版社

社　　址：北京市海淀区西八里庄路 69 号院　邮编：100142

电　　话：010-81136606　81136602　81136603（发行部）

传　　真：010-81136655

印　　装：北京科信印刷有限公司

经　　销：全国新华书店

开　　本：787mm×1092mm　1/16

印　　张：19.5

字　　数：207 千字

版　　次：2024 年 10 月第 1 版

印　　次：2024 年 10 月第 1 次印刷

定　　价：66.00 元

序
寻找家的精神长相

家是最能塑造"精神长相"的地方，这是我通读作家黄刚桥新作——散文集《故事里的家风》后的切身感受。

黄刚桥是我隔着年代的战友，我比他早入伍十几年，我们有许多相似的经历，都当过兵，都在新闻战线工作过，都有共同的文学梦想。后来，黄刚桥通过个人努力被组织选拔到纪检监察机关工作，我则到了宣传部门工作，同在一栋楼办公，可以说我们的直线距离更近了，但我们各自有不同的工作，而且都比较忙，所以见面的机会并不多，但我一直在悄悄地关注他的微信朋友圈，他发在圈里的文学作品我基本都看过。我知道，刚桥爱写、能写、会写，经常在报刊上看到他的文章，前不久，刚桥来到我家，说要出版一本散文集，全部是写家风故事的，而且每一篇文章都在中国作家网登载过。在我的书房，他拿出厚厚一摞书稿，我看了看页码——300多页，知道大约有20万字，我觉得有点突然，但也非常高兴。说突然，是没想到他的作品创作如此之快、如此之多，足见他的勤奋；说高兴，是看到他的笔耕不辍，终于收获硕果。

刚桥战友性格比较内向，在我的催问下他才说出此行目的是想让我这个老战友、老大哥给他的新作写序。面对战友信任，我实在想不出推辞的理由，不管写得好不好，我会用心为他的新作加油！接下来的半个月时间里，我把刚桥送来的书稿认真读了一遍，确实写得不错，感人肺腑，令人回味。《故事里的家风》可以概括为家庭之美、家教之光、家风之行三个部分，从三个不同维度讲述了随州本土最美家风故事，每个故事从他笔下流泻而出，给人一种温暖的力量！

家庭之美，美在何处？家庭是每个人的容身安居之处，也是温暖力量之源。但一个家最好的模样，无关房子外在的装潢与修饰，其内在的精神长相，才是一个家庭最旺的风水、最佳的运道。刚桥讲述的很多家庭故事给我留下了深刻的印象。如《白云的光芒》写出了为爱坚守的平凡之美；《一条鱼的"余味"》写出了家庭教育的成长之美；《细微的爱》写出了家庭恩情的幸福之美；《缓慢的"奔跑"》写出了追求幸福的心灵之美……家庭之美，其实美在灵魂。刚桥讲述的每个家庭故事都是有血有肉的，读后我最直观的感受就是：一个家庭最大的幸福其实就在于家人闲坐、灯火可亲；就在于一家人心往一处想、劲往一处使！

家教之光，光在何处？人一落地是一张白纸，先由家庭教育来定底色，因此家庭教育就是家庭的光芒。散文《幸福的老兵》讲述的是抗战老兵李明海家庭的幸福之光；《孝路有多远》讲述的是公路孝女王何林家庭的大爱之光；《父爱有痕》讲述的是纪检干部李楠君的家风传承之光……刚桥很善于捕捉平凡小人物身上的家教故事，每一篇文章都不是为了简单的叙事或抒情，更不是端着姿态用俯视的悲悯和猎奇的夸张心态去描写家庭人物的家教故事。刚桥讲述的家教故事传递的是家庭教育成风化人的点点亮光，这亮光是生活的解药，是家庭的良药。这亮光是每个家庭成员挂在脸上的微笑、挂在嘴边的关心、放在心里的规矩、刻在骨子的教养、藏在脑中的学识，也是每个家庭的"幸福密码"。

家风之行，行在何处？家风是一个家庭的精神内核，也是一个社会的价值缩影。家庭和睦、家教良好、家风端正，子女才能健康成长，社会才能健康发展。家风对我们每一个人的影响，深刻到无法替代。黄刚桥在《闪亮的微光》里写了这样两句话："被人需要是一种幸福，帮助别人是更大的幸福。"他还在《一个老好人》中写道："其实真正的老好人是内心盛满阳光的人，'温暖'才是老好人的代名词。"黄刚桥跳出家风写家风，写出了良好家风对社会的影响，对他人的影响，或者我们可以说这是行走的家风。走进家风看家风，从刚桥讲述家风的故事里，我得出这样一个深刻的哲理——任家门外的世界再纷繁杂乱，我们依旧可以谨守本心，不忘初心，走在变好的路上。

因为爱家而写家，因为爱家乡而写家乡。黄刚桥很优秀，他曾经获得过随州市孝老爱亲道德模范，他本身就是好家风的传承者。作为本土作家，他觉得好家风是一种责任文化，于是用他手中的笔继续传承最美家风，体现出一个文化人的责任担当。闲聊中，我得知黄刚桥所采写的每个家风故事都是他利用业余时间完成的，前前后后花了整整一年的时间，这种顽强执着的文学创作精神值得我学习，在此深表敬意！

为家代言，为情书写。总之一句话，黄刚桥的这本家风文集值得一读，但愿读者们能故事里的家风中获取家的精神"营养"，找到家的精神"长相"，提升家的精神"颜值"，共建美好精神家园！

此序，与君共勉！

（湖北省随州市作家协会主席　蔡秀词）

目录

第二辑

家教是一生的底色

第三辑

家风不语，润物无声

家庭之美，
美在灵魂

家就一个字

温暖了一辈子

家很小

只能装进一间房

家很大

能装下所有的爱

岁月深处的家风

那天早上，随城黄龙社区小巷内依然被厚厚的积雪覆盖着，社区干部还没上班，我来到社区居委会约定采访社区书记叶娇枝，可能因为来早了些，或许她正在专心清扫积雪，丝毫没有觉察我的脚步声，只见她挥动着铁锹动作麻利地铲着雪，那身红色的羽绒服在雪地的映射下格外鲜艳，像是跳动的火焰。大概过了一刻钟，她就把一条在白雪里"走丢"的道路领回了家。

我断定眼前的叶娇枝是个外强中干的女人，我正在想着一会儿怎样采访她时，她放下铁锹，突然走到我的跟前，开门见山地介绍自己："黄主任好，我叫叶娇枝，不好意思，刚才只顾着铲雪，没看见你哈，莫要见怪。""哪里哪里，早就听说了你的家风故事，今天是专门来向你学习的……"几句闲聊后，我来到了她的办公室，开始了今天的采访。

窗外依然飘着零星的雪花，我的思绪随着她讲述的家风故事回到了 20 世纪 70 年代。叶娇枝回忆，小的时候，她见过最多的外乡人是到村子里走街串巷的手艺人，虽然村庄不大，但村连着村，人烟稠密，对转乡手艺人的需求很大。转乡的手艺人进村不仅对大人是一件重要的事情，对于村里的孩子们来说，更是一件欢欣和高兴的趣事。手艺人进村了，有的悠长地喊着"拿破烂鞋来换针换线哦——"，有的喊着"磨剪子来戗菜刀——"，有的喊着"弹棉花打套哦——"……那吆喝声抑扬顿挫，很有味道。村子不大，吆喝声轻松地就越过整个村庄，直到现在，那声音和调子叶娇枝还能学得来。"修缸补缸喽！修洋瓷盆喽——"那时候家家户户都有水缸、米缸，当时缸相对来说较为粗陋，使用起来容易损坏。中国人历来有惜物的传统，又限于当时的经济条件，用破、碎裂的缸大多舍不得丢弃，于是就出现了修缸这门手艺。

在旧时，修缸也是三百六十行之一。这行业发不了大财，只能是混口饭吃。叶娇枝说，做这行当的人成本不高，全凭手艺。只要几支钨钢的冲头，一两把小铁锤，几斤生铁末子和半斤盐巴就成了。那时叶娇枝居住在随南偏僻的小山村，一个村子上千人没有几个会修缸的，所以外来的师傅嗅到了商机，纷纷来到村里转乡。"哦，转乡是个老俗谚，意思是说过去的手艺人流动着做生意。"叶娇枝连忙向我解释说，过去民间工匠很多，比如，剃头、皮匠、鞋匠、金银匠、木匠、染匠、弹棉花等，名目繁多，花样百出，总之老百姓生活中需要什么，就有什么样的手艺人。

对于当地的转乡人而言，外乡的转乡人生活艰难多了，他们常年出门在外，遇到最大的难题就是吃饭和住宿。当时，叶娇枝的家庭在村里条件相对较好，她的父亲是乡村教师，母亲是村里妇联干部。叶娇枝清晰地记得，当时热心的父母经常救济外乡手艺人，其中记忆最深刻的是四川修缸的和陕西绣花的手艺人，他们一般是在春暖花开的季节赶来做生意，大雁南飞时节再赶回老家，这些手艺人一般结队过来，领队的师傅带两三个徒弟，吃住全部在她的家里。父亲对手艺人非常尊敬，也很热情，家里有好吃的，首先想到的是外乡手艺人，生产队分下来的猪肉，父亲总要留着手艺人来了才吃，似乎有手艺人的日子才像过年。有时，这些手艺人家里遇到灾年或生活困难，父亲免收手艺人的伙食费，这让手艺人感到家的温暖，直到后来这些手艺人被时代发展的洪流所淘汰，父亲还和这些手艺人保持着联系，就在前几年，这些手艺人还在心里念着父亲的好，不远千里来到随南小村感谢父亲当年的救济之恩。父亲也是重情重义的人，即使年过八旬还经常念叨这些手艺人，恨不得坐车过去见见他们，和他们唠唠家常，遗憾的是身体实在不允许。

多年的情感积淀怎样才能抒发出来呢？她的父亲在几年前经受大病之后，深感时日不多，于是带病拿起笔墨，用心用情记录自己与手艺人的点滴故事。

在一代代的手艺人中，最让她的父亲念念不忘的是两位来自河南的照相师傅，一个姓张，一个姓高，他们在叶娇枝家里借住了整整 8 个月，那时候照相机还是新鲜玩意儿，算得上高科技。父亲很喜欢这两个长相干练、穿着讲究的照相师傅，他们不仅照相专业，人也很勤快，谁家娶亲、过生日、过大寿，他们随叫随到。叶娇枝印象最深的是，照相师傅们都很会调动照相者的情绪，经常指导大家如何看镜头、如何微笑，有时还会亲自给照相者示范。那时候照相，一般不是取自然景，而是背后挂一幅画当背景，常见的背景画有天安门、桂林山水、西湖风光、富贵牡丹、布达拉宫等。那个时代，老百姓刚刚单干，能够吃饱肚子，手里闲钱却不多，照一张相虽说只花块八毛的，一般家庭还是舍不得，只有在过生日、结婚、春节等重大日子时才照相，师傅们遇到困难的家庭常常免费给照相。父亲不忍照相师傅经常做免费生意，便减免师傅们的伙食费，尽量降低他们的生活成本。

爱心是一把火，既温暖了别人，也照亮了自己。父亲对手艺人的爱在手艺人手中不断传递，父亲说，这些手艺人在村里一年到头挣的钱也只能维持生活，但他们很懂得感恩，村里孤寡老人或有困难，外乡人能出力的出力帮衬，不能出力的也会很慷慨地拿些钱帮助他们渡过难关。父亲很反感乡亲们称手艺人为外乡人或乡巴佬，他经常说，外乡人也是我们的亲人，照在我们头顶上的是同一片天，只是他们为了生计从不同的地方来，被大家称为外乡人。

父亲的热心让叶娇枝十分敬佩。记忆中，父亲茶余饭后总喜欢将伟人的红色家风故事讲给她听，她在似懂非懂中慢慢体会父亲爱党、爱国的真挚情怀。改革开放初期，勤劳的父母靠着自己的双手慢慢跨入"万元户"的行列，随即家里添置了一台电视机。自从有了电视机，家里一下热闹了起来，每天天一擦黑，父亲便让叶娇枝把自家院子打扫干净，然后摆好桌椅，烧好茶水，等候邻里乡亲过来看电视，遇到播放有关党和国家改革开放方针政策的时候，身为乡村教师的父亲热心为大伙宣传解读，此时的农家小院变成了露天课堂，父亲的讲解娓娓道来、生动有趣，不时引来阵阵掌声。这样的场景直到现在还经常出现在叶娇枝的梦境里，她经常梦见夕阳余晖洒在红墙碧瓦上，大伙围坐在小院里有说有笑，周围散发着炽热与灿烂，那是多么诗意的田园生活啊！

父亲一直要求家人要助人为乐，他也带头为乡邻做好事。在乡下，婚丧嫁娶是天大的事，村里有红白喜事，大都喜欢请父亲当"支客"，他总是乐此不疲，尽力把事情办得简朴又不失热闹。在叶家大家族中，谁家遇到矛盾吵闹也喜欢找父亲评理，父亲总能用朴素的话语劝慰大家以和为贵，平息怒火。每逢腊月，父亲更是一刻不得闲，他一边为乡亲写春联，一边教年轻人学写毛笔字，母亲则忙着为乡邻免费做衣服，乡邻们为感激父母，会捎上一些糖果给她们姐妹解解馋。叶娇枝说，这段时间，虽是家里最忙碌的时候，也是最热闹最快乐的时刻，父母对待乡邻的热心让叶娇枝从小便埋下了"与人为善、助人为乐"的种子。

父亲对待家人更是用心良苦，可以说"爸气十足"。叶娇枝回忆，每年的团圆饭上，父亲都要求儿女们必须汇报自己一年来的工作、生活和学习情况，然后具体分析子女们这一年的成败得失，总结经验教训，最后不忘叮嘱全家人要相互学习，共同提高。正是有这种乐观的心态，年过八旬的父亲现在依然声音洪亮、自信开朗。

叶娇枝的母亲在村里也绝对算得上是个能人，母亲是在村干部的位子上退休的。几十年如一日，她爱村爱民，为村级建设奉献了自己毕生的心血。正是在母亲的耳濡目染下，叶娇枝通过自身的努力慢慢走上了社区书记的岗位，在社区工作的每一天，她都谨记母亲教诲，用情关注居民的"大事、小事、家务事"，用心倾听居民的"呼声、心声、叹息声"，用爱解决居民的"愁事、难事、烦心事"。

母亲热爱村里的一草一木，也爱自己的每一位家人。叶娇枝记得奶奶67岁那年，不慎摔倒在地导致偏瘫，常年卧病在床，为了减轻奶奶身体的疾苦，母亲不仅坚持每天为瘫痪的奶奶洗脸梳头、擦洗身体，还学会了按摩和打针。

在父母的影响下，叶娇枝的小家庭幸福美满，她和丈夫相濡以沫的30年里，互敬互爱、互相学习，彼此形成了一个好习惯，就是每天临睡前都会坐在床头说一说一天彼此的见闻，聊一聊对某件热点事件的看法，谈一谈父母的身体状况，女儿的教育，等等。

叶娇枝的女儿是全家人的未来和希望，也是这个家的骄傲。每每提起女儿的成长经历，叶娇枝眼眸里都透出亮光来，大学时期，女儿利用寒暑假到贫困山区义务支教；工作后，坚持资助贫困学生、留守儿童……女儿先后获得随州首届旅游形象大使冠军、随州市青年岗位能手、随州市优秀教育工作者等荣誉称号。

好家风成就好人生，好家风滋养好儿女。相信这样的好家风一定会在叶娇枝和其后辈身上得到更好的传承。

一生真情

　　说起家风，我就想起了我的爷爷奶奶。提起爷爷奶奶，便被她们一路的真情所打动。我和爷爷奶奶共同生活了 18 年，从出生到参军前我没有离开过爷爷奶奶，等我离开后便和他们的距离越来越远。

　　我最后一次见到爷爷是 2007 年冬天，那时我从拉萨部队回家探亲，正准备在家招待战友，突然父亲打电话说爷爷病重，恐怕这次挺不过去了。挂断电话我挨个给战友打电话取消宴请，然后乘车从城里赶回老家，爷爷看我回来，从嗓子眼里挤出一句话，"孙娃子回来就好"。

　　村医告诉我爷爷气血已经很微弱，也就这几天的事了，让家人问问他还有什么心愿未了。爷爷生命力真的是挺顽强的，在医生拔掉输液管子的情况下，又坚持了几个时辰才闭眼。我知道他是在等这一生他最牵挂也一直单身的二爹回来，二爹在广东打工连夜坐火车赶回来算是见了最后一面。

　　爷爷的离世是我第一次完整参加亲人的葬礼，也是第一次亲眼看见离去的人的躯体。院子里的哭声沉重，哀乐一遍一遍，让我恍然有种超脱的虚幻感。爷爷穿上那件藏青色的寿衣被装进棺材。送葬那天，天灰沉沉的，风还有些凉，在阵阵哀乐声里我思绪起伏不平，爷爷生前的音容笑貌像影片一样，无限地在我的脑海里重复。白色的纸花，白色的头巾，白色的外衣，铺天盖地的白……我与母亲、姑妈们一样，跪在他上路的路口，一遍遍喊着"走好，走好……"

爷爷被埋在他年轻时劳作的地方，这是他的遗愿。爷爷的葬礼，让我有了很大的触动，也让我对入土为安、叶落归根有了植入灵魂的理解。

我还清楚地记得爷爷去世的那一天，奶奶面无表情，也没掉一滴眼泪。可是当爷爷被抬出家门的时候，奶奶突然用尽所有的力气大喊了一句："老头子，一路走好啊！下辈子不要再说你喜欢吃蛋黄……"

我是后来才知道爷爷与蛋黄的故事。"老头子倔强了一辈子，他知道我喜欢吃蛋白，所以每次他都吃蛋黄，我还以为他真的喜欢吃蛋黄呢，其实我也没那么喜欢吃蛋白，倒还想尝尝蛋黄的美味，不过直到临死前他才告诉我这些。"奶奶说。

听完这些话我的眼泪瞬间涌出，我深刻体会到爷爷奶奶那深不见底的爱。爷爷临走时，交代奶奶不用伤心，要好好活着，好好生活，他会在天堂好好看着奶奶的，一开始奶奶也接受不了这个事实，天天以泪洗面，后来姑妈常来家和她作伴，让他暂时忘记失去老伴的伤痛。

其实，我知道在他们金婚的背后也有过激烈的争吵。记得在我10岁的时候，有一次奶奶和邻家几个牌友打长牌，从上午一直打到天黑，爷爷从地里干活回家见奶奶还在打牌，一怒之下跑到厨房拿起菜刀把刚码好的长牌剁成了几半，牌桌上的老奶奶见状立马起身跑开了。

剁牌风波后，爷爷奶奶陷入冷战，直到三天后爷爷从村里合作社买了一幅新牌回来冷战才算结束。

我还记得有一次奶奶为爷爷买错了一件凉席而斗气，她们冷战了好久都没说话，我劝了几次也没见成效，都有点担心了。这时，发生了一件让我特别感动的事。那天，爷爷照常天一亮就去地里干活了，可是天黑下来个把钟头爷爷还没回来，奶奶开始着急了，她突然跑过来对我说："你爷爷平常这个点都回来了，今天这么晚还没回来，快去地里看看你爷爷是不是不舒服……"奶奶边说边从抽屉里找来治疗头疼的药片递给我，并在我的裤兜里装了一大把爷爷平时爱吃的炒蚕豆。我知道爷爷虽然年岁高但牙口很好，只要他头疼病犯了总爱在嚼点蚕豆。爷爷说蚕豆是他的"救命药"，说来也奇怪，每次犯病，爷爷只要嚼几颗蚕豆病情便能快速得到缓解。

我知道奶奶是个嘴硬心软、不肯服软的人，通过她那着急的语气我感受到了她对爷爷的担心。"奶奶，我们一起去找爷爷，你腿脚不方便，我骑自行车带你。""不去了，这死老头子就是倔强，不知道和我斗哪门子气……"奶奶嘴里说不去，心里别提对爷爷有多担心，我骑自行车抹黑到了地里，不久奶奶拿着手电筒叫上村医一起赶来了。奶奶的预感是对的，果然爷爷身体不舒服，头疼的老毛病又犯了，他一个人爬在田埂上，面色苍白，奶奶赶紧给爷爷服下头疼药，村医立刻用随身携带的听诊器听了一会儿，对奶奶说，这次幸亏我们来得及时，老爷子算是逃过一劫。服药不久爷爷面色渐渐红润起来，这时奶奶让我从裤兜里掏出那把炒蚕豆来，爷爷面带微笑地接过蚕豆，奶奶疼爱地对爷爷说，"老头子，算你命大，咱们回家吧，我给你做了你最爱吃的红烧肉。"爷爷开心地笑了起来，拍了拍身上的灰尘，然后起身和奶奶一起坐着村医的摩托车往家赶，我骑着自行车一边追着摩托车，一边哼唱着那首当时火遍大街小巷的情歌《月亮代表我的心》："你问我爱你有多深，我爱你有几分，我的情也真，我的爱也真，月亮代表我的心……"

爷爷奶奶半个多世纪的感情历经了多少沧桑我并不是很清楚，但是他们相亲相爱的经历我是记忆深刻的。一路走来，俩人发生了多少故事呢？在这些故事的背后又藏着多少对彼此的担忧与牵挂呢？爷爷奶奶之间的爱情虽然没有我们所说的浪漫，但是他们在最平常最平凡的日常生活中体现出来的感情至今让我感动。正是那些平凡的事情见证了这份难得的感情。我想，最难能可贵的爱情就是在历经平凡和平淡之后还能相携相持相守到白头吧。

爷爷奶奶对我的疼爱是没得说的，回头想来我也觉得对爷爷奶奶有愧。记得小时候我不懂事，一次母亲和爷爷奶奶为一点点鸡毛蒜皮的小事红过一次脸，当时我没有当好"劝导员"，而是一味地袒护着母亲，后来才知道过错主要在母亲，殊不知我的偏袒已经伤害了爷爷奶奶的心。那个时候，我忘了每次生病时奶奶步行几公里买肉给我做好吃的，虽然爷爷奶奶和我们分了家，但还是会隔着墙头给我送好吃的。

伤害爷爷最深的一次是我从部队第一次休假回来，过了两天才去看望他，原因是母亲跟他有过一次小争吵，现在想想觉得真是做得大错特错。

有时想想人生是单行线，做错了就错了，是回不去的。

爷爷去世之后，奶奶经常给我讲她跟爷爷的故事，里面有很多令我感动的瞬间。为了躲避"抓壮丁"，聪明的爷爷藏到堰塘边的芦苇地十几个小时。为了一家人的生计爷爷晚上到榨油坊磨油，白天去转乡卖油。为了"老实农民"的旗号不倒，村里每次组织劳动，爷爷都冲锋在前，直到累趴下……

不知为什么，爷爷留给我最深的印象却停留在中元节上。每年农历的七月十五日是中国传统的民俗节日——中元节，故又称"七月半"。随南乡村的民间相传随着"七月半"的到来，酷暑已隐退，秋凉刚刚开始，祖先也会在此时返家探望子孙，所以随州人祭祖的习俗就应运而生了。

在随南的习俗里"七月半"是继清明节之后另一个重要的祭祀时节，"七月半"之前，随南乡村家家户户都要将厅堂打扫得干干净净，摆好香案和祖先牌位，插上香并备好酒肴珍馐连日供奉以迎故祖。祭拜祖先时，在乡村是大有讲究的，晚辈们要依照辈分和长幼次序给每位先人磕头，默默祷告，还要向先人汇报并请先人审视自己这一年的言行，以此保佑后人平安幸福。正式的祭祀活动是在七月十五的晚间，天断黑之后，乡村人都要携带炮竹、纸钱、香烛，找一块僻静的河畔或塘边平地，用石灰撒一圆圈，表示禁区，而后再在圈内泼些水饭，烧些纸钱，鸣放鞭炮，恭送祖先上路，回转"阴曹地府"。

在随南地区，过"七月半"还有更多的讲究。老人们说："这一天在家中看到蛇、蛙、蝶等一律都不能打死，并且要焚香烧纸，爷爷在世的时候告诉我这些小动物都是祖先变的。"虽然这句话对于受过多年教育的我来说多少有些唯心的成分，但爷爷对祖先的孝道却一直在影响和教育着我，每年的"七月半"，爷爷就好像讲家族史一样，祖父怎么忠孝，亲戚们如何团结，甚至还讲起当时的家规、族规。直到现在我还清楚地记得爷爷那句语重心长的话："一个人官当得再大，钱挣得再多，不能忘本，不能忘掉祖宗。"爷爷最后一次说这话时他刚满80岁，没想到这一年竟是他最后一次给前辈过"七月半"，这个"七月半"爷爷过得很特别，他除了给祖先例行往年的祭祀仪式外，还意气风发地给我已逝40余年的老爷、太太翻修了坟地，这是一个八旬老人最后的孝道，爷爷一生守孝、尽孝，所以他活得很坦荡，也许他的坦荡与孝心感动了上苍，记得爷爷从生病到辞世没有一点痛苦，就像深睡的样子，非常安详，奶奶说："你爷爷呀，是上辈子'修行'修得好，一辈子的老实农民，种了一辈子的庄稼地，直到临终还在田地里劳作……"，爷爷不仅勤劳，而且节俭，记得爷爷寿棺是锯掉他生前亲手栽种在门前的那棵老槐树制作的，这棵树是爷爷生前的"老伙计"，春天爷爷为树修枝、喷药；夏天累了倦了，爷爷支起竹椅在树下乘凉；秋天爷爷用树枝编起晾晒棉花、花生等农产品用的折子；冬天爷爷总是穿着那件发黄的大衣背靠着大树，盼望着儿女打工归来，盼望着孙子从遥远的西藏军营探亲归来，而我每次休假的假期很短，总是来也匆匆，去也匆匆。

爷爷走后，父亲把他埋在他用尽一生勤劳耕耘的那座山上，并在他的坟头插上一株柳树枝。今年清明节扫墓时，亲人们发现爷爷的坟头上的柳枝变成了苗壮成长的柳树，这完全是大自然吸日月之精华、得天地之灵气的造化，叔叔说，你是搞文学的，你给这树取个好听的名字吧，我自豪地对叔叔说："这棵树就叫好人树！"，不用说，爷爷在我和乡亲们的眼里都算得上是好人，这棵树怎算不上是"好人树"呢？叔叔说："好人树这个名好，你爷爷虽然离去了，但他却以另一种存在方式活着，老人家的孝道永远存活着"。

如今，我和爱人结婚快 20 年了，每次和爱人发生摩擦时，我都会想起爷爷奶奶的真情人生，他们虽也有争吵，但那只是爱情的"小插曲"，真情才是家庭的润滑剂，想着想着，心里面就只剩下理解与包容了。

白云的光芒

　　56 岁的婆婆梁艾芹，精心照顾因病成为植物人的儿媳朱思敏 6 年，让已经成为植物人的儿媳逐渐恢复了意识，最终再次听到了儿媳妇叫她"妈妈"。这不是童话，也不是影视剧的剧情，而是真实的生活。植物人的苏醒是一个奇迹，而创造这个奇迹的是一位超越了血缘关系的"妈妈"，也就是朱思敏了不起的婆婆。

　　一个寒风凛冽的冬日，在随城南郊马家榨社区干部的引荐下，我来到梁艾芹家里采访了可敬的梁妈妈。梁艾芹居住在郊区的自建房里，虽然两层小楼看上去有些年头了，但仍然可以看得出这一家人的勤劳，我轻轻地推开房门，立刻被眼前清清爽爽、一尘不染的房间所惊叹！梁艾芹家里各种家具摆放整齐，不光是地面一尘不染，就连墙壁、屋顶都没有一丝扬尘。更为可贵的是，他家厨房也是整齐有序，锅碗瓢盆、茶米油盐各就各位。社区干部告诉我，多年来，梁艾芹家里尽管躺着两个病人需要她伺候，她还是养成了爱收拾的好习惯，屋里屋外的卫生一向都是整整齐齐的，随时去她家里都是这样干干净净，非常难得！

我走进梁艾芹家中，看见她正在给儿媳朱思敏喂牛奶，由于身体原因，朱思敏只能吃半流食，喂一次需要一个多小时，虽然时间花费较长，但看着她将食物一点点吃进去，梁艾芹心里很是欣慰。在这个充满温情的房间里，梁艾芹一边小心翼翼地给儿媳喂食，一边接受我的采访。我从梁艾芹老人几度哽咽的叙述中，感悟到一位平凡女性不平凡的人生经历和心路历程。

梁艾芹回忆，2017 年 10 月，朱思敏突发疾病，高烧不退，吐血昏迷，被确诊为免疫性脑膜炎，生命危在旦夕。这一消息，如同晴天霹雳，劈头盖脸打来，梁艾芹和儿子飞速赶往省城医院。医生告诉他们，现在需要紧急手术，风险很大，即使手术成功，她也会变成植物人。梁艾芹果断地说："思敏是我们家的一口人，就算成了植物人，我们也要救活她。有思敏在，孩子就有妈。"在她和儿子的坚持下，医生开始了紧张的抢救，经过多次手术治疗，朱思敏的命保住了，可这位平日里爱说爱笑的女子却不能像正常人一样生活了。

采访中，梁艾芹哽咽着对我说，由于儿媳发病太急，当时孩子才 8 个月，家里还有一位年迈的老母亲需要照料，孩子的爸爸和爷爷要挣钱养家，抚养孙子、赡养母亲的担子全部落在自己身上，她觉得天就要塌了。母亲虽然体弱多病，但神志十分清醒，老人家不想再给家里添麻烦，多次想通过绝食结束生命，每次母亲有这样的想法，她都跪下来哀求母亲要坚强地活下去。

梁艾芹说，母亲是她的精神支撑，只要母亲活着她就感到生活有安全感，就感到希望就在眼前，就像小时候，一次她在黑夜里迷路了，但她并没有感到害怕，因为她知道母亲一定会找到她。

母亲的眼神就是她战胜困难的拐杖。在母亲的陪伴下，她对未来充满了信心和勇气，她在心里暗想，自己一定不能倒下去，一定要通过自己的努力唤醒儿媳的意识。

照顾植物人需要极大的耐心，因为植物人的饭菜不仅要有营养，还要方便吸收，这样便于恢复健康，而且全是营养餐流食，靠针管鼻通过鼻饲打入胃里。梁艾芹专门给儿媳制定了营养套餐，坚持分时段喂食。经过公婆的悉心照顾、营养调剂，现在的朱思敏已明显胖了许多，面色也逐渐红润了。当地政府部门得知梁艾芹家的困难后，专门给她家买了轮椅和日常生活物资。同时，梁艾芹还坚持每天间隔两个多小时给朱思敏捶一次背，防止肺部感染和有痰沉积。

好在经过几年的精心照料，朱思敏的情况已经有了好转，这也让梁艾芹看到了希望。尽管磨难重重，但梁艾芹仍然保持乐观开朗的性格，喜欢文艺的她给自己取了个网名叫"白云"，她说，白云恰似人生，飘荡不定却自然洒脱，凭着风力，万里只是瞬间，这风力就是爱的光芒，只要心中有亮光，白云就不会暗淡下来。

自2020年开始，梁艾芹将自己的生活发到抖音上。她说，她想通过抖音平台找到病情相似的病友，交流护理心得，互相勉励加油，共同创造奇迹。

如今，梁艾芹在抖音上收获了许多粉丝，大家对她和家人都非常关注，看到朱思敏这些年来干干净净，不生褥疮，气色越来越好，从一个生活不能自理的植物人慢慢有了反应，许多人对梁艾芹竖起了大拇指！面对网友们的关心激励，梁艾芹说："思敏的妈妈才是儿媳康复路上付出最多的人，为了照顾上小学的外孙，外婆放下家事只身来到随城租了两间平房，专门照料孙子的学习和生活，平时稍有空闲就帮忙照顾思敏。"

采访中，梁艾芹虽然几度哽咽，但更多的是自信开朗和欢笑，看着儿媳一天天好起来，她对今后的生活信心满满，然而说到自己的心愿时，她还是忍不住落下眼泪。"剩下来的路我还是要靠自己走下去，而且要坚强地走下去，相信终有一天思敏会痊愈！"

梁艾芹与儿媳相伴的 6 年，是她相信奇迹会出现的 6 年，她始终相信，相信是一种能量频率，相信什么就会吸引来什么。她更相信爱是这个宇宙的最高命令，因为爱的力量，梁艾芹坚持了下来，因为相信坚持的力量，她在房间的门上用粉笔坚定地写下内心的话语："心若有所向往，何惧道阻且长。""对未来有信心，对当下有耐心。"……

看着梁艾芹留在门上工整的字迹，我陷入了沉思，我深感，不管这个世界上有多少黑暗，也不会污染一朵白云的灵魂，更不会夺去白云的光芒；我相信，那些在黑夜里流过泪的眼睛未来一定会看到属于自己的光明！

一条鱼的"余味"

　　在我的老家鄂北随城，大年三十晚吃午夜饭，鱼是主菜，因为"鱼"与"余"同音，又象征吉祥物，如鲤鱼，寓"得利有余"；鲢鱼，寓"连年有余"；鳜鱼，寓"富贵有余"，过年吃鱼是随城千百年来的习俗。

　　2023年团年饭上，我们家的餐桌上破天荒地少了一道主菜——红烧鲤鱼，这其中的原因不是没有买到鱼，而是儿子的一句话让我产生了不吃鱼的念头。"爸爸，爸爸！这条鲤鱼好可怜啊！我们把它放了吧，鱼宝宝们发现它的'妈妈'不见了一定会很着急的……"7岁的儿子望着塑料水桶里那条胖墩墩的红鲤鱼扑通地翻腾着身子，哀求我把"鱼妈妈"放了。此时，看着儿子幼稚得让人心疼的眼神，我放下了手中明晃晃的菜刀，决定答应儿子的请求，放了那条红鲤鱼。鱼儿似乎看出了我的慈悲，老实地待在水桶里，不再用力挣扎。

　　放生一条鱼，对于我这个在炊事班杀鱼无数的炊事员来说还是第一次。说来也怪，最近刚读过一篇关于放生野生动物的散文，我还清楚地记得文章里的一段话：每一种生物，都各有不同的特性，都有它存在的价值。既然存在是一种价值，那么放生就是一种双重价值。

为了安全地将鱼儿放生，儿子小心翼翼地将鱼儿放在装满水的塑料袋子里，就这样我们来到离家最近的白云湖准备将那条鲤鱼放生。此时，寂静的湖边，一轮暖阳从东方升起，柔和温暖的金光洒在湖面上，波光粼粼、流光溢彩；绚彩的朝霞与湖面融为一体，仿若一幅绝美的油画。儿子用稚嫩的双手轻轻地捧起鱼，微微一笑，他松手把鱼放在水边，我分明感到，那一尾摇曳的闪动，向我传递一种善意、一种期盼……瞬间，我被一种美好的感应击中。也许今天我们放鱼一条生路，明天，我们就是放自己一条生路。我庆幸，没有吃那条鱼，那条比鱼更有"余味"的鱼。

鱼儿回归自然的那一刻，儿子高兴得又蹦又跳，就像刚打了胜仗的小英雄。从儿子喜悦的表情里，我看到了儿子的本真与善良。从鱼儿被放生的那一刻，我从内心里接受了这个笨得可爱的儿子。

在我的眼里，儿子的笨拙不是什么大问题，但爱人却格外担心儿子在学习上输在起跑线上。和女儿比起来，儿子从小在各个方面的发育似乎要晚很多，走路晚，说话晚，心眼儿长得更晚。我并不觉得儿子笨，这当然有我的理由。我是这样想的，我小时候也比别的孩子发育晚一些，可能儿子发育晚是遗传所致吧，后来我在百度里查到，男孩开窍晚也很常见，心也就放宽了。关于孩子的教育问题，我很赞同作家梁晓声在《人世间》中写的那几句话："孩子若是平凡之辈，那就承欢膝下；若是出类拔萃，那就让其展翅高飞。接受孩子的平庸，就像孩子从来没有要求父母一定要多么优秀一样。"

儿子读书虽然比别的孩子慢半拍，但他一直在努力改变自己。比如，他直到3岁多才学会说话，但我发现他在3岁之前都在"咿咿呀呀"地努力练习发声，这就是他3岁后突然会正常与人交流的原因。还有学写数字，上幼儿园，学写一个"5"，几天都没学会，气得爱人懊恼地对他说："我们怎么会有这么笨的儿子？"后来，儿子不断练习，渐渐学会了写"5"。上一年级时，爱人曾送儿子到兴趣班学习口才，爱人说人各有所长，一定要挖掘出儿子身上的天赋来。可是学了几个月，儿子还是不见长进。望子成龙的爱人见到儿子成长缓慢很是着急，又开始唉声叹气起来。

儿子自己似乎也很内疚。"妈妈，我是个笨孩子，没人喜欢我了怎么办？以后上不了大学怎么办？……"爱人抬起头，见蹲在自己面前的孩子，小手扒着妈妈的膝盖，可怜巴巴地望着妈妈，妈妈无奈地说："孩子你不笨，你有手有脚吧？出门能认识路吧？这就够了。像妈妈这样生活也饿不着。"听到了妈妈的话，憨憨的孩子笑了。

爱人经常以孩子比同龄孩子识路多而骄傲。记得儿子3岁的时候就非常记路，但凡我带他走过的路，几公里之内，他都记得很清楚。路记得多了，儿子外出玩耍胆子似乎也大了起来。记得他6岁的时候，因为一件日常小事，爱人批评了他几句，一气之下他跑得不见踪影，等爱人跑下楼到小区找寻时，发现他早已离开小区。城市这么大，儿子会跑到哪里去呢？爱人四处寻找不知下落，此时我正在单位开会，接到爱人的电话后也很着急，立即向单位领导请了假，见到爱人后，我们决定到附近派出所报警，寻求民警帮助，因为孩子跑出去的时间很短，在警察的帮助下，我和爱人调取监控录像，寻找儿子的踪迹，正在我们焦虑不安时，远在十数公里外的岳母打来电话说："孩子找到了，他现在在我这里，大热天里全身湿透了。"

得知儿子的下落，我和爱人提着的心才慢慢放下来，岳母在电话里不停地对我和爱人说："你们千万不要打孩子，要好好地教育孩子，要和他讲道理……"

虽然得到孩子安好的消息，说实话我的心还是紧绷着的，想想天下哪个父母不担心自己的孩子啊！必须亲眼见到儿子才能心安，于是我骑着单车迅速赶到岳母家，见到儿子的那一刻，我又好气又心疼，真不知道这么热的天，儿子是怎么一口气跑这么远的，而且竟然没有走错路。那天中午，我无心做饭，决定带着儿子到外面饭馆吃，点了他爱吃的醋熘土豆丝、凉拌毛肚、清炒黄瓜等。餐桌上，没等我发话，儿子倒先表起态来："爸爸，我以后再也不乱跑了，差点不见了，还是家里好，还是爸爸妈妈好……"

从偷跑那天起，儿子似乎长大了成熟了不少，此时我便想，小男孩有时还是皮实点好，可能我平时对儿子太溺爱了，走路我都牵着手不放，生怕他摔跤，这次儿子偷跑让他经受了一次磨砺，可能会让他知道什么是"冲动的惩罚"吧，事后儿子说有一个路口他还是没记清，差点迷路了，后来是一位好心的老奶奶给他指路，这才让他成功来到外婆家。

说起儿子的笨，也想起自己的笨，因为笨，当兵时我以笨鸟先飞的韧劲获得了国家级厨师证书；因为笨，我苦练文笔，连续两年获得全军优秀士官，荣获三等功。生活阅历告诉我，笨人有笨人的好处，以不变应万变绝对省力，可专心工作，但见聪明人兜兜转转，偏偏遇着人算不如天算，变了千变也是白变。

儿子的笨和我的笨都有一个特点，那就是笨得很认真，比如，儿子平时比较爱护公共卫生环境，到郊外旅行时，见到草丛中、山林里、池塘边有垃圾，他都要跑过去捡干净，有时为了找一个垃圾箱他甘愿跑很远，乐此不疲。

不知为什么，在儿子放生鱼儿后，我一直想写一篇关于儿子与鱼儿的文章，写写儿子的成长记，今天终于写了，虽然很多内容扯得有点远，也算了了一件心事。仔细想来，真的感谢那条被儿子放生的鱼，因为这条鱼让我看见了儿子的善良与可爱，因为这条鱼让我和爱人对儿子的未来充满了信心！

遥远的家书

在遥远的西藏，钢笔、墨水、信纸、信封、邮票，曾经承载了多少富有温度的亲情、友情以及无尽的思念，只有一笔一画写过家书的人才能真正明白家书的厚重与温情。

随着网络技术的不断发展，书信悄无声息地淡出了我们的视野，生活中似乎缺少了一份期待，也遗失了一份惊喜。时隔多年，岁月的尘埃湮灭了许多往事，但我依然对一些书信的内容记忆犹新。

第一封家书

我是 1998 年 11 月应征入伍的，这一走就来到了遥远的西藏拉萨市，那时拉萨通信还不发达，我和家人的联系主要靠写信，尤其在新兵连的时候，每天除了紧张的军事训练外，家人的来信几乎成为我最大的精神支撑。至今我手头上还保留着父亲写给我的第一封信，这也是我收到的人生中第一封信，尽管搬了几次家，这封信还是被我牢牢地压在箱底。许多年过去了，我从未去想这封信背后还有什么秘密，每次温习这封信时，我只觉得这就是一封父亲对儿子的关爱信，直到 2023 年秋天，也就是时隔 24 年后，父亲因为呼吸衰竭被紧急送往医院，我在找寻父亲以往的住院病历时意外发现了他写给我的第一封信的草稿，上面有好几处圈圈改改，当时我也没在意信上的内容和他寄给我的那封信有什么不同，只是感到好奇的是，父亲为什么会在信上涂改呢？难道给自己的儿子写信还用打草稿吗？当时我也没多想，毕竟要尽快赶到医院给父亲的主治医师送病历，于是顺手用手机把这封信的内容拍了下来，储存在手机相册里。

半个月后，我给父亲办理了出院手续，遵照医生的嘱托在家做康复治疗。一天晚上没什么事，我打开手机相册看到父亲写给我第一封信的草稿，于是逐字逐句阅读了起来。读完信后，内心一阵酸楚。原来，父亲在给我写信时，为了给妹妹交学费，给母亲交住院费，悄悄隐瞒了身患哮喘的病情。读完这封信，我感到十分愧疚，我不停地在内心责备自己，要是早点知道父亲的病情，至少不会拖到今天呼吸衰竭这一步，父亲目前全靠呼吸机维持生命，生活十分痛苦，好在父亲一直都很坚强、很乐观，他从来不向母亲和家人诉苦，在家人面前总是尽量掩饰自己的病痛。这个深夜，我真正读懂了父亲信中的温情。父亲在信中写道：

桥！见字如面！

你的来信我于 12 月 15 日收到，看后方才知道你已安全到了拉萨，全家人这才放心。回想起来，自你离开养你的家乡到祖国最艰苦的地方西藏去，我们是非常担心的。想一想，自你出生至入伍是没有离开父母一步的，现在你已长大成人，我们的担心已是多余了，以后的独立生活要自己照顾自己，要和首长们搞好关系，和战友们搞好团结。听别人说，西藏的气候比较恶劣，我只知道寒冷是一定的，父母不在身边，你要以坚强的毅力去战胜它。

家里的事情不必牵挂，前段时间老咳嗽，你妈不停唠叨，让我到医院检查一下，检查结果出来了，医生说是哮喘，这不是什么大病，过几天就好了，不必挂牵。

现在是农闲季节，农活非常轻松，请不要为家里担心，好吧，言不多说，希望你在新兵连努力锻炼成长！

父亲　贤涛

1998 年 12 月 26 日

这是父亲写给我第一封信的草稿，倒数第二段是用笔全部划掉的。后来，我和父亲接连通了整整十几年的信，再后来他的病情越来越重，但父亲从未在我们的书信往来中透露过他的病情。其间，我也休过几次假，休假时只见他在喝治疗哮喘的药物，我也就没再关注他的病情，以至于我转业回老家后才发现他晚上睡觉时总是悄悄地在枕头下面藏着一条毛巾，当咳嗽不止时，他就用毛巾捂住嘴。还有就是，父亲每天早上都起得很早，后来听母亲说，这是父亲怕咳嗽声影响了大家休息。为了不影响家人，他接连几次对我说要一个人回乡下住，后来在我的劝说下，他才答应到我居住的小区附近租房住。没想到，这一住就是 3 年，3 年后我用手中的积蓄给父亲买了一间一居室的公寓，父亲才算有了出粗气的地方。后来，遵照医生的嘱托，妹妹给父亲购买了呼吸机，父亲靠着救命的机器艰难地活着，坚强地活着，但我每天抽空去看他时，看见他面带笑容，即使戴着呼吸机，眼睛也在笑，父亲的坚强让我心疼，更让我内疚。

时光短暂而漫长，短到来不及回首，长到望不见始终。记得父亲给我写第一封信时，那年他 45 岁，和我现在同龄，真不知道父亲是凭着怎样的毅力和病魔并肩战斗了 20 余年的。如今，父亲真的老了，脚步蹒跚、走路摇晃。父亲不像城里的老人可以到公园、湖边转悠，也没有茶坊禅静的生活境界，更不懂棋牌的绝妙。他说，现在他最快乐的时光是，每天都做着同样的梦，梦见自己在一望无际的稻田里健步如飞，我知道那片稻田曾是他挥斥方遒的疆场，无论过去多少时光，那一草一木依然在父亲心里茁壮成长。

留在纸上的爱

大寒时节，经过一夜的寒流，原本空灵的随城被注入了冷峻的气息，我照例骑着电动车接送女儿放学。时间真是个魔术师，没有留意，女儿坐在我的电动车上已经从小学生变成了初中生。没有留意，街边老巷的那些绿漆邮筒不知什么时候从我们的生活中消失得无影无踪。

时间偷走了日月，却偷不走记忆。接送女儿回家吃晚饭后，我照例在书房读书，但是思绪却被那个不知所踪的邮筒缠绕着，于是我借着书房柔和的灯光，打开那一封封曾经带着呼吸和体温的信，怀念每一个字都能记在心上的那些旧时光。我庆幸，在这个爱情容易走神的时代，我和爱人还保持着通信时的坦诚与本真。

我和爱人书信往来起于 2006 年春天，应该说自从我们成为男女朋友后便开始了鸿雁传书的旅程。爱人有一个习惯，她喜欢把我给她写的每一封信和她给我回信的内容工工整整抄录在笔记本上，直到我转业，接连换了好几个笔记本。她说，等到头发白了、牙齿掉光了，把我们的通信再拿出来念给儿孙们听，将是一件多么浪漫的事啊！

关于浪漫，我们的信中有不少甜蜜的回忆。记得 2006 年春天，在一次军事训练中，我不小心脑袋受了伤，被送往部队医院里养伤。那天是情人节，我从随身携带的相册里拿起和爱人在老家拍下的甜蜜照，看着照片，内心越发想念千里之外的爱人，于是提笔第一次给爱人写了一封情书。信的内容是：

> 亲爱的！见字如面！你还好吗？今天是情人节，没想到躺在病床上给你写这封信，因为前几天训练时脑袋受了点伤，不过不要紧的，只是轻伤而已，我想可能是上天看到我情商太低，脑袋不开窍，就在我脑袋上轻轻地敲了几下。在今天这个特别的日子我想告诉你，如果世界上有一件事是真的，那就是我爱你！如果世界上没有一件事是真的，那就是我不爱你！……

　　爱人的回信说：见信如面！光脑袋开窍了可不行，关键要行动开窍哈！……

　　还有一次我在炊事班工作时给爱人写了一封特别的情书。信的内容是：

　　"亲爱的，你知道我多想你吗？走进操作间，看到苹果，我就想起你的脸庞；看到葡萄，我就想起了你的眼睛；看到樱桃，我就想起了你的小嘴；看到韭菜，我就想到了你的头发；看到玉米，我就想到了你的牙齿；看到辣椒，我就想到了你的心……你在我心中像一坛陈年的老醋，一瓶开启的料酒，你是我的味精我的食盐……"

　　数日后收到爱人回信，她说："正宗的大锅菜！"……

　　当然，我和爱人的信件不光有甜蜜，也有苦涩。由于我和爱人相隔千里，长期两地分居，难免会为一些小事而吵架。吵架后，我不太会在电话里说那些逗爱人开心的话，于是写信成了很好的调和剂。记得一次，为了一笔生活中的正常开支，我们在电话中发生了口角，妻子的怒火惊动了当时4岁的女儿，女儿在电话那头大哭起来，在听到哭声的那一刻，我们停止了争吵，孩子的啼哭再一次弥补了破裂的情感，此时我们开始反思，开始为孩子着想。

　　以后的日子里，我不再埋怨妻子不理解我的工作，妻子也不再抱怨我对她的关心照顾太少。为了彼此，我做出了不明智的选择。我决定"解甲归田"到地方发展，彻底把住在娘家的妻子"解放"出来！就在我准备给部队领导写转业申请的时候，是妻子的勇敢，挽救了一切。几天后，妻子给我写了一封信，信的大概内容是让我慎重考虑去留的问题，因为在气头上，我一直未回信。不承想妻子不远千里辗转来到部队。高原反应折磨了她一路，几乎是吐了一路，肚子空了一路。妻子说，我来就是想告诉你几句话，说完就走。我永远忘不了那几句话，因为它已经刻在了我的心里。"再远的路途都不是距离，再苦的日子都有阳光明媚，我知道离开部队将来你一定会后悔的，你不要多想，你不在的时候，我会把咱们这个家撑起来的，我和孩子会永远做你坚强的后盾。"此时，我早已感动，被眼前的一切感动。

10月的高原已经有点冷，看着还穿着单衣的妻子，我迅速脱下外套给她披上，紧紧把妻子拥入怀中，就在我们眼神闪过的一刹那，所有的委屈都变成了眼泪，是幸福的眼泪。

如今，我已经回到了家乡发展，回到了爱人的身边，当我再次翻看我和爱人的信件时，我依然能汲取爱情的养分。

细微的爱

"岳母"这两个字在我心里是闪光的。她的爱如山一般巍峨，如水一般深邃。每当想起她对我细致的爱，我的心中都充满了感激。

我与妻子的相识，可以说是岳母牵线搭桥。那时，我是一个边防战士，和我谈朋友聚少离多是不可避免的，再说作为世代为农的家庭，家里的收入只能勉强维持生活。岳母认为人不可能穷一辈子，只要勤劳是可以拥有幸福的生活的，后来在岳母的关心支持下，我和爱人开始相知相恋。从那一刻起，我就知道，我找到了一生的伴侣，而岳母，也成为我生命中最重要的人之一。

有了岳母的"点拨"，我和妻子认识不到 3 个月便"闪婚"了，更幸运的是结婚不到一年就迎来了一个可爱的小生命。同众多初当宝爸宝妈的人一样，伴随幸福而来的是各种手忙脚乱。手足无措之际，岳母义无反顾当起了"月嫂"，虚弱的妻子、哭闹的孩子、琐碎的家务……在我和妻子眼中的"疑难杂症"到岳母这里"迎刃而解"。

在我的印象里，岳母总是用火热的心拥抱生活。女儿出生时，我当时还在遥远的西藏拉萨当兵，照顾孩子的重任落在了岳母的身上。记得在女儿 1 岁多的时候，孩子被随城某医院初步诊断为手足口病，我连夜从部队赶到医院，进入医院女儿的病室，看着岳母小心翼翼抱着孩子满脸倦容的样子，我既心疼又感动。回家第二天医院通过进一步检查，排除了手足口病的可能。真是虚惊一场，也好，既然回来了，趁机好好陪陪女儿。不料，在我回家的第三天便接到部队领导催促归队的电话，接到电话后我满脸无奈，见我左右为难，岳母急忙催促我尽快归队。离开前，看着岳母那略显佝偻的身影，我的心中五味杂陈。我知道，是岳母用她那并不算结实的肩膀替我扛起了本该属于我的责任，扛起了我的小家。那个本该由我陪伴的孩子，正是因为她的细心呵护，才能健康快乐成长！

岳母的热心是无私的，像"及时雨"一样在我最困难的时候给我希望。我至今还记得结婚后的第一年，为了还房贷，我不仅成了"月光族"，还欠了一屁股债，这时岳母二话没说慷慨解囊，从牙缝里给我们挤出了两万元钱应急，当我正准备去银行交纳房款，这时老家传来爷爷病逝的噩耗，丧葬花销对于我们这样一个家庭来说无疑又是一笔巨大的开支，真是屋漏又遭连夜雨！父亲憔悴的面容更显黑瘦了，眼睛仿佛向里陷了一些，两只大手变得更加粗糙，胡须趁机猛长，这时仍然是岳母向我们家伸出援手，让我度过了特殊时期的又一个"难关"。记得当时曾有亲戚劝过岳母，自己挣来的血汗钱不能这样一点不留，一定要给自己留一条后路。岳母却不以为然，她有自己的理论：孩子们最需要钱时不拉一把，等他们不缺钱的时候想给也给不上了。岳母无私的爱让亲戚们十分感动，后来再没见过亲戚劝岳母"留后手"了。

岳母是一位典型的贤妻良母。她的一生都在为家庭付出，为子女着想。当我走进这个家庭时，她并没有把我当作外人看待。相反，她对我如同亲生孩子一般疼爱有加。每当我遇到困难或者挫折时，她总是第一个站出来支持我、鼓励我，她的爱让我拥有了战胜困难的勇气。记得有一次，我因为学历问题在部队无缘提干，当时心情十分低落，当年年底休假的时候，岳母看出了我的不对劲，当他得知我提干受挫，不停地安慰我说："孩子，莫难过，当不当干部不重要，只要好好工作，照样能在部队有前途。人一辈子总会有高潮也有低谷。只要你努力了，就一定会有回报的。"她的话像一股暖流涌进我的心田，让我重新找回了自信和勇气。

记得是我在西藏服役第 16 个年头的时候，面临转业的问题，当时有两条路可走，一是转业留在拉萨，二是转业回老家鄂北随城，我的意愿是留在政策更好、薪资更高的拉萨，可正在这时，我患上了高原肺水肿。那是在外学习后的一次返程，在火车攀爬唐古拉山时，我突然感到头疼欲裂，随即一阵眩晕栽倒在地，列车员见状立即叫来随行的医生，经过专业快速的抢救，我脱离了生命危险，我还隐约记得当时有一名中年男医生把一个氧气管插在我的鼻子里，然后用一个喷雾剂往我的喉咙里猛喷了几下，我感到头脑一下子清醒了。清醒后，医生让我口服红景天口服液等预防高原反应的药物，按说我是老高原了，是不会发生这么强烈的高原反应的，后来进入西藏总军区医院检查时，医生认为我这样有两个方面的原因：一是在内地跟班学习了 6 个月，再次上高原突然不适是正常的，二是感冒还没好彻底就上高原了。

我住进医院后，岳母非常担心我的身体，多次打电话让我转业回老家，为了我的身体能尽快好起来，岳母还托人帮我找过算命先生，算命先生掐指一算说，我的运气在南方，有了算命先生的"旨意"，岳母劝我转业回老家的理由更充足了，后来我选择转业回老家当然不只是岳母的原因，主要还是听从了军医的建议，军医在我的出院证明书上明确写道，不适宜高原生活，建议立即下高原。

岳母对儿女的热心似乎是没有底线的，她时常打电话问我家里的状况，生怕丁点纰漏会影响我们生活，也许因为她过度的热心滋长了我的懒惰，如办年货，岳母为我们小家考虑得十分齐全，好几年的年货我基本上都没有买，鸡鸭鱼肉都是岳母做好送到家里来的。

岳母的热心还体现在她对儿女的婚姻态度上。记得刚结婚的时候，岳母给我和妻子立下的家规，其中有两条我终生难忘，第一条是儿媳不能说公婆的坏话，更不能和公婆顶嘴。第二条是夫妻要同心，多看对方的优点，少看对方的缺点。夫妻之间要多一些包容，少一些猜忌。十好几年过去了，爱人没有说过我父母的半句不是，更没有和我父母吵过架，我感激岳母教女有方。

岳母一辈子热心持家，她从不在儿女跟前搬弄是非，只是埋头料理家务，在侍候儿女时，任劳任怨，像头默默耕耘的老黄牛，从不会向儿女提任何要求，看着小有成就的儿女们，岳母的脸上乐开了花。在岳母的处世哲学中，世上没有对不起我们的人，而是我们对不起别人。有了这种心态，她的热心便有了太阳的光芒。

岳母的热心是静悄悄的，于是亲戚朋友也静悄悄地享受着她细腻的热心。岳母家的亲戚是一个大家庭，在"幸福一家人"的微信群里，称她"幺幺（小姑）"的人不下20人，亲戚们几乎都得到过岳母的热心帮助，不仅是物质方面的帮助，更多的是生活上的关心。她时常教育晚辈们要勤劳朴实、为人善良。在官场的，她叮嘱他们要以身作则、勤勉务实。在商场的，他叮嘱他们要注重产品质量、诚信经营。

岳母的热心更多体现在招待亲人的食谱上，亲戚们都喜欢岳母做的饭菜，岳母做菜也确实认真，无论天气多热还是多冷，只要听说哪个亲戚要来家里吃饭，可以说兴奋得像过年，亲戚们来岳母家吃饭的次数多了，岳母便牢牢记住了每个亲戚的口味和他们爱吃的菜。从小我就对莲藕有一种近乎疯狂地迷恋，岳母知道后，只要是她掌勺的日子就总少不了莲藕。

岳母开的超市位于老城中心位置，对待每位客人她都像亲人一般热情，居住在超市附近的人都喜欢在岳母这儿购买日常生活用品，这家小店开了近20年还能够站住脚，我想这与岳母为人热情是密不可分的。住在岳母超市附近的人都爱在这歇脚，上至80岁的老人，下至刚会跑的孩童，都喜欢围着岳母转，他们都把这儿当成了休闲聚会的地方，让小店充满了人气，拥有了快乐的磁场。

我想，当热心成为岳母生活里的一种习惯时，快乐就如涓涓细流缓缓流淌，流淌在似水流年里，也流淌在生活的细节里。

承　诺

熊其娥这个名字于我，既陌生，又熟悉。陌生是因为随州妇联的同志向我推送过她的微信，却未曾谋面。印象里，我只知道她是 4 个孩子的母亲，生活一直很艰难。熟悉是因为我始终记得他在朋友圈里说过的一句话，承诺是一份无声的誓言。

我是纪检战线的一名宣传员，家风是我宣传的主题之一。听妇联的同志讲述她的故事后，一直想有机会要见见这位善良的母亲，就在前几天纪委联合妇联开展家风宣传活动，有幸在妇联干部的引荐下走进广水市东关社区居民熊其娥的家中。那天，天气十分炎热，我推开房门只见一个穿着裤衩的小男孩正在安静地睡午觉，室内没有空调，只有一台老式电风扇在拼命地旋转着，耳边不时传来刺耳的声响，这时小男孩被我们的脚步声惊醒，连忙跑到楼上喊妈妈下来，熊其娥这时正在给儿子缝补衣服，见我们几个人进门丝毫没有准备。

站在我面前的熊其娥看上去跟她发朋友圈的样子差不多，个头不高，圆脸，皮肤微黑，剪着垂到耳根的齐整短发，眼神温暖慈爱。

　　我们简单介绍了来意，见来了客人，熊其娥十分热情跟我们打招呼。"我给你们切西瓜去，早上邻居送的西瓜还没吃。"说着一大块的西瓜便递到了我的手上。我一边吃瓜一边打量着她家，两间三层，一楼是客厅，虽然没有一件像样的家具，但收拾得非常整洁，猛一看怎么也觉不出这是一个生活贫困的家庭。

　　"这么热的天，平时孩子就这么休息吗？""现在家里还有哪些人？""平时家里靠什么生活？"……我急切地想知道这些年她的生活是怎么过来的，一连串的问题问得她不知所措。她没有立即回答我的问题，而是顺手搬了张椅子示意让我先坐下，于是她坐在我的面前慢慢打开了话匣子。时间回到2009年，已经与熊其娥夫妇分家的弟弟因犯事服刑，在狱中病逝，弟媳承受不了沉重打击，生下一对双胞胎兄弟后离家出走。熊其娥看着襁褓中的两兄弟百感交集，自己有80多岁的老母亲和一双未成年的儿女要照顾，如果再把两兄弟接回家生活就更艰难了，如果不管这两兄弟自己良心上又过不去。怎么办？孩子不能一天没有奶吃。容不得多想，先把孩子抱回家再想别的办法，丈夫作为孩子的大伯，养亲弟弟的孩子是天经地义的事，但妻子会不会不答应呢？丈夫内心十分为难，可看着妻子怀抱着两个孩子比自己还着急，丈夫老刘提着的心也就放下了。

　　一下养4个孩子不是简单的事情。熊其娥夫妻俩在广水城区经营着一家鞋店，根本没有时间照看孩子，公公婆婆年过八旬，患有高血压等多种慢性病，无法照料孩子的日常生活。可孩子一天也不能没人带，这时熊其娥和丈夫商量，决定从乡下找个保姆照看孩子。保姆是个心地善良的人，不仅承担了带孩子的义务，还挤出时间照顾熊其娥的公公婆婆。那段时间，熊其娥夫妻俩每天起早贪黑进鞋卖鞋，维持着家庭的日常开销。熊其娥的老大是个女儿，老二是儿子，都很懂事，放学回家便帮着保姆照顾两个弟弟。生活虽然无比艰苦，但日子还算勉强过得去。

熊其娥并没有因为孩子多而忘记孝敬公公婆婆，平时再晚回家都会去二老的房间探望，嘘寒问暖。吃饭时，她总是把好吃的菜往老人碗里夹，即使生活再困难也会给老人买他们爱吃的燕麦片、蜂蜜等营养品。季节交替时，熊其娥总会盘算着给老人添置新衣服、新鞋子。

可是，好景不长，这样平静的日子被打破了。熊其娥的公公婆婆因病相继去世，临终前二老最放心不下的还是这对双胞胎孙子。熊其娥知道二老的担忧，跪在公公婆婆面前许下承诺，无论多苦多累都会像关爱自己的孩子一样关爱那两个孩子，一定把他们抚养成人。

生活的变故总是让人猝不及防。熊其娥还未从失去公公婆婆的痛苦中走出来，保姆阿姨因为家庭变故便匆匆离开了。

生活还得继续。熊其娥再次托人从乡下请保姆，可是一连几个月无果。万般无奈，熊其娥只得自己在家带4个孩子，此时整个家的担子都落在了丈夫身上。丈夫十分理解妻子，晚上回家就把两个孩子抱进自己的房间，让妻子好好休息。

上天似乎总在考验着这个贫穷的家庭。2018年，在双胞胎孩子9岁时，一场突如其来的打击再次降临到熊其娥的头上。

一次例行体检中，47 岁的熊其娥查出患了宫颈癌，看着体检单，她半天才缓过神来，和所有刚被诊断出癌症的患者一样，她的内心也曾震惊过、回避过，这种"情绪的休克期"，让她一度处于担心、委屈、焦虑的负面情绪中。但所幸，坚强的熊其娥很快就恢复到"战斗"状态，这么多年，自己靠着双手把 4 个孩子抚养大，一个小小的癌细胞算得了什么。

丈夫老刘知道妻子患癌的消息，顿时脑袋一片空白，他一个人躲在厕所里偷着哭了一场。从厕所出来，面带笑意地安慰妻子。"听说癌症都是惯出来的毛病，从今天咱该吃吃，该喝喝，气死它。"

当然，这只是安慰妻子的话。为了给妻子治病，老刘第二天就在鞋店门前挂出了低价转让的牌子，尽管鞋店是他和妻子同甘共苦经营出来的，但眼下没有别的办法，丈夫心里有数，妻子的病情一天也耽误不起啊！

熊其娥知道，治疗癌症的前提，就是要有一个健康乐观的态度。从走进医院那一刻起，她正确看待癌症，积极接受治疗。住院的那段日子里，多亏了有熊其娥的姐姐照料。一次次地化疗、放疗，姐姐用温暖的肩膀陪她度过，就像小时候姐姐保护受委屈的妹妹一样。

山重水复疑无路，柳暗花明又一村。经过一年多的精心治疗，在姐姐的照顾下，熊其娥起死回生，大病痊愈。令她高兴的是，看病所花的 20 万元从医保报销了一半，减轻了不少经济负担。提到治病的事，熊其娥嘴里不停念叨："还是现在党的政策好，要不然我们这些穷人只能哭天了。"

家是一只碗、两只碗、三只碗，围在一起盛一个锅里的饭。老刘为了照顾这个大家庭，主动承担起家里的所有事情，直到妻子出院他才出门找工作。而此时，家里4个孩子慢慢长大，饭量也变大了，全家6张嘴都等着饭吃，家中随时面临揭不开锅的窘境。

熊其娥大病初愈，身体虚弱，没法出去干活，便在家专心照顾4个孩子的饮食起居。老刘近50岁的年龄，没有一技之长，只能从一家企业保安做起，每月工资不到3000元，勉强维持生计。但他十分乐观，他说等工作稳定后利用工作之余做一份兼职，给4个孩子挣学费，尽力让孩子们都能念完大学。

熊其娥这些年在家带孩子也不简单。处在成长期的孩子需要更加细心地呵护。一次，上小学的双胞胎小儿子小武课间休息时和同学疯闹不小心摔断了胳膊，起初熊其娥以为是一般的骨折，便把儿子送到县城一家小医院治疗，结果被告知可能面临截肢。这时，熊其娥慌了神，一下瘫倒在地：截肢不就意味着一只胳膊残疾了吗？我可是答应公公婆婆一定会照顾好两个孩子的。

越想越害怕，她决定带孩子到省城大医院去看，辗转去了好几家大医院，总算有一家医院可以通过手术挽救孩子的胳膊，可是要花几万元的手术费。为了治好孩子的病，熊其娥四处借钱，总算凑齐了手术费。幸运的是，孩子手术很成功，熊其娥这才松了一口气。

小武出院后，熊其娥对孩子们的照看更加细心，生怕出现一点点意外，尤其关注孩子的心理感受。有人问熊其娥，谁是她最疼爱的孩子。她总是笑着说："在我家里，手心手背都是肉，他们都是我的孩子，我们是一家人。"可在亲生孩子眼里，她明明就很"偏心"。一天，熊其娥在街上买了两件一模一样的羽绒服，很显然是买给小武兄弟俩穿的，可是亲生儿子一眼就相中了妈妈手中的羽绒服。

"我是大哥，又是妈妈的亲生儿子，这件羽绒服理应是我穿。"可结果，熊其娥并没想把羽绒服给他，反而给了双胞胎兄弟。

哥哥非常不解，开始发脾气，熊其娥一个劲儿劝他："你是大哥，要让着弟弟。"小时候，哥哥实在想不明白，家里这么穷，没钱买新衣服，妈妈为什么还要收养两个孩子，还对他们这么好。

慢慢长大后，哥哥理解了母亲这些年为这个大家庭默默付出，再也没有因为"偏心"问题与母亲较劲。

熊其娥夫妇俩的爱心之举感动了很多人，许多爱心人士向她家伸出援助之手。当地妇联组织和社区干部了解她家的情况后，为她家申请了低保，还主动联系孩子所在的学校减免学费。不久前，熊其娥还获得"湖北好人"、随州最美家庭等荣誉称号。

我相信，未来熊其娥这个大家庭的生活会越来越好！因为捧一颗爱心上路的人，一生都将在爱里。为爱承诺一生的人，幸福将会跟随一生。

缓慢的"奔跑"

　　培根在《论残疾人》中写道："对于一种强有力的精神与品格，身负残疾恰恰可以转化为一种优势和动力。"在鄂北随县，有这样一位追梦人，叫段先兵。身残志坚，壮心不已。从无法行走，到奇迹般站立，再到缓慢行走，这幸运的背后写满了自信与自强的故事。

　　曾经有作家朋友多次向我谈起段先兵的事迹，每次听了都颇受感动。几次准备前去拜访，只是一直没有找到合适的机会。没想到，我的笔友王玉玲先我一步采写了段先兵的故事。记得她那篇报告文学作品名字叫《钢铁是怎样炼成的》，我拜读作品后除了感动还有敬仰。她在文中写道："命运不公，折断了他的翅膀，却折不断他的意志。段先兵一直没有放弃练习飞翔，一个折断翅膀的鹰，想飞上蓝天，所付出的比有着健全翅膀的鹰飞翔的次数不知道要多多少倍。命运捉弄了段先兵，而他从未放弃追求健康人的生活……"王玉玲用诗一般的语言记录下段先兵身残志坚的创业故事。

　　有些人一旦装在心里，总会找机会相见。阳春三月，一个洒满阳光的午后，听妇联领导说要采访一批优秀家风典型，我一看名单有段先兵家庭，作为当地作家，我毛遂自荐报名参与家风主题采写任务，在妇联领导的引荐下，我来到随县新街镇墩子湾村，终于见到了心中敬仰已久的段先兵。他留给我的第一印象是身材魁梧、阳光帅气，如果他不挂拐杖你绝不会感到他是个残疾人。见面的那天，我记得他穿着一身蓝大褂工作服，一瘸一拐地查看着他的养鸭场，阳光照在他俊朗的脸上，那一刻我似乎感到他像是个客串养鸭的电影男演员，我多么希望他的遭遇只是一场戏，他也只是个演员，等谢幕了他就是一个健全的人。但命运往往是另一个脚本，坚强的段先兵接受了命运的安排，用残疾的双腿走出现实的泥泞。

时间回到 40 年前，上小学二年级的段先兵罹患眼疾，当初没当回事，贻误了最佳治疗时机，给身体造成了难以恢复的影响。当时，因为长期红眼，他经常被同学们嘲笑为"红眼猫"，这给他幼小的心灵蒙上了一层阴影。后来，他的家人四处寻求治疗眼疾的良方，可是在那个医疗条件落后的年代，父母缺少医学常识，赤脚医生也只是治标不治本地给他吃一些激素药物，久而久之，他的眼疾不仅没有治好，双腿也突然感到越来越使不上劲，在身体虚弱的状态下他勉强念完高中进入了社会。

1997 年，段先兵抱着"边看病边打工"的想法来到北京，因为他身材高大，长相英俊，很快找到了一份保安工作，后来在几十名保安中脱颖而出，当上了保安队长。不久，他凭着灵活的头脑和对当时求职市场的判断，在上班的同时，还做起了求职中介，赚取了人生的第一桶金，成了当时老家稀有的万元户，由于操劳过度，他感到身体一天不如一天，站立时间稍微长一点腿便不停地发抖，身体状况不允许他在北京长居，他只得打道回府。值得庆幸的是，在北京通过专业治疗，他的眼疾明显好转。回到家乡，经过一段时间的休息，他感觉双腿勉强能站起来了，于是为了生活，他在随城租了一个摊位，做起了烧烤和餐饮生意，每天又开始没日没夜地忙碌。因为他的好厨艺和为人和善，他在烧烤界赢得了好口碑，生意红红火火。3 年里，他赚了十多万元，但赚来的钱大都扔进了医院，后来确诊股骨头部分坏死，他只得放弃烧烤生意，回到老家农村承包了一口堰塘，在堰塘边安了个家。

"这段时间我的情绪低落到了极点，如果不是想到孩子，想到父母，我真想一死了之，死了最起码没有痛苦。"采访时，提起他的辛酸往事，段先兵泣不成声。

在困难面前，他想到的是自己创业，从未放弃。他用做烧烤时节余的一点钱，买了些小猪崽，买了鱼苗，开始尝试着养猪、养鱼，他边学习边试验。这时候的段先兵，只能靠拐杖走路，用常人难以想象的毅力守护着这口堰塘和堰塘里的鱼儿。正在这时，雪上加霜的事儿落在他头上。他的爱人在儿子快 1 岁的时候提出和他分手。那段时间，段先兵的情绪几乎处于崩溃的状态，身体更是每况愈下，他只得把年幼的儿子交给母亲带，自己则整日待在房间里不想见人，胡子长了他懒得刮，头发长了他也懒得理，平日除了无精打采侍弄着他的猪仔和鱼儿，剩余的时间全部躺在床上望着天花板发呆，这样阴暗的日子过了两三个月。一次他无意间翻开一张旧报纸看到一个和他有同样遭遇的残疾人通过改变自己的精神面貌战胜了自己，成为生活的强者。那夜，他彻底失眠了，在梦境中他发现自己奇迹般站起来了。

第二天一大早，阳光刚刚爬过山巅，他拄着拐杖走出自家小院，面对一望无际的田野，他深深吸了口气，觉得外面的空气很香甜，也觉得阳光有一种穿透心灵的感觉，或许这一刻他真的迎来了新生。他决定从那天起好好活着，活出个男人样，于是他开始认真梳洗打扮起来，先是到理发店剪了头发、刮了胡须，而后来到随城最大的购物中心换一身好行头，先是在一楼买了皮鞋，紧接着打算挑选一套品牌西装。好运就在这时不经意地来临，当他拄着拐杖进入店面时，一个眉清目秀的姑娘微笑着向他打招呼。"先生！是给你自己挑衣服吗？我们这里都是品牌西装，质量有保证，款式你可以随便挑，就是价格稍微有点贵……""没关系，我有钱，能否把你们店里最贵的西装给我介绍下……"段先兵还开玩笑地对姑娘说，人靠衣装马靠鞍，男人有时就是要对自己狠一点儿。姑娘看着他拄着拐杖进来，估摸着他生活也不容易，尽量给他介绍稍微便宜点的衣服，段先兵看出姑娘的好心，也第一次对她有了好感。段先兵回忆，那天买衣服时不知哪来的勇气，竟一股脑儿地和姑娘讲起他到北京创业的艰辛以及发生在自己身上的种种不幸，段先兵一直是带着笑意的，姑娘听得入神，不知不觉从内心对这个身残志坚的帅小伙产生了好感，后来的故事用他的话来说就四个字——顺理成章。不久，他们闪婚了，姑娘成为妻子。段先兵的妻子从嫁给他的那天起就从思想上做好了和他同甘共苦的准备，于是她干脆辞去了商场服装导购员的工作，回乡下一门心思和段先兵养猪、养鱼，一个城里的姑娘就这样一步步成为一个养殖能手。

不久，段先兵自强不息的事迹引起了市残联领导的关注。2008 年，经市残联领导出面担保，段先兵先后获得助残贷款资金 5 万元。残联领导得知他的股骨头坏死已经到了不得不切除的地步，决定尽可能给他提供帮助。可是没想到的是，接连的手术失败，让他又一次跌入深谷。

天无绝人之路。后来，经过 4 次肢体置换手术，他才终于从病床上站起来。可是他也从此债台高垒。尽管这样，他的妻子依然不离不弃，陪他经受一次又一次手术，还把养殖场管理得井井有条。

县残联领导得知段先兵想把养殖业进一步做大做强，2013 年县妇联为他担保贷款 5 万元，并帮助他联络附近乡亲们一起成立了随县自强畜禽养殖专业合作社。此后，在段先兵的带领下，合作社规模不断扩大，他们便以合作社的名义承包下村里的水库，以养鸭为主，兼顾养鱼，发展辅助循环养殖，岸边田园栽种风景树，树下养鸡，发展全生态产业链，再进行鸭蛋深加工，做咸鸭蛋和无铅皮蛋，2017 年他成功申请了"段氏"商标。

这只是完成创业的第一步，为了拓展销路，段先兵紧跟时代步伐，在抖音平台上注册账号"蛋蛋哥"，开启了直播带货。合作社的同志都说，蛋蛋哥的形象好、表达能力强，加上发布的视频都是残疾人的励志故事，吸引了不少粉丝，也为自己的鸭蛋打开了销路。2020 年，合作社被评为随州市养鸭产业助残扶贫基地。

望着水库中群鸭欢腾，养殖基地里小鸭蹒跚学步，漫山遍野的鸭蛋，段先兵脸上露出了灿烂的笑容！段先兵说，有了当地政府领导的关心和好心人的关注，合作社目前可以带动当地40 余户农户创业，每户年收入 5 万元左右，而且合作社长期聘用的人员都是残疾人，这是他最引以为豪的事。

"爱出者爱返，福往者福来。"采访中，段先兵动情地说："是党和政府的关怀，让我成长起来，也让我加入光荣的党组织，我一定不忘党恩，尽我所能回馈社会。"

这些年，尽管行动不便，段先兵还是坚持和妻儿参加爱心公益活动。村民老董是重度残疾老人，早年老伴去世，儿女都已成家且在外地，老人独自生活。段先兵夫妇定期为老人送去米面等生活物资，并经常与老人拉家常，排解老人的孤独。每年临近春节，段先兵都会走访慰问困难残疾人，尽其所能为他们送去生活物资。2020 年疫情期间，为保障战斗在一线的医护人员的生活及物资，段先兵迅速向随县医护人员送去鸭蛋及快餐。

穷不矢志，富不忘本。他的事迹赢得社会各界广泛赞誉，先后获得"全国最美家庭""全国五好家庭""荆楚最美家庭"等荣誉。

与时代同步，与残疾人同行。身为残疾人的段先兵更懂得残疾人立足社会的不易。为拓宽残疾人就业渠道，帮助更多残疾人实现就业，段先兵通过市场考察，决定传承非遗技艺，在政府相关部门的帮助下，很快挂牌成立随州市传薪文化有限公司，全力打造残疾人手工编织创业基地，并在城区设立非遗传承编织技艺展示区，集中展示展销残疾人非遗传承、手工编织等文创产品，鼓励引导广大残疾人提升劳动技能，通过手工编织实现就业梦想，创造美好生活。

"命运有时只需要一次灵魂的奔跑，一双拐杖只能扶起我的双腿，只有自己站起来了，才永远不会倒下去！"结束采访的时候，段先兵高兴地对我说，经过长期的肢体训练和阳光般的心态，目前他已经可以完全站立起来，尽管行走的速度还很缓慢，但是带着残疾人奔跑的梦想会陪着他继续奔跑！

爱在风雨中

我最初了解"随县好婆婆王光英"的故事已是 3 年前的事了。当时，随县女性微信公众号发布了一篇题为《婆媳情深》的通讯报道。看完报道后我内心深受感动，但从未想过会在 3 年后采访她。3 月的一天，带着家风主题采访任务，我走进了她的精神世界。聆听着她的故事，我不由得感慨万分，没想到一位年迈老母亲的力量能够战胜生活中那么多的风风雨雨！

今年 78 岁的好婆婆王光英居住在鄂北随县高城镇的一个小山村，因为地处深山，村民们生活比较贫困。为了改善家庭经济状况，王光英 47 岁的儿媳王建勤和同样没有什么技能的丈夫雷伟一起到浙江某建筑工地下苦力。原以为会这么日复一日平静地过下去，没想到一场事故打破了他们原本平静的生活。2012 年 9 月 3 日清晨，刚上班不久的王建勤从 6 米多高的楼上不幸摔了下来，丈夫见状迅速冲上前去施救，后来在工友们的帮助下，将王建勤送到当地医院救治，而后又紧急转送到浙江省城大医院治疗。经过诊断，医生给出的结果让雷伟如五雷轰顶：右头顶出现裂口，右额骨骨折，双侧瞳孔对光发射消失。王建勤从此完全失去了意识，需要辅助呼吸和通过引流管进食才能维持生命，这就意味着王建勤极有可能成为植物人。

得知噩耗后，从没有出过远门的王光英放下家里的农活千里迢迢赶赴浙江，坐了整整一天火车终于来到儿媳身边。看到儿媳的那一刻，王光英感到天都快塌了，她不知道老天爷为什么对他们家这么不公平，本来就贫穷的家庭该怎样面对突如其来的变故，王光英内心的痛苦无法言喻，陪护儿媳的那些天，她感到十分焦虑，几天下来头发全白了。

看着儿媳病重的样子，王光英内心充满了自责，她恨自己没有保护好她。自从儿媳嫁过来，王光英和儿媳的感情一直非常好，虽然家庭并不富有，婆媳俩如同母女一般。生活上他们互相照顾，遇到困难一起面对，和谐的婆媳关系让左邻右舍赞不绝口。

经过医院半个月的确诊，王光英不得不接受儿媳成为植物人的残酷现实。面对儿媳的病情，王光英一方面请求医院尽最大的努力治疗，一方面四处筹款。在海宁市医院治疗一段时间后，在医生的建议下，王光英决定将儿媳转到条件更好的上海医院治疗。

求医的路异常艰难，但生活还得朝前走，当时地里庄稼成熟了没人收割，她强忍着悲痛的心情，安排好儿媳的治疗之后，便急匆匆地赶回老家。回家后，王光英人虽在家里，心中却时刻牵挂着远在千里之外治病的王建勤，儿媳的病情让她寝食难安。那段时间，她在家里一边干农活，一边焦急地等待儿媳治病的消息。可是，等来的却是绝望。2014 年春节刚过，在医院的一再催促下，王光英不得不把医生认为"已经没有治疗意义，回家准备后事"的儿媳含泪接回家。

王光英说，儿媳在整个治疗过程中先后花去200多万元的费用，虽然获得120余万元赔偿金，剩下的近百万资金不得不靠东借西凑。事已如此，王光英心想天天哭丧着脸又能解决什么问题呢？面对沉重的债务和已成植物人的儿媳，王光英擦干眼泪，选择了坚强面对，因为她坚信儿媳总有一天会好起来的。

王光英把儿媳接回家后，她和儿子一道悉心照料着，按摩、喂食、梳头、翻身、换尿布、晒太阳以及给儿媳讲故事等，他们都做得细致入微，就像照顾一个襁褓中的婴儿一样。斗转星移，时光轮转，王光英对儿媳的悉心照料始终没有改变。"家庭困难，除了照顾儿媳，平时还要种菜园、喂猪喂鸡、烧火做饭、耕种农田。"王光英说，有时实在太累了，她就一个人坐在外面竹椅上小憩一下，有时候她忍不住想哭，就跑到远处的山上痛哭一场，然后微笑着继续伺候儿媳妇的饮食起居。

随着年龄的增长，王光英各种老年病逐渐上身，让这位年过七旬的老人不堪重负，但她仍然没有放弃对儿媳的照料，因为她始终相信儿媳有一天会好起来的。

经过王光英一年多的悉心照料，王建勤虽然有时候仍然像一个小孩子一样哭闹，但病情明显好转，已经能自主呼吸和吃饭了，这不能不说是一个奇迹，是婆婆王光英用爱创造了这个奇迹。

看着儿媳病情逐步好转，王光英感到吃再多苦都是值得的。采访中，当地妇联的同志告诉我，王光英老人真是个苦命的女人，她吃的苦几日几夜都数不完，年轻时她嫁到村里来，原本和勤劳的丈夫共同经营这个家庭其乐融融，没想到年仅 42 岁的丈夫因病突然离世，剩下王光英一个人承担起家庭的全部重担，赡养两位老人、扶养 3 个还没有成年的孩子，耕种家里的责任田，作为村妇联主任她还要管理整个村的妇联工作，这些年真不知道她是怎样熬过来的。当生活刚刚露出曙光的时候，2008 年她的老公公因罹患癌症撒手人寰，不久婆婆又患上乳腺癌驾鹤西去，更艰难的是仅仅过了一年的时间，儿媳又在工地出了事……

哎！这个世界真是世事难料，谁也不知道不幸何时降临。2022 年农历五月十三，苦难再次降临到王光英家中，王建勤因得知父亲去世的消息悲伤过度，身体每况愈下，最终医治无效永远离开了人世。王建勤在生命的最后时刻，用尽全力连声呼喊王光英，妈妈！妈妈！这是儿媳对王光英爱的表达、爱的感激！王光英安葬儿媳后，随已成家的小儿子到城里生活，值得欣慰的是，小儿媳对婆婆非常孝顺，像亲生母亲一样百般呵护，小儿媳说："老妈这一辈子吃了太多的苦，经受那么多风雨磨难，在有生之年我一定会好好爱护照顾她，让老人安享晚年！"

听完王光英老人的故事，我心酸过、流泪过，但更多的是感受到她身上的那种爱的力量、爱的坚守、爱的光芒！从王光英老人身上，我看到了世间的苦，也看到人性的善。我想，这个世界上唯有爱与感恩才能化解生活的苦涩，唯有爱与感恩才能抵挡风雨的袭击！

园丁之家

在我从事写作的 20 余年时间里，采写过不少教师的故事，写一个教师的家庭故事还是第一次。不久前，带着家风主题采访任务，我有幸聆听了孙秀芬的家风故事。

初次见到孙秀芬老师，她留给我的直观印象是，眉清目秀，化着淡妆，看起来很有朝气。谈起她的家庭，她说，我今生最大的幸运就是出生在教师家庭，后来成为和母亲一样的人。

孙秀芬的母亲是乡村教师，她从小在学校里长大，那时农村教师缺乏，母亲一个人教一个班的所有课程。她回忆，母亲工作忙，白天没时间照顾她，就让她坐在教室的最后面跟着学生一起上课，晚上经常看着母亲批改学生作业慢慢睡着。那时学生考试由老师自己出题抄写在黑板上，学生再抄下来做，母亲觉得这种抄写模式耽误学生时间，就和同事在钢板上铺起蜡纸，用金属笔把事先收集好的题目一笔一画刻上去，再油印成试卷分发给学生，有了手刻印版印制教辅材料，大大提高了学生的学习效率，孙秀芬帮助母亲印刷试卷，经常忙到深夜，乐此不疲。

20世纪七八十年代农村教师的工资很低，一个月的工资勉强能维持生活，但孙秀芬的母亲非常珍惜教师这份工作。当时，改革开放的春风吹遍大江南北，也吹进乡镇校园，在改革大背景下，有亲戚劝母亲下海经商，尽管经商能挣快钱，但孙秀芬的母亲依然深深热爱自己的职业。孙秀芬说，母亲从教的目的很简单，就是让农村的孩子学到知识，将来有机会走出大山，到外面的世界闯一闯，改变命运。在母亲的影响下，她从小的志向就是做一名教师。在她幼小的心灵里，教学工作已经转变成了一种基因，渗透到她的血液里，成了她生命的一部分。

教育是一种传承，不仅是传承一种职业，更是传承一种家风。2006年9月，大学毕业的孙秀芬本有留在大城市发展的机会，但她果断放弃了，因为她的内心早已被回乡从教的梦想占据了。大学毕业后，通过"三支一扶"计划，她被组织安排到随城某中学任教，当她手执粉笔、登上三尺讲台的那一刻，她流下了激动的泪水，也圆了童年的梦想。初为教师的孙秀芬深知教师职业的责任与担当，当全班几十名新生家长把他们此生的希望和未来交到她的手上时，她反复在内心问自己面对这种信任和期许，怎样才能带出一个优秀的学生？她想起了母亲的话："教育的一切是为了孩子，教师是一碗良心饭，只有真正喜欢孩子、喜欢课堂，才能有动力站在讲台上。"

接下来的日子里，她全身心投入教育教学工作……选择了"三支一扶"，意味着3年后将要面临人生的十字路口，接下来路该怎么走？是继续从事教师这个职业，还是报考公务员，她再次选择遵从内心的想法，最终选择继续留在随城某中学任教，直到 6 年后她顺利考入随南洛阳镇中学，成为一名在编教师。

2015 年 9 月，孙秀芬迎来人生又一次挑战，上级安排她参与随城白云湖学校新校开学筹备工作，这是一项艰巨的任务，新招聘教师的福利待遇、生活保障等都要一一落实，招生计划、开学仪式、安全保障、食堂伙食等都不能出现任何闪失，经过两个月的精心准备，学校顺利开学。开学之初，学校人手十分紧张，孙秀芬除承担正常教学工作外，还兼任财务、人事和办公室工作，身兼数职对她来说既是重担，更是挑战。此时，最让她放心不下的是 3 岁的女儿，孙秀芬的爱人是武汉一私企负责人，那时她爱人的公司刚步入正轨，工作千头万绪，照顾女儿的事全部落在了孙秀芬身上。令她感到欣慰的是，女儿乖巧懂事，小小年纪陪着爷爷、奶奶，不哭不闹，很讨二老的喜欢。

一个有梦想的家庭该是多么幸福啊！然而，人生总有苦难在不经意间降临，让人措手不及。2018 年 10 月，孙秀芬的女儿刚上大班，她的婆婆被检查出宫颈癌晚期。面对噩耗，孙秀芬强忍悲痛，在内心告诉自己一定要坚强，她知道此时全家人最需要她，这时她既要照顾病重的婆婆，还要照顾年幼的女儿，实在忙不过来便请了一个护工帮忙。每天早上，她早早起床，做好早餐，然后把女儿送到幼儿园后再赶到学校去，女儿放学比妈妈下课早，孙秀芬只好让女儿在幼儿园门卫室等她。至今提起女儿在门卫室等她的往事，她仍然感到一阵心酸。孙秀芬清楚地记得有一次她下乡组织开展学习交流活动，手机放在包里没电了，自己却全然不知，接孩子这事更是忘得一干二净，等她回学校给手机充上电，才发现有很多未接来电，这时忽然想起这个时间点儿女儿还在幼儿园门卫室等她，她匆忙赶到门卫室，看到女儿时，她心怀愧疚地对女儿说："对不起，妈妈来晚了。"懂事的女儿没有一点责怪她的意思，笑嘻嘻地对孙秀芬说："没事，妈妈，我知道你很忙，有门卫爷爷陪我玩呢……"回忆起这件往事，孙秀芬的眼眶盈满了泪水。

家就像一件大衣，不会提高温度，却给予人们连火炉都不能代替的温度。患癌后期，婆婆已无法下床，只能侧躺，全身的疼痛让婆婆每天彻夜难眠，婆婆痛苦的样子孙秀芬看在眼里，疼在心上，为了缓解婆婆的疼痛，孙秀芬只要有时间就为她擦拭身体，按摩双腿，活血化瘀。在婆婆病重期间，每次孙秀芬带女儿去医院看望奶奶，她都会给奶奶唱歌、讲笑话，缓解奶奶的病痛。因病情太重，2019 年 5 月，婆婆安详地离开了她深爱的这个家庭。

多年的教师生涯，使孙秀芬早已习得喜怒不形于色的本领。老师、妈妈、妻子、女儿、媳妇多个角色加身，一天到晚如陀螺般旋转，有时忙碌一天回到家就成了"面瘫"。看到妈妈面无表情，女儿总是很紧张，唯恐自己惹怒了妈妈，便会逗妈妈开心："妈妈，你别生气，我很乖的。"听到女儿这样说，孙秀芬满怀愧疚，赶紧把孩子拥抱在怀里，彼此亲昵地蹭蹭额头，"妈妈没有生气，妈妈只是累了，你是好孩子，妈妈不生气。""妈妈，你不生气就笑一笑。"女儿对着她咧着嘴、眯着眼、仰着头，夸张地"嘻嘻嘻"大笑！这时整个房间瞬间充满了笑声！

幸福的时光总是飞着走。转眼，孙秀芬的女儿上小学了，为了节约上下班时间，孙秀芬干脆带着女儿搬到学校住，由于她在学校负责的事情较多，加班成了常态，女儿就陪着她加班。母亲兢兢业业的工作态度无形中影响了女儿，让她热爱学习、乐于钻研。长期的互相陪伴，孙秀芬与女儿成了无话不说的朋友，在母亲的熏陶下，幼小的女儿埋下了长大后做老师的梦想种子。

熟悉的人都知道，女儿的优秀与孙秀芬的苦心教育培养分不开。孙秀芬说，相比女儿的学习，她更注重德育培养。孙秀芬经常教育孩子："思想要上进，品行要端正，要尊老爱幼，团结同学，助人为乐……"平时，她常与女儿沟通，及时了解孩子思想、学习、品德、言行等多方面的真实情况，因时施教，因事施教，做到让孩子明理明事。在谈到育儿成长体会时，孙秀芬说："我给孩子最多的不是道理，而是鼓励。我是一名老师，更是一个妈妈，我经常会对女儿说，孩子，努力呀！妈妈相信你会成功的。我想，这不叫育儿体会，应该说这是一个做妈妈的天性吧！"

采访结束时，孙秀芬说："我深感作为'园丁'之家的光荣与自豪，在今后的工作中，我将以'园丁之家'的优良传统，继续勤勤恳恳、爱岗敬业，让优良传统继续传播，让教书育人的根脉不断延续。"

跟着白云湖回家

提起随州城，绕不开白云湖，这是随城独特的生态资源禀赋。清晨，白云湖如流水的诗，"一湖两岸"聚集着或慢跑、或步行、或打太极的市民，他们尽情享受着舒缓曼妙的时光；傍晚，白云湖如诗的流水，落日的余晖静静洒落白云湖水面，浮光跃金，温柔地蜿蜒于城市深处，陪伴着城市的美梦。

白云湖的得名缘于随城㳆水南岸的白云山，不知是白云湖沾了白云山的名气，还是白云山沾了白云湖的灵气，山水相依的白云湖如今成了随城一张光鲜亮丽的"名片"。有湖的地方就有诗，就有诗人。在随州文人圈里，几乎所有人都写过白云湖的诗篇。不久前，我也写过一首题为《静静的白云湖》的现代诗，借此分享其中三行：静静的白云湖／有人时您是流水的诗／无人时您是诗的流水。

其实，我本无意写白云湖，无奈白云湖入我心。在和家门口的白云湖默默对视了半生后，我才以敬畏的脚步贴近她的柔软之处。于我而言，白云湖有着生命的意义。那是 1980 年 10 月 22 日凌晨 5 时，父亲拉着板车飞奔着把母亲往随城一小镇卫生院送，此时迫不及待想与这个世界见面的我在白云湖一座桥上出生了，后来父亲给我取名刚桥，意思是刚好在桥上生，从此我的生命与白云湖有了母婴相连般的联系，当兵时从白云湖出发，转业时安置在白云湖畔一行政单位，后来选择在白云湖畔安家定居。

在白云湖岸行走，我时常想如果没有白云湖，随城会是什么样子？这是一个近于杞人忧天的问题，因为白云湖真实地在我们面前。以白云湖命名的高楼挺立在眼前，以白云湖命名的公园展现在眼前，以白云湖命名的烧烤店出现在眼前……每天从白云湖穿城的车流、人流都在向这座城市输送着潮湿的气息、灵动的气息，让人不禁回味有着厚重历史的随城母亲湖真正的价值。

过去，白云湖是随城的一条"野湖"，湖岸基本上都是田地，居住的大多是农民。那时的白云湖也没有划定禁捕区，白云湖周边的农民农闲时便会想着在湖里"捞金"，在打鱼的队伍里，父亲算得上是打鱼高手，村民们最佩服父亲的撒网技术。那时，父亲正值壮年，身强力壮，撒渔网的动作，从容不迫，一气呵成，在我眼里看来简直是帅极了。等渔网完全沉入水底后，父亲就拽了拽渔网中间的那根钢绳，然后慢慢收拉渔网。等聚拢在一起的渔网快拉出水面时，就看见渔网根部的网兜里有好多鱼儿在网兜里乱蹦。所以，父亲每次去白云湖打鱼，身后都会跟着几个学打鱼的徒弟，父亲很热心，让徒弟们背鱼篓，父亲则手拎渔网在岸边巡走，两眼紧盯水面，湖面很宽，水很清澈也很深，父亲通过察看水面痕迹就能判断出水下是否隐藏有鱼儿。瞅好时机，一网下去就有收获。在我的印象中，父亲撒出去的网很少有"空网"，最差也能捞几条小泥鳅。小时候，家里很穷，一年到头饭碗里头也不见个荤腥儿，馋急了就央求父亲，去撒鱼。

记得，上初中时有一年放暑假，父亲刚收割完地里的麦子，就叫上我和他一起去打鱼。先是跟父亲背鱼篓，后来父亲又叫我跟着他练习撒网，这是一门技术活，我连学了一周也没有长进，看着我撒网那笨拙劲，父亲渐渐有点不耐烦了，于是又让我背鱼篓，跟在父亲身边捡鱼，每每看着父亲撒网那个娴熟轻盈的手法，我开始感到不服气、不甘心，于是和父亲打赌，只要他再给我两天时间，我一定把撒网学会，之后的两天我学得很认真，网也撒得开了，只不过还不能像父亲那样撒得那么远、那么圆。刚学会撒网，有时十几网撒下去只能捞几条小鱼小虾，父亲对我说慢慢来，要打大鱼还得再练两年，看着父亲每次回家鱼篓里都装满了鱼，再看看我的鱼篓里只有几条小虾米，便很不是滋味。为了满足自己的虚荣心，我决定用"浑水摸鱼"这一招，说白了就是两个字——偷鱼。先从父亲的鱼篓下手，我故意绕开父亲撒网的地方，让父亲不知道我在偷他鱼篓里的鱼，刚开始是趁机把我打的小鱼悄悄地放进父亲的鱼篓里，然后把父亲鱼篓的大鱼放在自己的鱼篓里，这叫"狸猫换太子"。后来，偷鱼的手伸得更长了，看着哪个渔夫鱼篓里有鱼，便趁其不备赶紧把鱼篓里的鱼偷几条放在自己的鱼篓里。那些天，看着家人和邻居夸赞我打鱼的高超技术时，我暗自窃喜。

常言道："常在河边走哪有不湿鞋。"没过多久，我偷鱼的事就被人发现了，这个人不是别人，正是我一个门子上的叔叔，叔叔是个暴脾气，他放下鱼篓，狠狠地训斥了我一顿。"小小年纪不学好，不会打鱼就算了，还偷老子的鱼，看我怎么揍你这个臭小子……"说着他拿起裤腰带就准备往我身上抽，我见状赶紧往湖中央跑，叔叔一边训我，一边追我，幸亏父亲拦住了叔叔，这才平息了偷鱼事端。叔叔将我偷鱼的事情告诉了父亲，父亲连连赔不是，还诚意满满地把鱼篓里所有的鱼都给了他，叔叔对父亲说："我只是想教育下他，让他将来做一个好人！这些鱼我也吃不完，要不晚上到你家加个餐，做一个鱼火锅喝两杯……"父亲觉得那天是自己的错，是自己没有管好儿子，便满口答应了。其实，叔叔对我还是挺好的，就是脾气比较暴躁。叔叔的训斥是对的，那天叔叔在我家吃饭，我主动给叔叔倒了两杯酒，并承认了错误，也向他道了歉，叔叔原谅了我，事后还给我送来几本文学书籍。他每次见到我都会鼓励我好好学习，认真做事。叔叔后来得了重病，临去世的时候我去看望他，他不停地向我检讨自己那天冲动的做法，看着叔叔被疾病折磨得骨瘦如柴的样子，我一阵心酸，多么希望他还能追着再揍我一次啊，但追的不是偷鱼的我，而是开心顽皮的我，想到这儿，我黯然泪下。叔叔离世不久，我真正掌握了打鱼的方法，也学会了做人的硬本领。

随父亲打鱼是我少年时最难忘的事，通过打鱼养成了我勤劳的品行，也练就了我敢于担当、舍己救人的性格。记得有一次周末我随父亲去湖里打鱼，天色快暗的时候，我和父亲收起渔网正准备往家赶，突然听到有人在呼喊，救人啊，救人啊！我和父亲循声望去，只见湖中央有一个小孩在不停挣扎着。小孩的头一会儿沉下去，一会儿又浮上来。情况万分紧急，父亲发现有人落水后放下鱼篓，不顾一切跳入水中，奋力拉住小孩的一只胳膊，可惜父亲手猛然一抖，松开了孩子的胳膊，后来我才知道父亲那天是因为打了一天的鱼体力耗尽，手用力过猛突然抽筋了。幸好！这时一个赶鸭子的老奶奶手持一个长竹竿经过，我没有多想一下子拿起老人手上的长竹竿伸向落水小孩身边，小孩本能抓起竹竿，我小心翼翼地把他拖向岸边，小男孩终于成功获救了，小孩救上岸时，我和父亲同时认出被救起的小男孩正是叔叔的孙子。见天色已晚，我和父亲轮流把他背回家，那天我累得筋疲力尽，夜里却睡得很香，梦里我仿佛又看见了叔叔，我还告诉他我会继续做一个好人的。

我始终固执地认为，白云湖是会呼吸的，也是有思想的，因为随城人赋予它或柔弱或坚强的思想因子。从部队转业后，白云湖完全变了样子，16年的军旅生涯让我脱胎换骨，但唯一不变的是，每个随城人眼里都有一个不同的白云湖。不久前，我采访了一位孤独的"守湖人"，这个守护的老人今年80岁了，她是用心在守着这条湖，老人的老伴是一位民办教师，有一年白云湖洪水泛滥，她的老伴为了营救自己的学生不幸牺牲，完成了最后的言传身教。老伴去世后，老人几乎每天都会来到白云湖边，望着老伴离去的地方，祈祷他在天堂安好！老人还经常去看望被老伴救起的贫困学生，并资助他完成了大学学业，目前他已经成为一名优秀教师。

听了老人的故事，我突然对眼前的白云湖多了一份敬畏，敬畏它的神秘与深邃，似乎只有它真正明白随城的来处和去处，只有它懂得岁月的厚度与长度。我感到庆幸的是，剩下的青春离白云湖更近，可以在湖水中淘取我在人间的骨头，可以跟着白云湖回家。

幸福的回声

在这个世界上，无论岁月如何变迁，好人都不会缺席。乐全云，一个用了20多年光阴诠释伟大"母爱"的随县好人。她一共有4个孩子，两个是自己生的，两个是收养的。20多年来，她默默照顾着4个孩子，为他们撑起了一个幸福温暖的家，也收获了满满的幸福。

那是1998年，乐全云和丈夫刘世江贷款2万余元盘下村里快废弃的水泥预制板厂。生意还未起步，刘世江29岁的弟弟突然罹患肝癌，因家境不好，小叔子打算放弃治疗。乐全云多次劝说他不要放弃希望，并四处借钱帮助小叔子治病，然而终究没能换回小叔子的生命。小叔子离世时，他的大儿子刘卓6岁，小儿子刘方只有4岁。人没了，还留下一大笔债。弟媳远走北京打工，只带走了刘方。

乐全云将刘卓和70多岁患病的公公接回家，悉心照料。为了还债，乐全云协助丈夫苦心经营着小小的预制板厂，凌晨4点多就起床，和水泥，做坯子，在烈日下挥汗如雨，皮肤晒得黝黑。半年后，乐全云接到弟媳从北京打来的电话，说自己现在自身难保，要把小儿子送回来。1999年4月的一天，乐全云在长途汽车站接到了刘方，就这样，乐全云有了4个孩子。

经济条件不好不说，家里的房子实在太窄，只有三间瓦屋。乐全云在大床旁用木板支起两张小床给大女儿和大侄子睡，自己和丈夫带着小女儿和小侄子睡，公公睡隔间。

年轻时，在村委会上班的乐全云也有自己的理想，就是考公务员，当时学习资料已看了大半，突然家里又添了3口人，只能放弃理想。丈夫看到她落泪收起学习资料时一阵心酸，满心愧疚地对妻子说："现在确实也没办法，你的付出全家人心里都有数，我们一家欠你的。"乐全云眼睛湿润地说："有你这句话就够了，日子再难都要过。"在她的勤俭持家下，这个家也逐渐走上了正轨。接下来的日子里，乐全云把全部的精力投入孩子身上。她说："自己的学习放弃了，孩子们的学习可不能落下。"乐全云严格要求孩子们，把学习视为天大的事，每天的作业必须保质保量地完成。

当时，孩子的学费是最大的难题。每到孩子们快要开学时，乐全云不得不到处借钱解决孩子们的学费问题。好不容易借来学费，可吃饭又成了问题。乐全云回忆，当时最难的是蔬菜换季时没钱买，吃了上顿担心下顿，好心的邻居知道他家生活不易，时常这家送点米，那家送把菜。

再苦不能苦孩子。只要家里有点余钱，乐全云都会想着给孩子们添置新衣、购买纸笔，从来没有为自己买过一件新衣服。有一年做胰腺手术，为了照顾孩子们，也为了省钱，她在术后第二天就偷偷出院回了家。

在难熬的夏天，她在给 4 个孩子轮流洗完澡后，还要洗一大家人的衣服，忙完已是深夜，浑身汗湿，她随便在孩子们身边找一角睡下。冬天，每个孩子只有一套卫衣裤，4 个孩子洗完澡后没衣服换，她总是在火炉旁将娃们的衣服都烤干后才睡。无数个夜晚，乐全云家亮着灯，4 个孩子齐齐整整在灯下写作业，她静静地陪在一旁缝缝补补。无论多晚，只要有一个孩子还没做完，她一定会陪伴到最后。在乐全云的悉心呵护下，两个侄子从没有寄人篱下的感觉，很多人以为他俩是乐全云亲生的。

长期以来，预制板厂的收入只能勉强维持一家 7 口人的生活，乐全云开始筹划 4 个孩子上大学的费用。她看到村上有上百亩荒山荒地无人耕种，于是贷款把山地租下来，准备栽经济林木。就这样，乐全云把预制板厂丢给丈夫，一个人去林场购买杨树苗，向林业技术人员请教种植技术，然后背着树苗上了山。3 年时间里，她在 300 多亩荒山上种下了两万多棵树。后来，她又陆续包下了不少山地，带着孩子们栽种了 3 万多棵树。寒来暑往，这些经济林木苗壮成长，也给家庭带来了一定的收益。乐全云正是用这个"绿色银行"将孩子们一个个送往知识的殿堂。

乐全云经常指着杨树林对孩子们说："你们一定要好好读书，这些树就是钱，是你们上学的绿色银行，随时可取！"孩子们一直担心考上大学了也没钱读，听完这些话，才打消了后顾之忧。

4 个孩子在学习上比学赶超，都很争气，大女儿从北京医科大学硕士毕业，在河南郑州一家三甲医院当医生；小女儿在华中科技大学攻读博士；大儿子武汉大学硕士毕业，在江苏一家公司任高管；小儿子大学毕业后在当地某中学任教。

4个孩子也都很孝顺。2019年，乐全云患病住院，大儿子刘卓专门从南京赶回来照顾了伯母半个月。病友们都不知道刘卓并非亲生，连声夸赞她的儿子孝顺。

爱永远是最温暖的依靠。2021年，乐全云把老房子翻修一新，增加了几个房间，她对孩子们说："你们兄弟姐妹回来，每人都有一间房，你们在这里长大，这里永远都是你们的家。"如今，大女儿已结婚有了孩子，乐全云希望另外3个孩子也早日成家，一家人其乐融融。我想这是普天下所有母亲对儿女们共同的爱。

勤劳善良的乐全云是个闲不住的人。脱贫攻坚期间，她主动包保贫困家庭，将孤寡老人视为亲人，尽全力照顾；致富道路上，她主动为十多名贫困村民做借贷担保，帮助村民创收500余万元。如今，已退休的乐全云又应聘到当地福利院，照顾孤寡老人，继续行走在孝老爱亲的路上。

采访中，乐全云总是笑着对我说，她是世界上最幸福的女人。她还说，生活就像回音壁，只要心中有爱，就会传来幸福的回声！

太阳不落山

母亲捡垃圾的习惯在我当兵之前就有了。无论走在哪里，她手里都习惯性地拿一个蛇皮袋子，只要见到垃圾随手就捡进袋子里。

母亲捡垃圾几乎成了习惯。记得 2013 年夏季，我陪母亲到妹妹家串门，妹妹居住在沿海大城市，进大城市后母亲捡垃圾的习惯丝毫没有改变。那天天气阴沉，随时可能下雨，吃完早餐，母亲帮妹妹收拾好碗筷后，便拿着从老家带来的那个蛇皮袋子直奔菜市场，到菜市场买完菜后便开始到处捡垃圾。

自妹妹远嫁浙江嘉兴后，母亲还是第一次到妹妹家串门，这也是母亲至今到过最远的地方，想着母亲好不容易来家里一趟，妹妹趁机带着母亲去了好几家大商场买衣服，还给母亲办了一张按摩理疗卡，让母亲好好享受一下，可母亲偏偏闲不住，一心想着出去捡垃圾。妹妹住的是高档小区，当地政府推行垃圾分类后，地面上见不到一片垃圾，于是母亲便利用买菜的时机去菜市场捡垃圾。

说实话，我非常反感母亲捡垃圾。早些年如果是在农村，捡垃圾倒不是什么稀奇古怪的事。毕竟比不得城里，经济条件不好，为了生计去捡垃圾、拾牛粪都是司空见惯的事。

我结婚的第二年有了小孩，由于我常年在西藏部队服役，妻子经营一家小超市，没有时间照料孩子，于是把乡下种地的母亲接到鄂北小城生活，帮忙照顾孩子，进城后母亲一边带孙女一边捡垃圾。那时，每年从部队休假回来，当看到母亲弓着腰捡垃圾，我总感觉到背后有无数目光聚焦在她身上。捡垃圾，让我想起另一个名词——乞丐，也就是农村庄户人家说的，要饭的。当下，要饭这个行为似乎早已渐行渐远，不过，收垃圾的、捡垃圾的却大行其道。城市小区也有不少收垃圾的人每天骑着辆三轮车用扩音器不断重复吆喝着"收废品喽"，自然捡垃圾的也有不少。

在我的意识里，总觉得捡垃圾是生活实在没着落的人才会干的。想想，我们姊妹3个总算都没有让母亲失望，我从西藏部队转业分配在事业单位，有着一份不错的工作，大妹虽是卖衣服的，在小城市生活也不算差，小妹生活条件是最好的，有自己的公司，日子过得红红火火。母亲在我们姊妹3人的照顾下，生活上虽不是很富裕，但总还是可以的！

可是母亲是个闲不住的人，自进城后，似乎捡垃圾才是她最大的爱好，虽然卖垃圾挣不了多少钱，但她觉得每天有一点点收入总比没有强。以前很多时候，我对于母亲捡垃圾是极度不同意的，不少吃少穿，何必如此，实际上也是怕母亲过度操劳，累坏了身体，进一次医院的花费不知要捡多少垃圾。为这，我也没少劝过母亲，但是母亲却并没有理会，依然始终如一地捡着垃圾。

如果不是因为母亲利用买菜时机捡垃圾，远嫁外省的妹妹还不知道母亲对捡垃圾如此着迷。那天母亲从上午出去买菜直到中午还没回来，当时突然下起了暴雨，见母亲一直没回来，妹妹着急坏了，立即开车去菜市场找母亲，我们几乎找遍菜市场所有的角落却不见母亲的身影，这时我突然想起母亲有捡垃圾的习惯，我连忙问妹妹这附近哪里有废品收购站。妹妹说收购站跟母亲有什么关系，于是我一五一十告诉她这些年母亲一直在捡垃圾。妹妹没有细问母亲捡垃圾的原因，立即开车去了附近几个收购站却都没找到母亲。正在我们准备去派出所报警的时候，我们几乎同时认出在风雨中艰难前行的母亲，母亲提着一袋子垃圾，全身湿透了，像只落汤鸡，妹妹一脚油门赶到母亲面前，立即招呼母亲上车，妹妹见母亲这副模样，大声责怪母亲的不是，我在一旁拉了下妹妹的胳膊，示意她不要说了，并随即转移了话题，"你看老妈捡垃圾不容易，赶紧找个收购站先卖掉再回家……"，妹妹知道我的良苦用心，直奔收购站把垃圾卖掉了，记得一共 26 元钱。收购站的老板见妹妹开着宝马来卖垃圾，呵呵一笑说："这够油钱吗？"

我和母亲在妹妹家住了大半个月，母亲没有一天停止过捡垃圾，在我们临走的那天，母亲将车库里的垃圾打捆卖掉了，得了两百多块钱，母亲脸上满是开心，笑着对妹妹说，我好好攒着，等下次来给外孙子买玩具，买好吃的。此刻，我才真正明白，母亲捡垃圾，捡起来的不仅仅是勤劳、辛苦、朴实，还有她对儿女子孙的一份深深的厚爱！一想到这，我的眼泪竟倏然而下。

母亲捡垃圾的黄金期在她单独居住之后，这时我的儿女都长大了，上学基本不需要接送，母亲居住在我给她购买的公寓里安度晚年。公寓虽然不是很大，但流动住户多，基本上每周都有人搬家，所以产生了很多垃圾，这样母亲的蛇皮袋子每天都鼓鼓的，卖垃圾的收入一个月比一个月见长，最多的一个月收入过千元。但好景不长，一次母亲腰椎病犯了，在家一躺就是一个月没下床，等母亲康复了再次拿起蛇皮袋子捡垃圾时发现，一个高个子老太太抢了自己的"生意"，这个老太太姓吴，母亲从搬过来那天就认识她了，她性格暴躁，在整个公寓都是出了名的。母亲做梦也没想到，这个拥有几千元养老金的老太太竟然也会捡垃圾。母亲也不示弱，心想，你捡你的，我捡我的，井水不犯河水。咋能井水不犯河水？垃圾就那么多，她俩都心知肚明。思来想去，最后还是吴老太太想出好办法，她们商定一个人轮流捡一个月。

我问母亲，吴老太太一个月退休金有好几千怎么也出来捡垃圾，母亲说她是有钱，但她患有心脏病和糖尿病，每天吃药要花一部分钱，吃喝拉撒要花一部分钱，但这都不是她捡垃圾最主要的目的。

"那最主要的目的是什么？"我迫不及待想知道答案。

"吴老太太在家闲着病情越来越严重，自从捡垃圾后，她发现身体一天比一天好了，而且她还有一个大目标，就是通过捡垃圾积攒两万元钱给自己买一个金手镯，将来死后作为传家宝……"讲起吴老太太的事来母亲说个没完。

　　捡垃圾是体力活，因长时间在烈日下奔走，母亲那张黝黑的脸庞勾勒出一道一道深刻的皱纹，使她看起来要比实际年龄老很多。母亲捡垃圾很认真，生怕漏掉一个环节，她用手中的火钳小心翼翼地扒动着垃圾，就像在老家用锄头侍弄着那一片片绿油油的菜地。一次，母亲正在公寓楼前垃圾箱翻动着垃圾，眼看蛇皮袋子就要满了，这时突然走来一位年轻女子，手里拎一堆垃圾，从穿衣打扮上看，就是有权有势的成功人士。看见母亲站在那儿，一脸的冷漠和看不起的样子，好像躲之不及，怕沾上霉运似的，远远就把垃圾扔了过来，扭头就走。溅了母亲一身脏水，这一幕被我见到了，气不打一处来，刚要找她理论，母亲拉了一下我的手，轻声说："算了，不碍事的。"那刻，我不得不佩服母亲的好性情。

　　突然，母亲惊呼："那是什么？"在刚才那人扔掉的垃圾旁，一部崭新的手机发着蓝光，在满目狼藉的垃圾堆里格外显眼。"一定是那扔垃圾的女子掉的，快喊住给人家。"我捡起手机一看，还是苹果的，故意慢吞吞的，心想："掉了活该，就让你急，谁叫你那么嚣张。"我嘴里嘟囔着，母亲看出我的企图，大声斥责："还不快点还给人家。"我不情愿地赶上去冷冷地说："姑娘，请等一下。"女子回过头看了我一眼，仍然一脸冷漠的样子。我不再说什么，把手机往她手心一塞的刹那，我看到了她表情的变化，是惊讶里带着一丝羞愧。"谢谢你啊！"姑娘随即从皮包里掏出 200 元大钞要感谢母亲，母亲说啥也不要，但推来推去还是答应要 10 元钱。后来，我才知道母亲要这 10 元钱是想告诉那个姑娘，捡垃圾的也是讲职业道德的。

母亲在捡垃圾的过程中慢慢结识了不少朋友，居然大多是年轻人。公寓里居住的基本都是年轻人，以白领阶层居多，这些人平时工作繁忙，几乎没有时间清理房间卫生，这时好多年轻人就会想起母亲，母亲也是随叫随到，不厌其烦地帮助年轻人打扫房间的卫生，打扫完后都会得到"丰厚的"垃圾作为奖赏，大方的年轻人还会给母亲几十元钱作为劳务费，但母亲每次都拒收。时间长了，年轻人觉得母亲实诚，只要手头上有什么装快递的纸盒子，或者报刊之类的垃圾都会通知母亲上门来取。

前段时间，母亲结识了一个姓刘的老太太，刘老太太不是公寓里的人，她是从随城城中村来捡垃圾的，在"垃圾江湖"里没有任何背景，刚到公寓楼前捡垃圾总是偷偷摸摸的，生怕被守门的保安看见把她撵走。母亲对她很好，说她长得很像老家里她最好的玩伴，而且刘老太太和母亲一个姓，这样她们很快就混熟了。我只见过刘老太太一面，她留给我的印象是，皮肤黝黑，脸上布满皱纹，似乎饱经风霜。她的背很驼，所以走路时总是把手放在背后，一摇一晃。虽然老太太十分严肃，但是她的眼神总是那么亲切、那么慈祥。大概有半年的时间，母亲都和她一起捡垃圾，公寓里的垃圾不够捡，她们就到商场、饭店附近去捡，然后一起去卖。刘老太太是母亲见过捡废品里最勤奋的一个，每天捡垃圾时间至少 10 小时。

后来，母亲和她结交时间长了才知道她是个可怜的老人，生活过得非常艰难，家中有个半身不遂的老伴，整日在床上哼哼唧唧，还有一个患有精神疾病的女儿，一家人的生活全靠她一人照料，老伴怕拖累刘老太太，几次都想结束生命，但刘老太太总是安慰他说："要死也要自然死，不然到了阴间是要受惩罚的。"老伴一辈子都很听刘老太太的话，一直硬撑着，幻想着用最后一口气换来奇迹的出现。

母亲一直牵挂着刘老太太这个从未谋面的老伴，想着找个机会买点营养品去看看他，但不知怎的，一连好几天不见刘老太太的身影。一个阳光很好的冬日，母亲和吴老太太约着一起去看她，但她俩都没有她家的详细地址，这可怎么办呢？后来，经过询问废品收购站老板才打听到她家的大致方位，于是两人来到她居住的城中村挨家挨户地问，终于找到刘老太太家。令她们没想到的是还是来晚了一步，刘老太太于前一天突发脑出血离开了人世。

见到刘老太太遗像的那一刻，母亲怎么也不敢相信这是真的，眼泪唰唰流了下来。刘老太太死后，母亲和吴老太太都去随礼了，她们把几个月捡垃圾的钱全部交给了刘老太太的侄子，希望他把钱用在活着的人身上，也就是刘老太太的老伴和女儿身上。刘老太太侄子是个孝顺的孩子，一直履行着照顾刘老太太老伴和她女儿的责任。

刘老太太离世后，母亲难过了很长时间。不久前，公寓里又出现了一个捡垃圾的老太太，竟然也姓刘，只不过这个老太太的故事没听母亲提起过。

昨天是母亲67岁生日，我来到母亲居住的公寓，准备为她庆生，还没进公寓大门，远远地就看见母亲在寒风中捡垃圾。母亲依旧弯着腰，提着蛇皮袋子，走向一个又一个垃圾箱，重复她熟悉的动作，像是在认真捡起遗落在麦田的麦穗。那一刻，我感到垃圾已不再是垃圾，而是一种心灵的守望。

　　城市在母亲的眼里如同田野，城里人扔掉的垃圾，就像庄稼地遗落的麦穗。那些和母亲一样捡垃圾的人埋头垃圾堆里，像弓身土地的农人一样专注，用枯瘦的手触碰生活的底部，他们寻找着不是垃圾的垃圾。第一个走了，又来了第二个、第三个……我发现他们都是从小山村随儿女进城的老年人，他们用捡垃圾的手抓住每一寸城里喷香的阳光，抓住不落的太阳！

一本书的传承

家风家训可以是一句话，也可以是一种性格、一个习惯。对于随城检察干部林云志来说，家风是一本书的传承。

采访中，林云志说，他埋下读书的种子缘于爱读书的农民父亲，在他刚学会认字的时候，父亲便告诉他："娃子，要好好读书，读书可以让你增长见识，可以领着你去往脚步所到达不了的地方……"

林云志父亲最爱读的书是《三国演义》。至于为什么喜欢读这本书，林云志长大后才明白，原来父亲从书中找到了生活的智慧与启迪。林云志回忆，父亲为了供他们姊妹三人读书，除了耕种农田外，剩余的时间都在琢磨他的"香菇经"，从种植程序到售卖经验，他都能从《三国演义》人物中得到启迪。父亲常对他说，做生意要学习刘备身上的宽厚仁义、和气待人的品行。"刘备虽是'汉室后裔'，却家境贫寒，只得以织席贩履为生，曾几度寄人篱下。但是，他宽厚仁义、与人和善，最终'逆袭'，建立蜀国。刘备的成功之处在于宽厚仁义，赢在和气。刘备宽以待人，善解人意，让徐庶深受感动。徐庶不仅向刘备举荐了诸葛亮，到曹营后也未献一计一策。后来，依然因刘备的谦虚和气，‘三顾茅庐’请到诸葛亮，才能从此‘翻盘’，大展宏图……”林云志回忆说，父亲讲起刘备的故事总有说不完的话。

在三国演义里的人物中，除了刘备外，曹操对父亲一生也影响很深。父亲常对他说，曹操虽是宦官养子之后，被人轻视，但他从不在意别人的评价，始终以宽广胸怀应对动荡时局。从骁骑校尉到统一北方进爵魏王，曹操成功的秘诀在于大气……每当提起曹操，父亲都会像个说书人，林云志也会听得很入迷，他知道父亲和村里其他农民最大的不同就是爱读书，父亲把别人喝酒打牌的时间用在了读书上，所以林云志很少听到父亲对生活的忧虑和抱怨。

林云志至今依然记得有一天晚上，父亲和村里伯伯们闲聊时讲起的一件事。一次，父亲上山砍柴时一不小心，从山上摔下来，幸好被半山中一根树枝拦腰阻住，差点要了命，讲这个故事时，从父亲的脸上，林云志似乎感觉不到父亲有半点害怕的意思。后来，他把无意中听到的这个故事告诉了父亲，并很想知道父亲当时为什么没有觉得害怕？父亲笑着说，在脚踩空的那一刻，他不是想到死，而是想到生，就像战士在战场上与死神搏斗。他说，这是《三国演义》带给他的智慧，后来树枝便成为他的"救命恩人"，树枝是他在绝处逢生中赢得的转机。

林云志说，在父亲看来，人生就是一场战斗，欲成大事，先谋"生"。因为有了生的信念，父亲最终化险为夷。

　　父亲还经常用《三国演义》里的失败人物袁绍来警示自己，他说袁绍外宽内忌，败在脾气，三国群雄中，若论出身最好的人，当数袁绍。他出身名门望族，四世三公。也因此在讨伐董卓时，袁绍被推举为联军盟主。但他色厉胆薄，好谋无断，任性使气，导致众叛亲离，郁郁而终。林云志长大从政后，父亲经常教导他，一定要甩掉袁绍身上的坏脾气和小情绪，做到遇事不慌，做事不乱，自然会事有所成。

　　采访中，林云志告诉我，父亲尽管是个普通的农民，但他身上的英雄气更像一个战士，这英雄气是书本带给他的，也是生活赋予他的。父亲的一生经历磨难，养育三个子女，三个子女均完成大学学业，而且都找到如意的工作。用他的话说，子女们都跳出了"农门"，自己的任务也就完成了。

　　林云志的父亲在他们姊妹三人刚走上工作岗位不久便查出食道癌，在与疾病搏斗近10年后还是带着遗憾离开了。父亲去世之后，林云志经常会打开这本书寻找父亲的爱，他仿佛又看到下雨天父亲在屋檐下读书的情景，冬天的夜里坐在炉子边读书的画面，止不住再次泪流满面……

　　如今，林云志也成为父亲，他时常将爷爷读《三国演义》的故事讲给儿子听，才4岁的儿子似乎听不懂，但林云志说，往后他会陪着儿子把《三国演义》继续读下去。

　　在父亲的教导与影响下，林云志在《三国演义》中也找到了自己的人生坐标，他立志要做诸葛亮那样的人，为官清廉、鞠躬尽瘁、矢志不渝。如今，他和爱人都成了随城政法战线的优秀干部，夫妻俩用很多"共同点"，演绎了别样的浪漫。两人同年进入政法系统，并在党校成为同桌，后来步入婚姻殿堂。也因此，夫妻俩更能相互理解，勤俭持家，不慕奢华、不比阔、不讲排场，把廉洁视作家庭幸福快乐之源。林云志是单位的笔杆子，可无论加班多晚，家里总备着牛奶，留着一盏灯……

　　两人在工作中相互鼓励、携手并进。精准扶贫工作进入攻坚期，妻子主动请缨担任驻村第一书记。疫情防控进入关键期，夫妻俩一起当上了小区楼栋长，一起在卡口值守，为居民送物资、耐心解答各类法律问题，而当时他们的儿子才3个多月……

　　林云志说，天真的儿子有一个梦想，就是长大后成为一名作家，写出像《三国演义》一样的传世之作，将知识和智慧传递给更多的人。我想，这就是一本书的传承，更是一本书的重量。

家的气质

　　一个家庭是由很多个体组成的，每个人的气质叠加起来就是一个家庭的气质。最近一段时间，因采写最美家风故事，我走进了随城玉波门社区，有幸结识了社区一个平凡而伟大的干部家庭，正是这个家庭让我提笔写下了这篇关于家与气质的文章。

　　故事的主人公叫龚巧玲，随城玉波门社区党委副书记，一名普通的中年女性。在社区里，龚巧玲这个名字社区居民不一定都知道，但是提到"龚大姐"，许多居民会由衷地竖起一个大拇指，说一句："好样的！"

　　采访中，我听到关于龚巧玲最多的话是居民对她的感激。"真不知道该怎么感谢你，正是因为社区有你这样的好干部我才能安心在外工作！"前些天，接到社区居民龚乐新儿子从外地打来的电话，龚巧玲正在他家走访。

　　龚乐新是个上了年岁的老人，患有脑梗、心脏病，老伴已去世多年，他唯一的儿子远在河北秦皇岛工作，龚巧玲经常到龚乐新家帮他买药品和生活物资，有时老人家里电灯、水管坏了，龚巧玲立刻联系师傅上门帮忙修理，直到确认修理好才安然离去。

一直以来，龚巧玲都把群众的需求作为工作的出发点和落脚点，用心用情、将心比心、以心换心，以自己的辛苦指数换取居民的幸福指数。社区有一位年逾八旬的杨老太太长期一个人居住在一间破旧的小屋里，因患小脑萎缩症，经常会犯糊涂，不时还会做一些离奇且危险的事情。为了保证她的安全，新冠疫情期间，龚巧玲每天都会到她家去查看，为她送去一日三餐，与她聊天。2020年3月7日上午，龚巧玲照例去看她，她家里却空无一人。龚巧玲着急地四处寻找，最后发现她正趴在自家房顶上，疑有自杀倾向。龚巧玲一边安慰她，一边组织同事把她从房顶上小心翼翼地扶下来，并耐心做通她的思想工作，直到她回归正常生活，龚巧玲那颗忐忑的心才慢慢放下来。

看着母亲冲在疫情防控一线，女儿自告奋勇当起了社区防疫志愿者，每天起早贪黑参与社区卡口值守、生活物资配送、健康调查等，直到疫情结束，女儿重新投入紧张的学习中。返校的第一天，女儿给龚巧玲写了一封信："妈妈，我每天跟在您的身后，看着您电话响个不停，不停地为社区病人送生活物资、为隔离点的病人送药，你不知道我是多担心您的身体啊，可您跟我说，这种关键时候，社区干部肯定要冲在最前面，我这才明白，我性子里的坚韧是您无声传承给我的。跟在您身后，我看到的是您的坚持、您的责任感，是千千万万如您一样的社区工作者默默无闻的辛苦付出！希望您保重身体，我和爸爸永远是您坚强的后盾！"龚巧玲看到这封信时，眼睛泛起了幸福的泪花。

家风是一个家庭的精神内核，良好的家风是浸入骨子里的温柔和优秀。在母亲的影响下，女儿在学校成绩优异，顺利通过全国法律职业资格考试和高中教师资格证考试，多次获得奖学金，大学期间光荣地加入了中国共产党。大学毕业后以笔试第一、面试第一的好成绩考入武汉市公务员队伍。

比尔·盖茨曾经说过，人生最不能等的三件事：孝、爱和善，它们才是幸福的源泉。龚巧玲夫妇不仅对孩子尽心尽责，对待老人更是"孝"字当头。2014 年，龚巧玲的母亲被查出患有尿毒症，每个星期需要透析。为照顾好老人，龚巧玲早上 4 点便起床为母亲挂号，等透析结束，她和丈夫再轮流将老人从医院接回家。一有空闲时间，夫妻俩便陪伴老人去附近景点游玩，让母亲在最后的时光里没有留下遗憾。女儿放假了，也会去医院给老人讲笑话逗乐，老人拉着女儿的手不停地说："我这辈子最对不起的就是你妈，她承受了很多压力，晚年还要照顾我，你长大了一定要对你妈妈好，要听她的话，要爱护她保护她。"2017 年，龚巧玲的母亲因脑梗加脑出血病危入院，她和爱人白天上班，晚上在医院陪护，帮昏迷不醒的母亲换衣服、擦身体、翻身，成了他们的日常。怕昏迷中的母亲咬住自己的舌头，医生用棉棒抵住了母亲的牙齿，龚巧玲每隔几小时就要去找医生换新的棉棒，医生很奇怪地问："为什么你换棉棒换得这么频繁？"龚巧玲笑笑说："我妈爱干净，这样她会舒服些。"母亲去世后，龚巧玲的父亲几度抑郁，龚巧玲夫妇便搬到父亲居住的地方陪伴，遇上节假日，带着父亲一起外出散心、旅游，父亲慢慢从儿女的温情里走出思想阴霾。

龚巧玲说，父亲回归正常生活后更加热衷帮助他人，居民对他也非常信任，谁家出远门了都习惯把钥匙交给父亲，接到钥匙的那一刻，父亲感到肩头有了一份沉甸甸的责任。父亲不仅为邻居当好贴身"门卫"，还主动当起"护花使者"，帮助小区居民浇花，搬花儿到楼顶上晒太阳。每逢快过年的时候，随城人家家户户都会准备炸红肉，但很多小区的年轻人不会炸肉，他便主动进门入户手把手教他们做红肉，有时一周下来会带出几个徒弟，乐此不疲。父亲磨刀的手艺活在小区也是出了名的，小区不少居民隔段时间就会请父亲帮忙磨刀，父亲从不推辞，也从不收费，邻居们都称他"磨刀哥"。

"为什么父亲会选择为小区居民义务磨刀呢？"我好奇地问龚巧玲。她笑着告诉我，有一天父亲在小区散步无意间听到一位居民在抱怨："现在开通了互联网，买什么都再方便不过了，可就是想要磨个菜刀怎么就那么困难。"父亲心想，磨菜刀对技术和身体要求不高，非常适合自己去做，而且年轻时也看过磨刀师傅操持磨刀手艺，于是二话不说便买来了磨刀工具，还从网上学会了磨刀技术，正式开始了服务居民的"磨刀生涯"，没想到这一干就是好几年。

家风是一家之教科书。家风以一种无言的表达、无形的力量，潜移默化地影响着家人的心灵，塑造着健全的人格，推动着家庭和谐健康、和睦幸福。龚巧玲一家有 6 名党员，时年 60 年党龄的奶奶是个热心肠，一生都喜欢和群众打成一片，为困难群众提供资助，年轻时经常帮助生产队里无劳动能力的人干活。1954 年，随城遭遇特大洪水袭击，龚巧玲的奶奶为了救人，右手食指被铁锈钉扎伤后失去一截。洪水退去后，并不富裕的奶奶不仅为无家可归的人提供衣服、粮食，还帮助他们盖房子渡过难关。"作为一名党员，就要有个党员的样儿，大家都好了，才是真的好。"龚巧玲对我说，这是奶奶挂在嘴边的话。奶奶的善良和责任感深深地影响着龚巧玲的一言一行。疫情期间，90岁高龄的奶奶悄然离世，龚巧玲基于尊重奶奶生前一切从简的遗愿，她和家人们商量丧事从简，简单设置灵堂，几家儿孙默默守孝 3 天以尽孝道。龚巧玲的做法也为社区带了好头，其后社区其他几家的"丧事"也一样简办。丧事简办，最大限度地减少了社区人群集聚带来的传播风险。

奶奶在世时常对龚巧玲和晚辈们说："真正的幸福，不是取得了多大成就，赚了多少钱，而是家人闲坐，灯火可亲。"

这么多年，奶奶的话成了这家人的家训。龚巧玲告诉我，从奶奶那辈儿起，他们家就很和睦，大家相敬如宾，互相体贴照顾，相处得很融洽，不管多大的事儿，能坐下来谈就不是个事儿，人人都能舍己为家，彼此谦让，以大局为重，自然就形成了一团和气的好家风。如今，这一团和气的优良家风一代传承一代，赓续不断。

家是一个人气质的修炼场，一天中最自在的日子，都在这里度过。一个人最真实的状态，都在家中一目了然，使家也有了自己的气质。从龚巧玲家采访完，我突然想起了诗人穆尔富有哲思的话："一个人为寻求他所需要的东西，走遍了世界，回到家里，就找到了。"此次采访也让我明白一个道理：一个家最好的气质是爱小家也爱大家！

守望家风

2020年9月4日，二爹突发疾病猝然离世，终年62岁。听到二爹去世的噩耗，我瞬间头脑一片空白。他虽然身体瘦弱，但一直还算健康，怎么就这样离开了人世，让我难以置信，悲痛无比。

我与二爹最后一次见面是在我的堂妹——他侄女的升学宴会上，记得那天他连喝了四杯白酒，足有半斤，酒后还鼓励我的女儿，也就是他最亲的孙女好好学习。"小孙女！你争口气考个好大学，等你升学的时候，我给你包个大红包，至少一万块……"二爹平日很喜欢这个斯斯文文的孙女，但他更喜欢男孩。我还清晰地记得2009年9月11日，在女儿的周岁生日宴会上，那天他喝了不少酒，晚上等客人都回了家，他也回到了乡下那个只有两间破旧瓦房、一只流浪猫的家，可能是半夜猫叫让他联想起婴儿的哭叫，他打开电灯，躺在床上怎么也睡不着，于是趁着还未散去的酒劲给我打了一个电话。"侄儿子啊，赶明儿再要个二毛，争取生个儿子，咱们黄家不能断了后啊……"他近乎哀求地对我说。

"二爹，生二胎我没想过，现在城里养娃成本这么高，生一个娃子都不容易，真的不想再生了。"二爹听出我话中的无奈，他没有接话，只听见他在手机里唉声叹气了几下便挂断了手机，自此生二胎好像在我的潜意识里变成了一种使命。

其实，二爹并不是一个老光棍，父亲说他年轻时娶了一个外地的媳妇，人高马大，看上去很有福相，干农活是把好手，挺能吃苦，就是饭量大，脾气大，有股犟劲，遇事不会拐弯，这让二爹很不喜欢，他们经常会为生活中的一点点小事拌嘴，吵的次数多了感情也就越来越淡了，后来干脆分手了，据说外乡的二妈还是不想离开二爹的，二妈好不容易带着前夫的女儿来到黄家安了家，本想好好过一辈子的，谁料最终还是输在了"半路夫妻"的命运上。听父亲说，最后一次和二爹吵架后，她一直借宿在远房亲戚家，等着二爹气消了去接她回去，可是左等右等没有动静，于是她带着绝望离开了生活3年的黄家。据父亲说，二妈离开二爹一年后，他在我们镇上见到过二妈，他们还聊了好一阵子，父亲知道她找了一个好人家也非常高兴，她后来的丈夫是镇上炸油条的师傅，手艺很好，十里八乡都排队到他那儿买油条，没多长时间，他们就在镇上买了楼房，孩子也入了学，按说一家人过上了想要的幸福生活，但没想到的是，又过了不到一年的光景，父亲再去探望二妈时，她已经因心脏病离开了人世，留下了炸油条的养父和她的女儿相依为命，真是一个苦命的女人啊。

二爹得知二妈去世的消息悲痛万分，后来甚至成为他的一块"心病"，他曾无数次在酒醉后提起二妈的能干，后悔当年没有挽留二妈。二爹其实也是一个苦命人，不是说他比村里人生活苦，而是他从小得了一个怪病，过去叫黄脓疮，腿上、腰部长了好几个顽固的脓疮，找遍了县城大大小小的医院，仍然治疗效果甚微，这个病后来还是一个江湖郎中用"以毒攻毒"的方法治疗好的。二爹的病虽然好了，但留下了终身的遗憾，个子矮小，身高不到一米五，体重不到90斤，瘦得像夹炭火用的火钳一样，乡邻们都称他"瘦钳"。

常言道："兄弟如手足，打断骨头连着筋。"父亲对于这个靠出卖苦力过日子的单身汉弟弟非常担心牵挂，即使在他生病住院时也不时提醒我要多关心二爹，说实话作为公职人员我平时工作非常忙，对二爹的关心很少，只是逢年过节给他买点香烟，给几百块钱，我知道每次给的钱他都舍不得花，他说现在国家政策好，光五保户国家补贴的钱都花不完，不过我每次给钱他都很开心，毕竟他要的是这个面子，每次过节我给他钱他都会装进裤兜里，用钱夹子装好，然后在外面和老头、老太太们晒太阳的时候，说不了三句话就会掏出钱夹子炫耀一番，让那些有儿有女的老人看看，他也有钱。

有了点小钱后，二爹不是想着吃香的喝辣的，而是用钱来买面子，村里个别赌徒和亲戚抓住了二爹的习性，变着花样讨好二爹，不是请喝酒，就是请吃饭，说白了就是惦记着他口袋里的钱。最可恨的是，他们借钱不还，也很少打借条，直到二爹去世，除了有几笔小额借款有借条外，其他钱都打了水漂。二爹还有个特点是爱热闹，村子里八竿子打不着的亲戚做红白喜事，他都要去凑份子钱、凑热闹，他说这是为黄家撑面子。

也不能说二爹一点不会算账，他曾对我说等他过 60 岁生日时，让我请几个大厨在村里摆上几桌，也风光一把，这一点要求我当然是支持的。"二爹说得对！你一辈子净给别人随礼了，咱也要让你当回主人，到时我来主持大局……"我拍着胸口对二爹说。说起这件事，我至今深感内疚，不是因为二爹的生日我忘记了，而是那段时间我被借调到省城一家单位帮助工作，实在脱不开身，二爹知道我事情多，没有任何责备我的意思，他在电话中对我说："不要紧，六十大寿没过成，咱就过七十岁、八十岁的。"

除过生日这件事外，让我感到内疚的还有一件事，那是 2019 年夏季，村里遭受暴雨袭击，居住在堰塘边的二爹，整个屋子都进了水，夜晚蚊虫非常多，根本无法入睡，他在电话中向我描述洪水的严峻态势后，我急忙让他到城里来，先到我家居住一段时间，等过了雨季再回去。二爹死活不愿意，他说誓死要保住老宅，这是黄家的根。他给我打电话的目的是让我通过个人关系和村干部打招呼，让他们派一台抽水机把屋子里的水抽出去，我在电话里答应了他的请求，但后来忘了给村里打这个电话，最后可能是蚊虫叮咬得实在受不了，二爹还是妥协了，自己跑到村里亲戚家度过了雨季才回去。

单身汉最痛苦的不是生活本身，而是心里的苦没处说。2019 年冬季，父亲肺病再次发作，住进重症监护室，经过四五天的抢救才捡回一条命，在这四五天里我时刻守候在监护室外，晚上也不敢闭眼休息，生怕父亲出现意外。二爹得知父亲病重，也来照顾父亲，他说父亲这一辈子净照顾他了，这次他要好好陪陪父亲。

我担心二爹身体吃不消，在他连续照顾父亲两天后，被我和妹妹硬劝回去了，临走时他说："这些天看着你们姊妹三个人对父亲这么孝顺，吃喝拉撒照顾得细致入微也就放心了，要是我病了也有这待遇，死了也值了。"听村里婶子说，二爹在医院照顾父亲后，情绪总是怪怪的，时而笑，时而哭，让人捉摸不透。"哎！有娃子还是好！看着大哥的娃子那么孝顺，心里既欣慰又不是个劲……"婶子学二爹这些话时还学起二爹当时的表情，连连摆头。

婶子说，要是我早点告诉你二爹情绪低落这个情况，说不定你好好劝劝他，多关心下他，你二爹不会走得这么早、这么突然。正在父亲住院期间，二爹因病突然去世，我知道父亲平日最担心的就是二爹的身体，更知道父亲的身体经不起这样沉重的打击，于是再三考虑，没有告诉父亲二爹去世的消息，而是怀着极其悲痛的心情安葬了二爹，因为二爹是五保户，作为侄子，在这个时候必须尽最后的孝道。办完二爹的丧事后，我趁着父亲心情好的时候才慢慢告诉了父亲这个不幸的消息。

父亲出院的第一件事就是想着给二爹打电话，那天是我姨奶奶的一周年祭日，父亲出院后正准备和二爹一起去祭祀，不承想二爹的手机怎么也打不通，母亲知道此刻再也瞒不住了，只好如实告诉了二爹暴病离世的事，并说丧事办得很热闹，该来的亲戚都来了，该举行的仪式一样都没少。父亲听完母亲的话，半天没说一句话，一直坐在沙发上抹眼泪。母亲说，想哭就哭吧，哭出来会好受些。父亲说，不哭了，走了也好，希望他在天边能找个伴，不像在世上那么受罪。说着，父亲找出日历本，拿起黑色的圆珠笔在二爹去世的日期上画了一个圈，我知道在他心中这是一个重要的日子，也是一个悲伤的日子。

二爹去世不久，我回去整理他的遗物时，发现了一个电动剃须刀，这是我送给他的，我轻轻打开剃须刀的按钮，刀片飞快地旋转着，我的思绪也随着旋转起来，我记得二爹生前特别喜欢这个剃须刀。他说，还是这个剃须刀好用，但要省着用，不要用坏了。所以，我送给他的剃须刀只在逢年过节和参加宴会等重要的日子他才会用。我悄悄地把二爹这个剃须刀收起来带回家，在我想念他的时候就会拿出来使用，用剃须刀把脸刮干净，心也变得干干净净的，每当打开剃须刀的按钮，二爹的音容笑貌就会浮现在我的眼前。

二爹一生勤俭，在他离开人世的当天还在菜园里浇水，他停止呼吸的那一刻一只手还是扶着水桶的。二爹的勤劳在村子里是出了名的，他在世的时候经常替乡亲们免费养猪、养鸡、养鸭，自种的菜和粮食吃不了就给乡亲们做猪食。他的友善不仅使他拥有几个铁哥们，还招来不少流浪狗、流浪猫，对这些阿狗、阿猫们他都十分友善，为了改善它们的伙食，他经常到河边钓鱼，钓到鱼后舍不得吃，大部分用来喂猫了，家里上好的排骨也变成了狗粮。

说起二爹的节俭，还有一段堪称神话的真实段子，记得二爹出殡的那天，棺材被抬棺人抬出家门的那一瞬间，家里的电自动断了，电工检查说电线线路都是好的，不知是怎么断电的，至今我也没搞清啥原因。"人走灯灭吧，可能是你二爹走了，不想浪费电费，电就自动断了。"至今我都记得黄家族长的调侃回答。

世上没有永恒的事物，唯有我们心中对真爱的回忆。二爹的一生都在耕耘着勤劳节俭的家风，认认真真地把故乡的日月浓缩到黄家"家风"里，相信我也会把这一好家风传给后代。

远方的家风

有些人不常见面却时刻都住在心里，这个人是我远方的幺爷。幺爷是我们鄂北随城人的称呼，一般在家排行最末的人就称幺。幺爷在他那辈兄弟姊妹中排行第八，是排行最末的人，也是咱黄家人的骄傲。他虽然身在远方，却经常听长辈们讲起他的故事。

第一次见到幺爷是在我10岁的时候，那次他回老家参加他六哥，也就是我六爷的葬礼。我与幺爷的首次见面至今还记忆犹新，记得当时我穿着村里罗裁缝给我做的小军装，还戴着一个带有五角星的小军帽，手里拿着爷爷刚给我制作的玩具——小手枪，在六爷的葬礼上，我没有像大人们一样表现得很悲伤，而是学着电视里的战士在一旁练习卧倒、瞄准、射击的动作，我的顽皮劲引来叔叔的反感，他一下子夺去我的小手枪扔在了地上，幺爷见状没有作声，迅速弯腰拾起小手枪递给我，还微笑着对我说："这小鬼，拿枪的姿势有模有样的，长大了准能当兵哦！……"这时，我抬头才注意到站在我旁边这个人高马大、膀阔腰圆的幺爷，当时还是哥哥们喊了一声幺爷，我才意识到这就是父亲常给我提起的黄家大人物——我的幺爷，这就是爷爷常给我说起的祖坟里冒青烟几代人才出现这么一个的大人物。哥哥告诉我幺爷当过团长，是村里最大的官，这应该是我对幺爷最初的印象了。

时隔14年，我从西藏部队休假再次见到幺爷时他已人过半百，但他的神采还是没变，依然身材挺拔，只是脸上的胡须明显增多了，可能是省直机关的工作实在太忙了，经常来不及刮胡子。幺爷是机关的大笔杆子，我们第一次见面的话题就是围绕公文写作展开的，因为在部队我也经常与文字打交道。幺爷说开始当秘书的时候，整天希望当了领导就不用亲自写材料了，可真的当了领导后，发现还是亲自写材料感到踏实。幺爷在任厅级干部后，仍然爱动手写作。幺爷告诉我，他的汇报材料、讲话稿等各类公文，都是亲自草拟。幺爷认为，自己上知方针政策，下晓基层情况，对工作和问题有更多的思考，自己写最合适，也最安心，他人不好代替。

幺爷对工作极其认真，脾气又耿直。凡事必亲自去做。幺奶奶提起幺爷来生气地对我说："这倔老头子啊！我想不起他对这个家一点儿好来。亲戚们没有沾上他一点儿光也就算了，自己的孩子至今还是一个普通工人，你说这官当得有哪点好……"幺奶奶自然明白幺爷的为人，只是在嘴上发发牢骚作罢。其实，幺奶奶是很支持幺爷工作的，她和幺爷是并肩作战的战友，幺爷是部队里的政工干部，幺奶奶是部队军医。幺奶奶和幺爷结婚以来从没他拖过后腿，更没给他脸上抹黑。闲聊中，幺奶奶告诉我，有一次幺爷同学的一个亲戚找他走后门承接消防工程，消防工程事关人身财产安全，如果消防公司资质不过关肯定会出大事，他当即告诉同学这个工程爱莫能助，只能走公开招投标程序，一切按规矩办。后来，他的同学仍然不死心，于是决定"以钱开路"，他知道幺爷家里没有私家车，便花重金买了一辆私家车准备找机会送给幺爷。一次在幺爷的办公室里，同学趁幺爷处理公务的间隙，悄悄将一个信封放进他的抽屉里，然后匆匆忙忙离开了。第二天，幺爷发现了那个用信封装着的车钥匙，还有求办事的字条，幺爷明白了同学的来意，立即叫来秘书，连夜把车钥匙送到同学家中。他常说，拿人手短吃人嘴软，拿了人家东西睡不着觉。

听幺奶奶讲幺爷的这段故事，让我联想起那次与幺爷见面时的情形，因为是第一次看望幺爷，出于礼节我买了些西藏土特产，记得那天我提着包装精美的藏红花、雪莲花等礼品来到他居住的省政府大院，保安问我找谁，我说找政府办公室黄主任。保安见我提着大包小包，一脸严肃地说："小同志，你早点把手里东西收起来，他可是个油盐不进的黄板板……"我笑着说我是他远方的孙子，保安这才打开门让我进去。

其实，幺爷在生活中并不是一个情感冷漠的人。第一次与幺爷见面，他就让我给老家自家门子上的每个老人准备一份礼物，有贵州特产茶叶、牛肉干等，还有每个人500元钱的红包，红包都分别包好了，让我务必捎回去。他说，这是他的一份心意。我发现有一个红包明显钱装得多些，便好奇地问："怎么这个红包有点不一样？"幺爷笑着说，这个包是给你爷爷的，也就是我的四哥。我说："这样不太好吧，要是让其他爷爷奶奶知道了不是很难解释吗？……"幺爷沉思了一会儿对我说，"就说这钱是我和你一起给的。"我更感到好奇了，难道这个红包还真有别的含义。在我再三的"逼问"下，幺爷终于说出了实情，他说，四哥的恩情我永远也忘不了，当时我上大学没钱交生活费，四哥为了给我凑生活费竟然把家里的菜油都拿出去卖了，硬是吃了半年水煮菜。说到这，他的眼眶湿润了。

幺爷是个讲恩情的人。记得 20 世纪 90 年代初，我们老家筹建小学，得知学校因经济困难面临停工，他丝毫没有犹豫，拿出一年的工资近万元捐给学校，让学校顺利竣工、顺利开学。

在很多亲人眼里，幺爷是一个绝情的人。记得老家有两个叔叔得知幺爷手握大权，风尘仆仆来到幺爷家里，一阵苦诉后，想让幺爷给他们安排一个体面的工作，幺爷知道叔叔没有读过几天书，也没什么技术，思来想去将叔叔介绍到一个煤矿厂当工人，叔叔没想到幺爷这么绝情，对他有些怨气。"如果想挖煤，我们用得着千辛万苦跑到这里来吗？……"叔叔在贵阳停留了两天带着怨气回家了，后来黄家的晚辈们再也没有找他帮过忙。

说实话，我也有过走捷径的想法，后来在幺爷这里吃了"闭门羹"，从此认认真真干工作，不再有"非分之想"。那是在部队面临套改士官的时候，我拨通了幺爷的电话，让他疏通一下人脉关系，让我顺利套改士官，幺爷知道我的想法后，没有责骂我，而是语重心长地做起我的思想工作："孙娃子，事业是干出来的，而不是靠歪门邪道搞上去的，这样即使达到了个人目的，也是不光彩的。"幺爷的话是发自肺腑的。记得幺爷还跟我讲过发生在他身边的一个失足干部的反面典型，这个干部就是靠关系、靠贿赂爬上去的，结果提干没几年便东窗事发，连带关系人一起受到党纪国法的严惩。

幺爷退休后我去看望过他三次，每次去都有新的收获。幺爷性格很开朗，很会讲故事，不愧是做过多年政工干部，听他讲抗战、讲工作、讲农村、讲做人，寓教于乐，非常热闹，他的女儿、女婿、外孙子们都喜欢围在他的身边听故事，听到动情处还不时鼓起掌来！幺爷的故事因人而异、因时而异，在"讲"的过程中会围绕主题，从不同角度阐述问题的实质和要害。由于我从事纪检工作，爷爷给我讲的故事多涉及廉政教育，时刻要求我：工作必须严谨，纪律必须遵守，底线必须坚持，做人必须正气，我听得很入神，也很享受这种"无声处听惊雷"的激荡。

幺爷在谈及敬业上，从来不讲高大上的道理，他用中国最传统的"德""善"两个字来阐释敬业的必要性。他说，纪检工作是一份"积善行德"的工作，纪检干部每公正惩处一个贪官，就是在给干部"治病"。他希望我当好纪检宣传干部，用手中的笔写好新时代纪检监察人的生动故事。

如今人到中年，我渐渐明白幺爷的故事里，分享的是一名长者的人生经历，蕴含的是一名老党员对年轻党员的人生指引，一名老者对后人的关爱。对我来说，幺爷的教导不仅是来自远方的好家风，也是远方明亮的灯塔。

诗意人生

因为生活少了诗意，所以更渴望以诗取暖。3 年前，毫无征兆，我被焦虑的情绪瞄上了。那段时间感到干什么都不对，干什么都没劲儿。我承认自己属于"敏感性体质"，当然我指的是心思敏感、遇事纠结、多愁善感，疫情这几年恰又遇到了一些人生难题：父亲患重病需要小心陪护、子女青春期叛逆需要精心陪伴、仕途受挫需要认真总结，日日思虑，日日忧惧，因忧思而失眠，因失眠而焦虑，因焦虑而更加失眠……果然，焦虑症不期而至。

在我焦虑无助的时候，我不停地翻看朋友圈，希望从他们身上找到开心生活的力量，较长一段时间我看到一个熟悉的诗人在群里很活跃，他几乎每天早上 6 点都会准时在朋友圈发布他新创作的诗歌，有时一天一两首，有时四五首。这个诗人我多年前就认识。我还清楚地记得我们相识的准确时间，那是 2017 年 11 月 15 日，在广水市作协领导的邀约下，我有幸参加了由广水市作协牵头举办的"农民诗人蔡诗国诗歌作品研讨会"，研讨会的地点设在蔡诗国家门口小院子里。这是一家普通的农家小院，院墙上挂着火红的辣椒，墙边整齐地堆着柴火，四处弥漫着农家烟火气。研讨会上，与会人员不仅研讨了蔡诗国的诗，还有他两个弟弟一个妹妹的诗。兄妹四人凭借对诗歌的热爱坚持写诗40余年，出版诗集30余部。

作为诗歌爱好者，我更关注他们兄妹四人诗歌背后的故事，在日后频繁的交往中，我知道了他们不凡的诗歌人生。先说说农民诗人蔡诗国，1958年生，在家排行老二。他从小的梦想是参军报国，但母亲积劳成疾去世，接着大哥蔡诗强病故，大嫂出走……一连串变故让他的梦想化为泡影。老大去世后他成为家中顶梁柱。

当时尽管生活艰难，他仍然没有放弃对诗歌的热爱。干农活、挣工分不舍昼夜，他借助月光写诗。"牵命运的手／在大山小河里耕耘／拿出锄头／锄落日月星辰／世界一片宁静。""只与石头打交道／陪着溪水感慨／溪水流啊流啊／流到外面的世界……"面对生活的艰难，他用手中的笔书写着对命运的抗争，也激励自己不断前行。

然而，生活是活生生的现实。恢复高考那年，他没考上大学，当即决定不再考了，从军梦也自动放弃了，因为他要留在弟弟妹妹身边，勤奋劳作供他们读书。于是，做一个农民诗人成为他全部的梦想，田间地头成了他实现梦想的土壤，灵感一来他就找纸片写几行诗，甚至做木活时从墨斗里蘸墨，将诗写在废弃的木板上。

生活再苦他也坚持读诗写诗，带弟弟妹妹们砍柴卖柴、挖药卖药途中，去往赶集的路上他都要在随身携带的小本本上写几行诗。赶集的时候他总会买书给弟弟妹妹们阅读，那时他们家虽一贫如洗，但飘满书香。

热爱是一首最美的诗。蔡诗国还不断从电影里寻找灵感，只要听说邻村晚上要放映露天电影，他从不误场。在露天电影院里，他借着荧幕的光在笔记本上工整地记下电影里的精美台词。记录的东西多了，脑袋"富裕了"，便开始了诗歌创作，而且很快出版了第一部诗集——《诗国神龙梦》。

看了蔡诗国的诗集后，我好奇地问："你这么爱写诗，一定是家庭遗传吧？"他笑笑说："我的父母都是大字不识的庄稼人，我们写诗主要源于热爱生活，父母虽不识字，却培养了我们怎样过有诗意的生活，那就是笑对苦难。"

弟弟蔡诗华远比哥哥幸运得多。蔡诗华1979年11月应征入伍，凭借个人勤奋努力，从一名普通的战士成长为一名出色的军官。

蔡诗华命运的转变还得从诗歌说起。刚到部队，面对家庭的困境，他将每个月的微薄津贴寄回家贴补家用。当时，没钱买稿纸，他便把部队不用的废靶纸、旧电报纸剪成稿纸用，正面用了反面用。训练间隙，他把部队所见所闻和偶发的灵感用笔写在胳膊上、手掌上。他的许多诗歌是在胳膊上起草的。三伏天，晚上蚊子多，他用塑料布包裹住腿脚，写诗至深夜……诗歌的成就，让蔡诗华有幸进入解放军艺术学院学习深造，并被组织破格提干。

蔡诗国的二弟蔡诗峰也是一名军人。当兵前，蔡诗峰希望自己能到大漠、海岛、森林、雪地、草原等那些辽阔的大自然环境里去磨炼摔打。1987 年 11 月，他实现了自己的愿望，来到东北长白山下的林海雪原吉林省延边朝鲜族自治州和龙市，成为一名边防战士。

小时候，蔡诗峰受蔡诗国的影响最大。他辍学在家放牛的那段时间里，经常"偷"出二哥的藏书带到山上看，在哥哥的熏陶下，他渐渐喜欢上了诗歌。

当兵后，蔡诗峰更如饥似渴地阅读诗歌，还利用紧张的训练之余或节假日时间，深入少数民族地区和工厂、学校、农村、边境采风，用脚步丈量诗情。他曾给我讲过他写《我在水边大彻大悟》这首诗创作的经过。那是 1994 年某天的早上，他骑自行车路过布尔哈通河，看见有几个垂钓的人静静地坐在河边，清晨的阳光洒在他们脸上，意境很美，他顿感这是一个美好清晨的画面，于是停下自行车看他们垂钓。一个早上过去了，那些垂钓的人虽然没有钓到鱼，但谁也没有抱怨，没有离开。看着、想着，一句一句的诗就从他脑海里跳了出来。当时，手中只有笔，他怕诗句"跑了"，就捡起草丛里的一张扑克牌，从中撕开两面，就在这张扑克牌上面记下了这首诗。后来，这首诗在某文学杂志上发表了。

还有一次他观察到初春堆在马路边的雪堆，白天融化，晚上又被冻结这种自然现象，他写了《残雪》这首诗："融化／冰冻／冰冻／融化／一天天／消失"，4 句 13 个字，充满了生活的哲理，不久也见诸报端。

妹妹蔡小青是"蔡氏四诗人"当中唯一的女生。小时候，她聪明好学，十分讨人喜爱。读小学和读初中时，她的学习成绩一直名列前茅，家里墙壁上每年都会贴上她的奖状。由于家庭贫穷，她和弟弟蔡诗峰一样几度面临辍学。

由于蔡小青是女孩子，父亲希望她能在家操持家务，料理田地。当时家里贫困，也确实拿不出钱来让她继续读书。为了妹妹的学业，蔡诗华回家专门到家乡信用社贷款为妹妹支付学费。为了让妹妹安心读书，蔡诗华下定决心将她接到离家千里之外自己部队所在地河南省沁阳市某中学求学。尽管当时蔡诗华只是一个志愿兵，工资较低，但他倾其所能帮助妹妹圆了求学梦。

初中毕业时，成绩优异的蔡小青放弃进入高中考大学的机会，选择了读师范中专，以便早点参加工作，减轻家里的负担。读师范时，每到周末她都会来到蔡诗华那间堆满了书籍、手稿的宿舍，认真阅读文学书籍。有时候，蔡诗华也会带着她参加沁阳市文朋诗友的聚会。耳濡目染，让蔡小青对诗有了更加深入地理解，也对诗歌创作更加来了劲儿。其实，在读师范期间，她就创作了不少诗歌作品。这些作品还多次在报刊上发表。

师范毕业后，蔡小青从一名普通的乡镇教师成长为某小学副校长，从教 30 多年来，她为学生付出全心的爱，也收获了不凡的诗作。《九月，我到了乡下》《山里的孩子》《心语》等诗歌都是她对教育、对教师、对学生热爱的心声。

蔡小青来自农村，受益于军营，在三尺讲台上书写诗与美的风采。作为农村出身的她，对故土与乡村的情感难以言表，倾诉于诗。她创作的诗歌《秋收的季节》《故乡的诗》等受到不少读者欢迎，更坚定了她创作的信心。她说，未来将坚持诗歌创作，不为别的，就为心中那一份热爱。

诗在路上，爱在诗里。我很欣赏海德格尔的一句名言："人生的本质是诗意的，人应该诗意地栖息在大地上。"我想，蔡家兄妹的诗歌书写的不正是诗意的人生吗？他们以热爱为首，把生活的失意写成诗意。

从他们身上我找到了坚守的力量，为诗歌坚守，为生活歌唱。想想自己的不如意，我蓦然发现自己生活还是很美好的，虽然有时也有焦虑，但诗意从未缺席。我想只要在自己的内心修篱种菊，这个美好的世界就一定能够找到你。于是，在后来的日子里，我坚持写诗，让走过的每一步都能落下一个完美的韵脚，诗意生活也为我留下一首首好诗。

年与家

　　春节，作为中国最具仪式感的传统节日早已深入中华儿女骨髓，因它的存在，我们得以感知时光轮转，感知故土乡音，感知那些深藏于记忆深处的风俗人情；有了这些，不管这年过得好坏，过年时觉得多无聊，一旦春节过去，我们最期盼的仍是下一个春节！

　　在中国，年是回家的情侣。家，"宝盖头"遮住了外面的寒风冷雨，"一横三撇"是家中人的期盼，"向外两撇"是在外的人对家的眺望，"一个竖钩"把全家人紧紧系在一起。对常年漂泊在外的人来说，回家是最容易牵动心弦的字眼。成败得失、酸甜苦辣乃至人生的一切际遇似乎都可以依附这两个方块字在过年时得到慰藉或彰显。

　　家是墙缝里藏着好多熟悉和记忆。在我的家乡湖北随州南部小村，新年的仪式是从大年初一开始的。初一一大早，一群又一群的乡邻开始挨家挨户"拜跑年"，他们一走进院里就喊："爷爷奶奶、叔叔婶子，给您拜年了。"里面人迎出来："不拜，不拜。""这次要拜，我几年才回来一次。""见到你就很高兴了，来吃糖……"然后就是一阵寒暄，问家里人都回来了吧？身体可好？现在在哪儿工作？……乡邻们从院里出来后匆匆赶往下一个长辈家里，进行一套类似的程序。同辈人或较年轻的人路上碰到，总会大声互问新年好，恭喜发财……说得无比自信，那天的人们都愿意相信自己的祝福和别人的吉言。

一个村子转下来，少说也得两个时辰，然后回家吃顿饺子便开始了走亲访友的旅程。在西藏当兵时我常常感怀这种虔诚的拜年礼，尤其感怀那些老人们握着我的手亲切地叫我"娃子！冷不冷"，还满脸笑意对我说："娃子！要好好干，争取当个官回来。"……他们的手粗糙且温暖，轻轻地又总能给我力量。

不知不觉，随着年龄的增长，我开始像成家的男人一样，加入浩浩荡荡的拜年队伍中。之所以说浩浩荡荡，是因为我们黄姓家族人丁兴旺，在村里是大家族。从我爷爷那辈算起，到现在已经结婚的孙子辈拜年的队伍有30多号人。我们挨家挨户上门拜年，进门之后屋子都站不下，这时会有一个年纪最长的叔叔带头喊"哥、嫂"或"叔叔、婶婶"或"爷爷、奶奶"等，其余人则齐刷刷双手作揖半跪下去。

出了门，村上像我们黄姓家族的队伍比比皆是。两个队伍撞上了，通常会问候："转完了没？"意指拜年是否拜完。乡亲们从凌晨5点钟就开始挨家挨户地拜年了，等到从村东转到村西，天已经亮开了。

老家冬日凌晨冷得刺骨，可在大年初一拜年的早上，不仅感觉不到冷，脸上还会渗出一层密密的汗珠。刚开始时我很不理解，不知道大人们为什么在农历新年的第一天要那么早起床，不顾严寒，风雪无阻。当我远离家乡，尤其是成家之后才渐渐品味到家乡拜年的滋味。拜年不仅是乡亲们传递祝福的一种方式，也是联络感情增进交流的机会。拜年把一个家族的人紧紧地融合在一起，彼此问候、关心。拜年如一缕春风，紧握久别重逢的双手，温暖了彼此的心坎，温暖了轮回的四季。通过拜年，出门在外打拼的乡亲可以有机会聚在一起共话一年来家里发生的大小事情，共同体会家族大家庭的温暖。

如今我已步入中年，春节回家拜年总感到和小时候比要串的门越来越少，这些年接二连三有长辈过世，握我手的人一年年减少，但脑中对春节拜年的记忆一样深刻、一样难忘！

家教是
一生的底色

家教是一生的底色

好家教成就好家庭

最好的家教是用爱拥抱爱

用生命影响生命

幸福的老兵

幸福是什么？关于这个问题，或许每个人心中都有不同的答案。那些为了今天的幸福生活抛头颅洒热血的抗日英雄，对于来之不易的幸福有着比常人更深的认识。

"我是一个幸福的老兵，感谢党和政府带给我们这么美好幸福的生活！"3月的一个周末，我来到鄂北随县新街镇墩子湾村，采访了抗战老兵李明海，聆听他讲述那段战争岁月。

今年95岁的李明海曾是一名身经百战的战斗英雄，参与大大小小战斗数百次，立下显赫军功，也留下了一身伤痕。他的人生是从苦难中磨砺出来的。他自幼父母双亡，父亲被土匪杀害，母亲因病早逝。他与妹妹相依为命，寄宿在亲戚家，平日里靠给大户人家放牛打工为生，吃过百家饭，尝尽千般苦。1944年秋，年仅15岁的李明海扔下手中的放牛鞭，参加了新四军。入伍后，李明海先后当过卫生员、通信兵，后来，部队首长看他一身机灵劲儿，有当侦察兵的潜质，在部队领导的培养下，李明海不负厚望，很快成为一名优秀的侦察兵。

年轻的李明海跟着部队转战鄂豫边区，鄂北很多地方都留下了他战斗的足迹。在战场上，他目睹过日本鬼子的残暴，也见过国民党反动派的丑恶行径。他说，新四军虽然生活条件差，但精神富足，战士们个个士气高昂，热爱学习争当先进，当时新四军部队训练间隙都会教战士们学习文化知识，李明海非常珍惜军旅生活，也积累了不少文化知识。时光如梭，经过14年抗战，革命取得了胜利，当时有部分战士选择解甲归田，李明海坚定地对领导说，部队就是我的家，战友就是我的亲人，只要部队需要我，我愿意继续留在部队好好干。

李明海回忆，抗日战争胜利不久，国民党反动派挑起内战，一声令下，他又随部队辗转来到鄂豫边区、陕南大地，投身火热的战场。作为一名侦察兵，为了摸清敌情，他伪装成樵夫、乞丐、盲人，每次都能及时准确地将敌人信息报告给指挥部。

解放战争时，李明海的部队被编入华野，他随部队参加了淮海战役，在战场上火线加入中国共产党。在淮海战役中，他不怕牺牲英勇战斗，荣立个人三等功。此后，李明海随部队还先后参加了渡江战役、解放华中南战役。

抗美援朝战争爆发时，李明海已经成为一名排长，得知抗美援朝的消息，他主动报名参战，担任侦察排排长。李明海回忆，1951年夏季，他所在的部队经受了最惨烈的一场战斗，当时为掩护主力部队转移，他随部队奉命坚守阵地8天7夜，敌人用飞机轰大炮，他随部队顽强战斗，共击退敌人40余次猛烈进攻。这次战斗中，一枚炸弹落在李明海身边，他的一个战友当场壮烈牺牲，他的右腿两处受伤，被战友强行扶下阵地，在朝鲜医治一个月后回国到佳木斯养伤。伤愈后，他再次请战入朝，直到战争完全胜利。朝鲜战场上，李明海因其英勇表现荣立个人二等功。

1955年，李明海光荣脱下军装退伍回乡，而后被组织安排到随县黑屋湾水库工作。1962年，黑屋湾水库精简人员，李明海不愿给国家增添负担，主动辞去公职，一根扁担两个筐，陪着爱人和刚出生的孩子回到了农村老家，成为一名地地道道的农民，在劳动生产中，村民们敬佩他的正派和无私，推选他当护林员。当护林员时，他白天防山火、夜里防盗伐，所看守山林从未发生一起山火和盗伐事件；后来他还当过仓库保管员，当保管员期间，他一直把责任扛在肩头，十几年来没丢过一粒粮食。他说，仓库就是他的哨位，安全就是他的责任。

李明海是村里的老党员，也是热心人，这些年镇里开展革命传统教育，请他给中小学学生讲革命传统教育课，让他讲一讲荣誉背后的故事，他总是说："我的荣誉都是战友们用生命换来的，我要替他们好好活着，幸福地生活！"他还说"从他自己的经历可以看出，个人的命运跟国家的命运紧紧联系在一起，当代学生应该努力学习、发愤图强，将来成为国家的栋梁之材！"

在李明海的影响下，儿子事业有成不忘回馈家乡，逢年过节第一件事就是想着看望村里的孤寡老人，给他们提供生活物资和力所能及的帮助。在李明海的教育和鼓励下，2021年3月，他的孙子光荣参军入伍，孙子说："进入绿色军营，穿上爷爷曾经穿过的军装，接过爷爷曾经扛过的枪，是我一直以来的梦想。"

生活是一种姿态，面向阳光处处温馨。退伍多年的李明海至今仍然保持军人的作风，走进他的卧室，只见房间里整整齐齐摆放着部队里使用过的脸盆、茶杯、手电筒等，床上被子叠成"豆腐块"。李明海的儿媳介绍，老公公每天的生活很有规律，按时起床睡觉，天气晴好时出门走走，和村里老人聊聊天，回家看看电视，尤其爱看战争片，每次看到动情处都会情不自禁地流下眼泪。

采访中，李明海对自己在部队立下战功的英勇事迹不愿多提。对于他来说，惨烈的战斗就意味着牺牲，失去战友就像失去亲人一样，回忆过往，那种痛是无法言说的。他每次回想起就会泪流满面："我们一个连120来人只有8个人活了下来，好多战友都牺牲了……"

李明海在生活中是个非常感性且细心的人，尤其对相濡以沫的老伴更是细致入微，平日里除了劳作外，他大部分时间是陪着老伴度过的，和她一起养育儿女，一起做家务，一起面对生活的困难，让这个小家充满着人间温情。老伴先一步离李明海而去，老伴去世后，李明海无时无刻不怀念着妻子。妻子去世的这些年，只要天气晴朗，他都会到老伴儿坟头坐会儿，陪老伴说说话。

家庭如大树，有什么根，就结什么枝叶花果。李明海三代同堂，其乐融融。每次出门时，儿媳妇总是小心搀着他，李明海喜欢吃什么，每餐吃多少，儿媳妇最清楚。在李明海眼中，两个儿媳妇胜似亲闺女。李明海虽然上了年纪，但总想着为家里多做点事，平时他喜欢和邻居们拉拉家常打打牌，但农忙时节绝不出门，他说："家里人忙里忙外，我出去玩，心里过不去，重活做不了，我可以看看晒场，摘摘菜。"正是在李明海的点滴影响下，李家人勤劳的家风在无声中形成、在幸福中传承。

祝愿李明海老兵家庭美满、幸福安康！

孝路有多远

2023 年春天，一个阳光很好的上午，我第一次走进位于桐柏山南麓的随县殷店公路养护管理站，见到了走红网络的"公路孝女"——王何林。当时她刚下班回家便迅速脱掉工作服，动作麻利地将泡在盆里的被单洗净晾晒，而后把一个小桌板固定在母亲的轮椅上，将母亲推到向阳处便开始做饭。

自从她的母亲右边身子偏瘫后，照顾生活不能自理的母亲，成了她工作之余的唯一。

见有人来访，半歪在轮椅上的母亲何明兰流着泪含糊不清地说："是我和死去的老头子拖累了女儿啊！"

其实，何明兰并不是王何林的亲母亲，而是养母。为了养父母，30 岁的王何林至今没有将自己嫁出去。

1983 年 8 月 16 日，随着一阵清脆的啼哭声打破夏夜的宁静，一个女婴降临到了人间。然而，婴儿的哭声换来的不是父母的欢颜，而是叹息。3 天后，父母将嗷嗷待哺的女儿遗弃了。在这个世界上，这个连父母面都没看清的女婴命运从此发生了转变。

女婴是不幸的，又是幸运的，她遇到了一对好心人。好心人的名字叫王明祥和何明兰，他们是夫妇，同在随县殷店公路养护管理站打工。夫妇俩为人老实本分，工作积极努力，在乡亲们的心目中是有口皆碑的"大好人"。王明祥因吃苦耐劳被转为正式职工。

王明祥和何明兰是河南人，夫妇俩在随州相遇而成就了一段美好的姻缘，但婚后他们最大的遗憾是多年无子。

王明祥把弱小的女婴抱回家时，妻子何明兰落泪了："咱俩命苦，孩子比咱还命苦。"他们抱着孩子四处讨奶水，并从牙齿缝里省出来钱买奶粉，整天像喂小鸟一样喂养着孩子。养父母视天赐的女婴为掌上明珠，用两人的姓氏给女婴起名"王何林"，"林"的意思是让她在父母这棵大树的护佑下健康快乐地成长。

王何林上学时，养母天还未亮就起床给她做早餐、备午餐，然后步行八九里路送她上学，下午放学，养父母总是准点骑着自行车接她回家，晚上不厌其烦地给她辅导作业。养父母善良的品行和无私的爱心，也在潜移默化地影响着这个乖巧懂事的女孩。

养父上过几年学，写得一手好字，闲下的时候就教她和道班的孩子们读书识字。道班房的门楣上刻着几个字"世上无难事，只要肯攀登"，王何林考试不理想的时候，养父用这句话鼓励她。王何林在生活中迷茫时，养父还是用这句话来鼓励她。这十个字也是养父的座右铭。养父是"随小公路"上的老工人，每年冬季路上的事情不是很多的时候，养父便带着同事们到附近河里去挖沙、筛沙，备齐养护公路的材料，还要到山上去挖树莞做柴火，为来年炒沥青备用。夏天是道班工人最辛苦的时候，要熬油、炒沥青、补坑槽，经常起早摸黑，挥汗如雨，王何林清晰地记得，那时家里家外弥漫着沥青的味道，至今她想来也是幸福的味道。

日月如梭。转眼间墙上的日历已在这间温馨的小屋撕去了整整16个春秋。16岁那年，过早懂事的王何林铁了心要挑起家庭重担。于是，她终止了学业，选择接替养父的班，当一名光荣的养路工人，因为打小养父母就是她心中不可动摇的偶像。

1999年，养父到了退休的年龄，按照当时国家规定，16岁的王何林顺理成章地接过了养父手中的石镐、铁锹，换上橙红色的工作服，成了一个名副其实的养路工。刚开始，同事担心她身体吃不消，可是这个要强的小女孩，干起活来从不服输，修路肩、清挖边沟、修补坑槽这些体力活她一样也没有输过任何人。

王何林深知养父母恩大于天，自己要以德报恩。何明兰记得最清楚，当女儿第一次领到800元工资时，没有给自己买漂亮的衣服和化妆品，而是给她和王祥明买回衣服和营养品。以后每个月的工资，王何林除了留少量的零花钱外，其余的都交给养父母。每天下班回到家抢着帮养母干家务，养母心里真是乐开了花。

女大当嫁。已经长成大姑娘的王何林有了男友，白发两鬓的养父母看在眼里喜在心中，开始张罗起王何林的婚事。

正当一家人欢欢喜喜为王何林筹备婚事的时候，灾难毫无征兆地降临到这个家。2007年春，王明祥因突发心衰病倒了，经过一个月的治疗，病情虽有好转，但每年复发，一年要住两次医院，几年下来，仅医疗费就花掉两万多元。后来，养父的病随着年龄的衰老，越发严重起来。

2010 年，养父再次住进了医院，正在王何林为照料养父忙得焦头烂额的时候，本身患有糖尿病的养母突发高血压中风瘫痪在床，王何林不得不开始家里医院两头跑。那段时间，每天天不亮她便开始起床做饭，先帮养母穿衣梳头、喂饭喂药，天一亮便搭乘早班车去百里外的随州中心医院，给养父端屎倒尿、擦洗身体，晚上再搭乘末班车回家。

家和医院之间，像是凝固的一条隧道，王何林就在隧道中穿来穿去。两年奔波，王何林往返随州、殷店一百多个来回，累计行程一万多公里。她说："只当走了一趟尽孝的长征路。"

"你这么一个瘦弱的身躯里究竟储藏了多少惊人的力量，每天这么劳累能挺得住吗？"我问她。

"当我身上每一个细胞里的精力耗得一干二净的时候，我的内心才能安然，否则我会内疚，因为我还没竭尽全力照顾好我的爸妈。"她说。

提起王何林，乡亲们对她的孝心举动都竖起大拇指。邻居江西源老人夸赞她："一个人细心地护理两个重病号，多么艰辛啊。姑娘娃真是个天下难寻的大孝女！"江西源给我讲了这样一件事，有一年夏天，何明兰发病住院，昏迷近半个月，大小便失禁，一天要洗几次身和换几次衣，每一次翻动体重近 150 斤的养母，体重只有 80 多斤的王何林都要使尽吃奶的力气。

在这条尽孝路上，王何林的付出岂止是艰辛。几年来为给养父母治病，她花去了8万多元，唯一的房产也抵押了，期间结交了3个男友，都因她家重病、重债而告吹。最近一个男友同第一个一样婚期都定好了，可是这个高大的男人还是没能顶住现实这片风浪，在这个原本温暖的春天撕毁了婚约，扔给了王何林一个冰冷的冬天。

失恋一次又一次真实地发生在王何林身上，她没有时间去"疗伤"，病床上的养父母一刻也离不开她。王何林说："鸦有反哺之义，羊有跪乳之恩。"她认定，只要能让养父母的生命多延续一天，付出再多都是应该的，也是值得的。

她盼望着能用真情换来养父母的健康，就算拿自己的命交换也在所不惜。可是老天爷偏偏从中作梗。2012年2月，75岁的养父因胃癌发作，再次被紧急送往医院，那些天病痛把养父折磨得只剩下皮包骨，脸色蜡黄，气若游丝。直到最后针药都已打不进的养父知道自己的日子不多了，硬是逼着王何林办出院手续，清醒的时候，他总是拉着何林的手，含着泪叮嘱她，要她出去买饭吃，别总吃他的剩饭。要她一定要找个好婆家，找个能疼她、爱她的人……2012年正月三十晚上，她忠厚慈祥的父亲带着深深的眷恋和不舍永远地离开了人世。王何林守在养父身边，看着这个自己用真情无数遍抚摸过的老人紧闭双眼，她放声痛哭，压抑太久的泪水奔涌而出。

她开始为养父的丧事奔忙，乡邻们被她的孝行所动，纷纷过来帮忙。王家在当地没有亲戚，同事和乡邻主动承担起了安葬事务。在当地，请人挖墓、抬棺都要给钱，9位村民自发出工

3 天分文不取，他们说："能为这样的孝女出点力，心里舒坦。"

养父走了，王何林除了工作，把所有精力都花在了养母身上。她说："我已失去了父亲，不能再失去母亲了。"对养母，她说话总是很轻柔，生怕吓着养母，无论喂饭时间多长，她都面带微笑，从没丝毫厌倦和不满。她每天起床后的第一件事就是把夜里养母的遗屎遗尿洗刷干净，按摩身体、翻身，再给养母穿衣洗脸梳头，背起放坐在轮椅上。

不活动的养母，大便常常干结，王何林听说冬瓜皮、茅草根可以利尿通便，她就到野地去挖，坚持每天给养母熬水喝。

孝是重拾灵魂。养母得病 4 年间，道德的尺子在不断地丈量着王何林那颗感天动地的孝心。当人们回头注视时，谁都会被她的孝心所动容。随州花鼓戏剧团根据她的事迹改编的花鼓戏《嫁不出去的姑娘》，在随州神农大剧院公演，平凡的王何林以她伟大的孝举，走进了千家万户。

随州交通系统、当地政府和社会热心人士得知她的事迹后，纷纷向这位公路孝女献爱心，短短的几天就募集善款53600 元，这些善款，王何林全部交给单位管理。她说，这些善款除了还养父母治病的 4 万元欠债，剩余的要用在更需要帮助的人身上。

王何林把全部精力都投入患病的养母身上，已过而立之年的她仍形单影只。每天，养母何明兰坐在轮椅上，透过门窗和走廊，看着女儿忙里忙外的身影，心中感到无比愧疚，母亲现在唯一的愿望就是祈盼女儿早日有个好归宿。

王何林知道婚姻之事要靠缘分，急不得也急不来。在她看来，现在她要做的事比自己的婚姻大事更重要。2021 年 1 月，征求王何林的同意，随县妇联联合县交通局成立全国三八红旗手王何林工作室，由她担任工作室组长，工作室成立 3 年来，越来越多的志愿者加入工作室，走出了一条"昨天我受助，今天我自助，明天我助人"的成长道路。

孝行，一个永远不会枯萎的故事。在这条路上，王何林的孝路还在延伸！她的孝行仍在前方！

陪 产

在女儿 15 岁生日宴会上，妻子无意间提及女儿出生时的往事，把我的思绪一下子拉回到 15 年前妻子的分娩之旅。那天晚上，我在书房里找到当时写的几篇陪产日记，看着熟悉的文字，陪产的景况和心境瞬间涌现出来。

15 年前，我还在遥远的西藏当兵，休产假非常不易，我从年初就开始计划手头的工作，没想到在妻子预产期还不到一个月的时候，突然接到上级部队通知，让我去青海西宁总部集中编写一部军旅体裁的报告文学集。真是计划不如变化快啊！我连夜赶往西宁报到，第二天我就给部队领导说起妻子不久将临产的事，领导支持我休产假，让我先完成手头的事再休假，随后的时间里我尽量少休息多工作，终于提前一周完成采写任务，然后火急火燎地赶回家，这时离妻子预产期仅有两天时间了。

2008 年 10 月 9 日晚，我带上妻子精心准备的待产包走进市妇幼保健院待产，在这之前爱人的肚子断断续续疼了一天，赶到医院医生检查了之后说宫口开了一指，我急急忙忙地办了住院手续。接下来就是 B 超、胎监，然后就是等待。凌晨 3 点，医生说开了三指，可以进产房了，让家属在外面等。终于等到产房门打开，医生告诉我说，产妇胎位不正，胎位正常了才能生产，我的心猛地紧张起来，医生说我可以进去陪产，让我换好衣服、换好鞋子，跟着护士到产房来。走进产房，我被眼前的场景惊呆了，老婆无力地躺在床上，大腿下面全是血，一次次宫缩、一次次剧痛、一次次用力，我不知道好几小时她是怎样熬过来的。

"请问医生，这孩子还有多长时间能生出来啊？"走进产房后，我焦急地一遍遍问医生。

"不要再问了，快！赶紧给你的妻子使劲啊……"负责妻子生产的医生一边帮助妻子做催产动作一边对我说，你知道生孩子有多疼？医学上把疼痛分为10级，最高级别就是分娩。

这是我第一次近距离感受到妻子分娩之痛。从我进产房，爱人就一直在宫缩，每次的宫缩都会引起剧烈的疼痛，我抓着爱人的手，这个时候不知道该说些什么。我在一旁看着爱人已累得筋疲力尽，实在是太可怜了，我说实在不行就剖宫产，妻子说让她再试试，大约挣扎一小时后，伴随着响亮的啼哭声，女儿终于与我们见面了。

女儿的出生，让我切身感受到：孩子的诞生日就是母亲的"受难日"。对于女人而言，生孩子是离死亡最近的距离。每一个降生的婴儿与母亲都是"生死之交"，产房中母亲分娩过程等同于闯过一次"鬼门关"。世上有多少女人因难产而死？又有多少女人为"生"而赴死？想到这里，我的心一阵阵颤抖。陪产时，我记得有一位年轻的妈妈说，当看到孩子对她笑时，一下子就忘了生产时剧烈的疼痛，我想这便是母亲的伟大。

妻子生了个女儿，当时不是特别开心。她对我说如果咱们生个儿子就好了，将来和你一样去西藏当兵。我在一旁安慰妻子说："儿子是'建设银行'，女儿是'招商银行'，生女儿才是宝！"我话音刚落，站在一旁的医生大声笑了起来。

妻子慈爱地看着宝贝，喃喃地说：宝贝，你终于跟妈妈见面了，妈妈怀孕生你不知吃了多少苦受了多少罪，你长大了可一定要乖乖听话哦……此时，女儿安静地躺在医院特制的摇床里睡觉，红扑扑的小脸胖嘟嘟的，非常可爱。看着女儿酣睡可爱的小模样，我感到那个秋天充满了幸福美好的意义。在陪护妻子的一周里，我慢慢找到了做爸爸的感觉，也一点一滴爱上女儿。

初为人父，当时对于怎样喂养孩子可以说是一窍不通，幸亏有母亲在一旁指点，晚上母亲离开医院，我开始真正忙起来，孩子隔两三小时喂一次奶，换一次尿布，两天洗一次澡，一切都很有规律。有时孩子白天睡多了，晚上不肯好好睡觉，那就得多起来几次。这期间最担心的是黄疸。这是每一个新生儿都会遇到的，不是病，但可能会发展成病。现在孩子黄疸已经消退得差不多了，庆幸不用照蓝光治疗，蓝光对孩子伤害太大，还好一切顺利，女儿在医院度过了危险期。

住院第三天的时候，面临给女儿起名字的问题，因为办各种手续都需要婴儿的名字。为了女儿的名字我和妻子煞费苦心。各自把交际圈内女生名字写了个遍，想从中激发灵感，接连想了几个，妻子都说不新颖，最后还是求教我的文学老师们求得女儿的名字——黄盈赛文，"盈"字是妻子的名，赛文是我的心愿，我希望她长大后能从文，能在文学的赛道拼搏成才！女儿有了自己的名字后，很快就办理了出院手续。

女儿的出生，让妻子迅速进入了母亲的角色，尤其是我的陪产假马上就结束了，剩下的日子照顾女儿的衣食起居全由妻子一个人承担。在回西藏的路上，看着一个个母亲带着幼小的儿女奔赴远方，一路奔波，一路悉心照料，我不禁感慨，一个女人变成母亲是被赋予多么神圣的使命啊！从十月怀胎，到长大成人，直到母亲闭上眼睛为止，母亲就不再是一个简单的称呼，而是一种责任、一种使命，一种一辈子不会失业的职业。

在女儿8岁时国家已经放开了二孩政策，甚至开始出台鼓励生育二孩政策，政策出台的第一年，一直抱有多子多福观念的岳母便开始频频动员我和妻子生第二胎。说实话我对生二胎一点儿不上心，当时我和不少年轻人想法一样，养好一个孩子已经不容易了。

一次我休探亲假，岳母又开始催促我和妻子早点生二胎。面对岳母的苦口婆心，我冷冷地回应了一句："要是哪天太阳从西边出来我就考虑生二胎。"岳母知道是自己催促太紧了，后来便没怎么提生二胎的事。

人生有时真是神奇，你不去想的事它偏偏发生了。"二毛"在我和妻子毫无防备的情况下挤进我们的生活。那时，我已经转业在随州日报社担任记者。为了方便照顾爱人，我和妻子选择到离报社一墙之隔的东方医院生产。

记得，妻子离预产期还有一周左右的时候，她便托医院熟人订了产房，产房设备齐全、安静舒适，妻子很高兴，我也很满意，要知道年底是生宝宝的高峰期，一房难求。这家医院，几乎每天都人头攒动人满为患。三楼妇产科楼道里到处都挤满了床位，一些产妇及家属或坐或躺或站或蹲。我庆幸如愿以偿不用挤住在楼道里。

妻子是敏感体质，对药水味尤其敏感，可一踏进医院大门，消毒水和酒精的混合气味便扑面而来。妻子捂住口鼻做呕吐状，还好没有吐出来。

经过细致检查，产检医生说妻子还有好几天才能生产，于是我们选择回家待产，那天正好是我36岁生日。妻子说："小孩儿要是能和你一天出生就好了，你们就可以同属相同月同日，要不我去做剖宫产吧？"我说："没必要，老天让哪天生就哪天生，顺天意为好。"

妻子没有听从我的劝阻，随即拿起手机给产科医生打电话表明想做剖宫产，医生对妻子说："你骨盆不小，自然分娩的条件没问题，能生下来尽量自己生，再说你的老大是顺产的，二毛更容易生下来，顺产更利于产后恢复和孩子健康，再说生孩子不是想剖宫就能剖，医院有规定，除非难产剖宫。"

妻子怀孕后，我曾听过有关的生育知识讲座，医院不提倡剖宫产是基于自然法则，不提倡剖宫产对孕妈和新生儿来说都是一件好事，毕竟顺产的话胎儿经过产道降生，产妇所受的创伤比剖宫产要小。

哈！真是人算不如天算。那天，我们吃完饭刚准备上床休息，妻子突然说肚子疼得厉害，她感到自己好像是要生了，我立马从小区门口叫了一辆出租车直奔医院，这次爱人发作很快，但生产过程却很艰难，连续几次妻子躺在产床上使尽全身的力气，可是宝宝依然没有转到合适的胎位，渐渐地，妻子实在是没有力气了，流着泪对我说："太难受了，我生不下来。"我握住爱人手说："做剖宫产吧。"妻子却执意说要再试一次。为了补充体力，护士让我去超市买几块巧克力给妻子吃，开始我以为听错了，以前从来没听说过。为什么要准备巧克力？我立即向护士证实。护士说，巧克力能迅速使产妇在生产过程中提升身体能量，有助于分娩。

看着妻子吃完两块巧克力，医生命令我到外面等着。在门外我的精神越来越紧张，此时唯有祈祷，也只有祈祷妻子顺利完成生产。在电视剧或者电影里经常看到的那一幕此时出现在我身上，心慌，但也要努力保持镇定。

大概又过了半个钟头，医生让我进产房帮忙使劲加油，这是我一个晚上第六次进产房了，这次爱人和宝宝的力量终于聚在了一起，完成了父母之约。2016年10月22日凌晨5点35分，医生告诉说，生了个男宝儿，母子平安！我立即把这个消息告诉妻子："我们有儿子啦！我们有儿子啦！"妻子躺在床上嘴角露出了微笑！妻子轻声地对我说了声："祝你们父子俩生日快乐！"

记得儿子出生的那天夜里，随城突然下起了大雪，这是那年入冬后的第一场雪。雪下得很猛，但时间很短，第二天一大早太阳缓缓爬上了城头，晨光洒满白云湖，全新的一天就这样开始了。

金锣山散记

在动身采访随县草店镇金锣山村女支书刘志兰之前，我认真阅读了随县作协朋友送我的一本《随县地名志》，得知金锣山村是一个神秘的地方，内心对这次采访充满了好奇和期待。《随县地名志》记载：相传很久以前，一天夜里，在夜深人静的时候，金锣山下的村民们忽然听到山上传来清脆悦耳的锣鸣声，起初村民并没在意，以为是谁家死了人，在做丧事。后来经常在夜深人静的时候，听到从山上传来清脆的锣鸣声，村民们感到有些奇怪，不可能天天都有死人的呀。于是，附近两个村庄的村民便互相打听，是否在夜晚听到锣声，村子里最近是否死了人。可附近村子里的人都说在夜晚听到过锣声，但这两个村都没有死过人，这下村民更感到奇怪了。

锣声究竟是从哪儿来的呢？村民们商议，决定探个究竟。在一个皓月当空的晚上，村民都没睡觉，静静地等着锣声响起。半夜三更时分，锣声终于响了。于是，村民乘着月光，循着锣声向山上寻去。待村民们快寻至山腰时，远远看见前面山腰处有一圆圆的东西，好似一面镜子，在月光的照射下闪闪发光，锣声也是从那里发出的。这一发现使村民们兴奋不已，飞快地向山腰奔去。走近一看，原来在一高数丈的峭壁上扣着一只有筛子大小的金锣，在月光的照射下发着金色的光芒，并发出清脆的锣声。后来，人们便把这座山叫作金锣山。据说后来在日本侵略中国的时候，日本人发现了这只金锣，说它是一宝物，欲将它取走。于是，他们搬来云梯，拿着钻子，开始凿取金锣。当他们费了九牛二虎之力快将金锣取下时，金锣突然从峭壁上掉下，并从山上滚到山下，最后滚入一堰塘中，便再也找不着了。据说有一风水先生称这是金锣入土了，从此这一带的土地也沾着金锣的灵气，成了风水宝地。

这是一个美丽的神话故事，这是一片神奇的土地，对于我这个基层作家充满了极强的诱惑力。4月初的一天，带着对金锣山这个风水宝地的敬畏之情，我采访了村里的"当家人"——刘志兰。"刘书记好！听说你在村委会工作了30多年是吧？还听说这个村过去因为没有产业，很多年轻人都外出打工了？后来你是怎么把一个贫困村变成富裕村的？有什么秘诀吗？"我急切地想知道一个外村媳妇是怎样让这片神奇的土地焕发新颜的。"准确地说我在村委会工作了38年，按说已经到了退休年龄，镇上领导让我把这一届干完，我非常感谢领导和村民们对我的信任。回想起来，我从任妇联主任、副书记、村主任到村支书，我的工作感受就一条：凡事都要认真，只要认真了就没有干不好的事情。"刘志兰说，"认真"二字是万能钥匙，会帮你打开解决问题的思路，最终战胜所有的困难。她回忆，刚挑起村支书重担时整日吃不下饭，睡不好觉。早晨晚上在村里转悠，张家坐坐，李家问问，王家走走，走着坐着满脑子都在用心琢磨村里产业发展的事。老支书见她如此认真，笑着对她说："相信你会干好的，你就大胆地干吧，我们这些老同志都支持你！"关键时刻一句宽慰的话语，让她深感温暖。

认真是一种敬业精神，也是一种踏实负责的做事作风。任村支书后，刘志兰把"认真"二字转化为发展特色产业的基石。采访中，刘志兰给我提起两个特色农业产业让我印象特别深刻。一个是羊肚菌产业。为了解决羊肚菌种植技术难题，刘志兰通过聘请农业专家和走出去学习等方法，让羊肚菌迅速变成了金锣山新的产业神话。

金锣山第二大特色农业产业是稻田养青蛙。刘志兰告诉我，这是 2022 年他们从外地引进新的产业项目，稻田养蛙将种植业与水产养殖业有机结合起来，稻田可为青蛙提供良好的栖息场所，蛙田里的水稻不用施肥、打药，稻谷价格也比普通稻谷至少高出两倍，这样的种植、养殖模式大大提高了经济效益。

提及产业兴村的事，刘志兰如数家珍。看着村里短短的 10 余年就发展了这么多支柱产业，我由衷地为刘志兰和村干部们感到骄傲。"你们真是了不起啊！看来金锣山真是个创造神话的地方，希望你们未来创造更多的产业神话……"刘志兰笑笑说，这个世界上没有一夜成名的神话，唯有脚踏实地干才能出现神话。

"脚踏实地是梦想，好高骛远是空想。"这是刘志兰挂在嘴边的话。为有效解决村里剩余劳动力就业，刘志兰通过招商引资，先后引进了一家制衣厂和一家箱包厂，两家企业为村民提供了 200 多个就业岗位。与此同时，她还带头在全镇组织成立妇女志愿者服务队，为村里孤寡老人和困难家庭解难帮困，让金锣山村成为幸福的大家庭。

谈到刘志兰的小家，她说，她能全身心为村民服务全靠家人的支持，这些年来，她最对不起的人是自己的爱人，爱人早年在采石场工作时手臂受了伤，干活使不上劲儿，但他是个内心细腻的人，每天坚持给孩子们烧火做饭，收拾房间，家里一直保持干净整洁。她每天回到家，哪怕夜里再晚都能吃上热乎乎的饭菜。孩子们长大后也非常支持她在村上工作，这是她工作的精神动力。

采访快结束的时候，刘志兰带我参观了村里的荣誉室。走进荣誉室，我首先被一个用红绳吊着的金锣所吸引。"荣誉室里为什么要放一个金锣呀？"我好奇地问刘志兰。她笑着说："这金锣就像古代打仗时用的战鼓，鼓舞士气、催人奋进，我们在召开产业扶贫、乡村振兴等誓师大会时会把金锣搬到会议现场，随着金锣一声响，预示着好兆头，预示着我们这项工作已经发起了冲锋号！……"听着刘志兰的介绍，我感到热血沸腾，我激动地敲响了金锣，这一声响是我发自内心地为刘志兰和金锣山村送去的美好祝愿，祝愿金锣山村未来在刘志兰的带领下创造更多美丽的神话！

家风力量

家风对一个孩子的健康成长究竟有多重要？下面我讲的这个故事也许能给你答案。不久前，在广水市妇联举办的家风故事分享会上我有幸采访了一名军官，他的故事让我对家风二字有了更深的认识。这名军官叫秦子航，4 年前从湖北广水高中考入西安空军工程大学。一见面，他留给我的印象是：身材挺拔，阳光帅气，眼神中透着军人独有的自信。那天，我们的交谈从他的家风故事开始。

秦子航说，在父母的悉心教导下他上小学的时候成绩一直名列前茅，自从上初中后迷上了上网打游戏，学习成绩一落千丈，那时他每天满脑子都是网络游戏，开始他瞒着家人谎称晚上去同学家复习功课，时间长了父亲觉得他老往同学家跑肯定有问题，于是跟随他来到网吧发现了他上网打游戏的秘密。这时，父亲并没有对他发火，而是冷静地和他讲起自己年轻时的一段故事。原来，秦子航的父亲小学学习成绩一直很优秀，后来因为去外地上初中，放飞了自我，迷上了打麻将，慢慢误入歧途，最终葬送了大好前程，中考时父亲只考上了一所普通的中专学校，他不想儿子和自己一样在读书的年纪陷入迷途，那样将会抱憾终生。父亲后来虽然通过勤奋努力拥有了两间副食店，日子过得还算安稳，但他不希望儿子在追求未来的道路上和他一样"摔跤"。那时，秦子航虽然对父亲掏心窝子的话似懂非懂，但在内心深处却埋下了一颗健康向上的种子，从那以后他再也没有偷着去过网吧。

也正是从那天起秦子航像变了个人似的，用他的话说就是"一夜长大"。长大后的秦子航志向是报考军校，做一名航空兵，翱翔祖国的蓝天。他的志向源于在网上看到的一段感人的视频，那是汶川地震时 15 名勇士留下的影像。汶川地震后，四川茂县与外界完全失去联系，空降兵 15 名勇士立下生死状，在没有地面指导、没有地面标志、没有气象资料的情况下，毅然从 5000 米的高空一跃而下，伞降茂县的救援画面撼动着秦子航这颗年轻的心。15 名勇士纵身一跃给灾区的人民带来了希望和生机，也点燃了秦子航参军报国的梦想。2019 年 9 月，他如愿考上西安空军工程大学，实现了翱翔蓝天的梦想。

父亲常对他说："成功的道路没有捷径，唯有脚踏实地。"父亲的爱在秦子航的心中像一轮太阳，照亮他的心田，让他永远阳光灿烂。秦子航记得，在 2022 年暑假快结束的时候，他心血来潮决定体验一下马拉松，于是自作主张带着表弟从家门口的省道出发了。表弟骑着自行车，他在后边跑，刚开始的时候配速还比较快，等到 10 公里以后，秦子航感到大腿已经变得麻木，当时天空忽然下起雨来，可他没有放弃自己的目标，硬撑着跑完了 22 公里。此时，雨下得越来越大，他和表弟只得到路旁的厕所避雨。可是等了一个多小时雨还不见停，表弟终究耐不住性子给秦子航家里打电话"求援"。

过了将近两小时，秦子航的父亲开车来接他们回家，结果表弟的自行车却放不进车里，父亲觉得这是对儿子的一次考验，便让他独自骑行回家。当时天已渐渐黑了下来，气温也一下降了好几摄氏度，风带着雨水打在脸上，像刀子一样划过。雨衣里已分不清是汗水还是雨水，冰冷地贴在身上。鞋也慢慢被雨水淋湿，冻僵的双脚机械地蹬着自行车。

冒雨骑行，每一滴雨点都像是在敲打着他的意志，就在他感到身体被掏空的时候，突然看到路边停下一辆车，他向路边瞥了一眼，发现是父亲的车。秦子航只当是没看见父亲，继续奋力前边骑行，父亲一句话没说，开着车灯紧跟在他身后照亮他前行的路，这时本来他已经感到力气用尽了，父亲的车灯似乎有一股神奇的力量，让他全身突然来了劲儿。靠着毅力，又过了两小时，终于安全回到了家，回家后他和父亲依然没说一句话，但父子俩脸上都露出了灿烂的笑容，那一晚秦子航睡得很香。

良好的家风，不仅是有形地模仿，更是无形地塑造。这种塑造，可能是长辈一个细微的生活习惯，亦可能是长辈对于一件小事的态度，但对我们每一个人的一生都有着极其重要的影响。"虽然没有完全跑完马拉松，但是这件事改变了我做事的态度。以往如果遇到困难我会退缩，甚至不想去做，现在我不会抱怨，而是想着尽力去完成自己心中的目标。"秦子航对我说："人生就是一场马拉松，需要一直奔跑下去，才能得到我们想要的结果。谁能坚持到最后，谁才能取得真正的成功。"

家庭不只是我们身体的住处，更是心灵的归宿。父母的行动对孩子来说是无声的语言、有形的榜样。秦子航提起自己的母亲满脸自豪！采访中，他给我讲起母亲的故事激情飞扬。2019 年 12 月，新冠疫情突然来袭，身边许多人一下子乱了阵脚，有人到超市疯狂地抢购物资，有人到药店囤积退烧药和口罩。秦子航的母亲作为一名党员干部没有跟风，而是立即到社区党支部报到，投身抗疫一线，当起了志愿者，与社区基层干部、民警、楼组长并肩作战。

秦子航说，从社区封控开始，母亲一直坚守在社区志愿者岗位上，直到疫情被解除。在做志愿者服务工作期间，母亲主要负责社区的抗原检测试剂发放，核酸检测通知和登记，并在检测现场引导居民，维持秩序。由于疫情，居民封控时间较长，生活、心情出现许多问题，母亲主动上门做居民思想工作，协助居委会在业主群对居民提出的问题进行解答，以此缓解居民情绪，稍有空闲就在微信群里分享防疫知识，传递正能量信息，母亲默默的付出赢得社区居民广泛好评。

工作上，母亲也是儿子学习的榜样。长期以来，母亲从事着农业市场信息和对外交流合作工作，几乎每天都要下乡调研，深入田间地头和农户家中，完成线下监测、数据汇总分析，每月还要按时上报表格和文字分析材料，为上级决策提供第一手资料。尽管工作十分烦琐，母亲从未降低工作标准。经过持续努力，她成功指导广水市完成"二品一标"申报工作，帮助农企成功加入湖北"互联网＋"农业营销平台，使更多的市场主体和农民获得实实在在的收益。

家风无法触摸，却无处不在。家风柔若细丝，却能春风化雨。"在我的记忆中，母亲工作一直很忙，无论上夜班后多辛苦多劳累，却依然精神饱满地照顾我和妹妹，把家里打扫得一尘不染，因为工作和照顾我们，时间变得很紧张，但她对我们的关心照顾一分未少、从未落下。"秦子航说，幸福来自勤奋，这是他家最美的家风，母亲对工作和生活的热爱永远激励着他勇毅前行。

家很小装不下孩子的梦，只能装在孩子的梦里。聆听着秦子航的家风故事，让我想起了自己的父亲母亲，他们也是这样深深地爱着我和妹妹。我和秦子航的故事很像，我们都是军人，我们的家庭也都很平凡。我们都在平凡的岁月里，用心跑好属于我们这一代人的家风接力棒。

爱的迷信

我的母亲是个地地道道的农民，由于从小家里穷没有上过正规学堂，识不得几个字，所以不愿出远门。

母亲全部的世界就是自己的儿女，她不爱看电视，更不用说上网了，这样长期以来对外界的信息知之甚少。母亲有自己的生活之道，在她大半辈子时光里，当家人遇到难缠的病或不如意之事，母亲就会烧纸上香祈求菩萨保佑，有时还会不辞辛苦远地赴外地去请人算命化灾。

我是无神论者，对算命这套理论没有兴趣。母亲和我不一样，对于高深的科学理论全然不懂，因此她更相信命，也希望能够以虔诚之心感动幸运之神。记得在我读初三时的一个暑假，我突然生了一场奇怪的病，一会儿高烧不止，一会儿全身冰凉，母亲见状立即带我到村卫生所医治，乡医根据行医经验给我开了一些感冒药，我连续吃了几天却仍不见好，母亲急得团团转。后来，村里来了个算命的老先生，母亲心中燃起了希望，算命先生得知我的病情后立即找出了对策。"村南边有座山，山里有个神人，人称胡大仙，对你说的这个冷热病有办法，你可以试试……"听了算命先生的话，母亲高兴至极，请他在家里美美吃了一顿。

算命先生在酒足饭饱后匆匆离开了，母亲一直在思考他的话。"我看就这样，明天我提一篮鸡蛋，还有几瓶香油去找胡大仙给你瞧瞧……"看着母亲这么迷信我顿时来了气，大声对她说："你真是个老糊涂，迷信要是能治病要医生干什么呀？"

我们为此争吵了起来，但这并没有打消母亲迷信的念头。在一个正午母亲顶着"火球"找胡大仙去了，太阳偏西时母亲高兴地走进家门，手里还提着一个黑色方便袋，母亲一连走了好几公里的山路，嘴里不停地喘气。

"这是什么东西，给我看看。"

母亲说这是别人的物品让我保管，我半信半疑便没多问。

母亲一边说一边打开平时装衣服的木箱子，一下子把黑袋子放了进去。那晚，母亲提前做好了晚饭，晚饭过后母亲打开箱子取出黑色的袋子来到后院，我这才知道袋子里装的是胡大仙让母亲准备的香蜡纸，纸是黄色的，很薄很薄，母亲从灶房拿出一盒火柴，并熟练地支起放置香蜡的桌子，这时母亲还从口袋里摸出一个煮熟的毛鸡蛋交给我，我接过鸡蛋，只见蛋壳上画满了像小山一样的图形，母亲说这是胡大仙画的辟邪咒语，他说必须对着烧着的黄纸仰头将去壳的鸡蛋一口吃下，见是吃的东西我没有跟母亲争执，一口气将鸡蛋吃完了。

我彻底被母亲征服了。母亲见香蜡纸燃烧得正旺，立即弯下身子跪在地上替我连磕了三个头，还不停地念着我的乳名，直到一整套祈祷程序完毕，母亲才拖着疲惫的身子回家休息。

　　母亲爱的祷告最终没有显灵，后来我的病是在市医院确诊的，医生给出的病名叫疟疾，民间称"打脾寒"或"打摆子"，我的病在经过对症治疗后不久便痊愈了。

　　母亲始终没有走出"迷信圈"，当兵时我快到30岁还没找到对象，那时母亲托人给我说了几门亲事都没成。她很沮丧，又打听到附近村子有一神汉能掐会算，便提着一篮鸡蛋和百元大钞去登门拜访，求人家给我算一卦，预测一下我的婚事和前程。当然这次算命是成功了的，但我不认为这是神灵保佑，倒是因为自己不想让母亲伤心，加快了找对象和恋爱的步伐，加上诚心决心使然，最终如愿进入婚姻殿堂。

　　还有一次，父亲患上严重的腰痛病，下不了地。母亲听算命先生讲，要挂一面镜子在房门的上方，说是照妖镜，可除妖降魔，还要将家里的家居重新布置。母亲一一照做，迅速搬床移柜，一时间家里弄得凌乱不堪，见状，我不满地对母亲说："你真是个老迷信，他们能知道别人的一生，却不知道自己下一餐饭的着落……"母亲听之安然，没有争辩。

　　母亲迷信已大半生了，不可能说改就能改。对于小时体弱多病的孙女她也信奉起迷信。记得有一段时间，我女儿感冒数日，打过针、吃过药，仍不见好转。母亲满脸焦虑，她说："可能是受了惊吓，得好好喊喊。"我说："这都是迷信，没有用，要相信科学。"母亲不以为然地说："喊了又不费事，喊总比不喊好。"我终究还是拗不过母亲。那天刚撒黑，母亲便像儿时我生病那样为孙女祈祷起来，母亲拿着一把米，在我住的小区每个路口驻足停留一下，然后一边撒米，一边轻呼："小孙儿，晚上出去吓到了不要怕，快回来呀。"父亲在旁边应着："回来了。"每个路口处连喊五六遍。母亲全神贯注，声音低沉，撒米动作轻柔，透过母亲虔诚的表情和语音，我看到了她那颗溢满关爱的心，即使只有百分之一的希望，母亲也会尽百分之百的努力，与其说母亲是在信迷信，不如说她在信爱，信爱的力量一定能感天动地，一定能求得老天保佑。

如今，母亲老了，儿女们早已成家立业，此时我感到母亲没有那么热衷算命了。在岁月面前，母亲平静地接受了疾病，接受了苍老，接受了生活的平淡，接受了命运的亏欠。后来，我才发现母亲从未为自己算过一回命。

雪山背后的"山"

在西藏当兵的时候，作为一名军队新闻报道员，我采访过不少军人家庭，也写过不少军嫂的故事。没想到脱下军装后，有幸聆听身边一名高原军嫂的故事，让我感到非常亲切。

故事的主人公是随南一名村会计，名叫钟梅，今年35岁，从外表上看，身形纤巧，穿着得体，说话语速平缓，给人一种沉稳之感。她有一个8岁的女儿，丈夫孙科是新疆一名边防士官，常年在外驻训，家庭重担全部落在妻子钟梅的身上。

军人家庭，聚少离多是常态。钟梅记得在她怀孕期间，当时她经营着一家小吃店，经常拖着疲惫的身躯上街买菜，当看到别人的妻子有爱人在身边呵护时，心里总是酸酸的。每当同学聚会，有人问她"又自己一个人在家"时，她都坚强地笑着应答，但转过身来总会不自觉地泪流满面，毕竟自己是个女人，在这个脆弱的特殊时期，多么希望丈夫能够多回来陪陪她，但她理解军人职业的特殊性，从来没有向丈夫抱怨过。女儿出生后，她又独自撑起照顾孩子的重担。尽管小家很需要丈夫的肩膀，她还是安慰丈夫："一定要好好干工作，家中的事你就不用操心了，我能照顾好。"

钟梅本身是符合随军条件的，由于工作关系，她没有随军到部队，于是和多数军婚家庭一样过着两地分居的生活。当身边的同事在下班后与爱人共进晚餐、休闲散步时，她只能踽踽独行。当别人可以和丈夫一起带着病中孩子求医问药时，她只能用并不宽阔的肩膀为孩子遮风挡雨。

"军嫂"是光荣和伟大的代名词，更是默默付出和坚守的同义词。如果说，军人是这个世界"岁月静好"的负重前行者，那么军嫂就是军人家庭安定祥和的守护者。钟梅说，别的生活困难她都能克服，就怕孩子生病。她还清晰地记得，在女儿1岁多的时候，一天半夜里突然生病发高烧，整个身子烧得像火炭似的，不停地哭闹，她急忙叫了一辆出租车将女儿送到医院急诊室治疗。好不容易打了针输了液，白天看着烧已经退下去了，可到了半夜突然又发起烧来，她只好一个人顶着寒风再次把女儿抱到医院，这次可不敢马虎，几天几夜，钟梅守护在女儿的床头寸步不离。此时，她多么希望丈夫守在身边，多想靠靠那坚强有力的臂膀。可丈夫却在千里之外的雪域高原驻训。

每次村干部和她聊起家庭这个话题时，都会说她是军人以外的英雄，是丈夫的骄傲，是孩子的榜样。可是钟梅只是笑着说，我只是丈夫的妻子和孩子的妈妈。她只想当好一个称职的妻子和妈妈。

都说女人爱美是天性，可钟梅结婚后却很少为自己买衣服买化妆品，她常对丈夫说："老人家一辈子不容易，还不如省下钱给他们买些营养品，给孩子买些实用的东西。"钟梅的节俭作风也一点一滴渗透给女儿。生活中，钟梅经常教育女儿要把每分钱花在刀刃上，每次去超市购物都提前列出购买清单，该买的买，不该买的东西一律不买，从小培养女儿养成勤俭节约的好习惯。

钟梅勤俭持家、温柔体贴，在爸妈眼里是个孝顺儿媳，在街坊邻居口中是个好军嫂。2021年盛夏的一天，钟梅的婆婆腹部突然不舒服，她立即带婆婆到医院检查，检查发现婆婆肚子里有一个肿瘤，医生建议马上做手术，在手术住院期间，钟梅义无反顾地承担起照顾婆婆的责任，身为村会计的她，工作任务其实也非常重，除了管理村里的大小账目外，还兼顾着村里妇联工作、乡村振兴工作等，为了克服工作和生活矛盾，她常常利用周末休息和早起晚睡时间赶工作进度，尽量挤出时间照顾婆婆，她每天往返于村委会和医院之间，既要上班，又要照顾老人，还要安顿好孩子，由于婆婆动手术不能动，她每天忙前忙后照顾老人，大家都以为她是老人的女儿。为了让丈夫安心工作，一家人都心照不宣地没有告诉孙科婆婆住院的事，这所有的一切她都默默地坚持了下来，无怨无悔地为丈夫撑起了"半边天"。

苦尽甘来。钟梅告诉我，她和丈夫在一起，苦也是甜的。她十分怀念唯一一次到丈夫驻地探亲的美好时光。那是2023年夏天，女儿放暑假了，她带着女儿乘坐火车、换乘汽车，辗转几十小时，风尘仆仆地来到了部队。走进部队，钟梅一眼就看到站在人群中的丈夫，晒黑了，也瘦了，一身迷彩作训服让他看起来格外精神。在见到丈夫的那一刻，她觉得再辛苦也值了，旅途劳顿也缓解了许多。尽管旅途劳累，女儿见到爸爸的时候还是开心得像一只小喜鹊，又蹦又跳起来。聊起这段经历时，钟梅高兴地拿出手机，打开一段视频给我看，视频是钟梅拍的，大概内容就是记录她陪丈夫的一段驻训经历，视频里配有一段优美的文字，我觉得写得很好，便在采访本上记了下来，其中有一段话是这样说的：我们虽然相隔千里，却又感觉天天就在身边，点点滴滴的关爱之情我们彼此都记在心中，你守着雪域高原，我守着家，我愿做你背后的靠山，古话说："君子于役不问归期，女子于礼静候佳音。不求其他，愿你平安健康！"

孙科驻扎的部队里有个临时家属院，家属院的房子不大，全部是 50 平方米左右的小两居室，小小的一个屋子里生活着临时来队军人的爱人、孩子，装着亲人们对军人最大的支持。钟梅说，在部队家属院生活过的人，都会对这样半集体化的生活有特别的记忆。

钟梅始终忘不了部队生活的点点滴滴，训练场上，官兵们撕心裂肺的喊杀声刚劲有力，装甲车震耳的轰鸣声直冲云霄，这样威武雄壮的场景时常在她脑海里浮现。钟梅说，她至今还记得战士们热火朝天的训练场面，当带队首长下达演练开始的命令后，战士们各就各位，迅速进入作战状态，只见各操作手紧密配合，瞄准、测距、击发，一气呵成。随着"轰！"一声巨响，操作手枪膛内火舌喷射而出，子弹在滚滚浓烟中发射出膛，直奔靶标……近距离见到"沙场练兵"的场景，钟梅不由得心潮澎湃，也对丈夫更加崇拜起来。

火热的军营短暂而漫长。转眼间，时间来到了 2023 年 12 月 19 日，这是又一年的退伍季，也是孙科光荣退伍的日子。当兵 18 年的丈夫要退伍回家了，钟梅兴奋又激动，她决定用一种特别的方式来迎接丈夫的归来。那天，她起了个大早，打扮得漂漂亮亮的，身穿喜庆的红色羽绒服，给女儿也穿上一身红衣服。鲜花也买好了，欢迎老公回家的横幅提前几天就做好了，客厅电视屏幕上精心设计出"欢迎回家"4 个大字，一切准备就绪，钟梅正准备开车前往火车站接丈夫回家，正在这时村里打来紧急电话，需要马上回村委会一趟。等事情处理完毕，看看时间，丈夫已经乘车往家走了，钟梅立即开车回家，紧赶慢赶，总算赶在丈夫进门前到家了，等孙科敲门进入家中，他被眼前的一幕震住了：屋子的灯光全灭，妻子和女儿举着"欢迎老公回家"的红色横幅、餐桌上 18 根红蜡烛闪动着耀眼的光芒……"欢迎老公回家！""欢迎爸爸回家！""欢迎儿子回家！"听到全家人暖心的话语，孙科向全家人深情地敬了一个军礼，感谢亲人们多年来的等待和付出。这几年，正是有了全家人的支持，孙科一心扑在工作上，圆满完成了各项急难险重任务，多次荣立个人三等功。

一人参军，全家光荣。采访结束的时候，在钟梅送我下楼的那一刻，我抬头看见她家的门框上悬挂着"军人之家"的光荣牌在灯光的照射下散发出夺目的光彩，我仿佛看见军嫂这两个字也在闪光！

平凡的温度

时常听人说起这样一句话，生活中从不缺少美，而缺少的是发现美的眼睛。这几天我一直在揣摩这句话，突然发现这句话是如此真实的存在。美在何处？美就在身边。前些天，带着家风故事采访任务，我走进了随南一个小山村，结识了一位名叫张丹的普通女村民，她的爱情故事美得令人动容。

从表面上看，今年37岁的张丹和许多农村妇女没什么两样，每天在家相夫教子，照顾一家老小，平平淡淡过日子。

采访中，我才知道这个幸福家庭背后藏着一段美好的爱情故事。原来，张丹是地地道道的武汉人，2008年大学毕业后，成为武汉协和医院的一名护士，可以说前途一片光明。改变张丹命运的是真挚的爱情。2012年，经朋友介绍，她与同在武汉某部服役的士官余秋丰相识。张丹自小就非常敬佩军人，余秋丰身上特有的坚强勇敢和乐于奉献的精神深深地吸引着她，随着近距离的接触，内心对军人的崇拜之情油然而生，不久他们的爱情之花便自然地盛开了。在朋友的见证下，他们携手步入了婚姻的殿堂。

爱情出自心灵，出自本然。是生命中最美最自然最渴望的情愫，是一个生命对另一个生命的珍重、眷顾和牵念。尽管张丹是大城市的姑娘，爱人生于偏僻的小山村，但他们的爱情并未因为家庭而发生任何改变。婚后的第二年他们有了爱情的结晶，他们的儿子出生了，顿时给这个家增添了喜气和生机。然而，天有不测风云，人有旦夕祸福。就在她和爱人事业蒸蒸日上的时候，张丹的公公突发脑出血被送进医院，在老人家最需要人照顾的时候，身为儿子的余秋丰却不能陪在父母身边，他的内心感到非常苦楚，整日焦虑不安。

为了让丈夫安心，张丹经过一番思想斗争，决定离开生养她的大都市武汉，并辞去了令许多人羡慕的护士工作，来到丈夫的老家随南何店镇桂华村照顾公婆，做丈夫坚强的后盾。当时，公婆家里条件不是很好，这些她早有思想准备。可是，突然从大城市到小山村，从大医院的护士变成名副其实的农村妇女，生活环境上的巨大反差还是让她难以适应。听说张丹要长期在村里生活，不少村民想不通，不理解她为什么这样做。而张丹从未后悔当初的选择，她觉得为了爱人，为了这个家，无论做出多大的牺牲都是应该的。她坚信，只要她和爱人能够吃苦就一定可以改变家庭现状，创造属于自己的幸福生活！

《诗经·尔雅》中说："善事父母曰孝。"孝道是子女对父母的一种感恩、一种义务、一种责任。但现实生活中真正能够做到以孝为先的又有几人呢？张丹和爱人主动放弃大城市优越的生活条件，选择回家照顾年迈多病的父母，这无疑是难能可贵的孝道。余秋丰在张丹回村不久后正式退役回家创业，一家人终于可以在一起了，眼见生活越来越好，这时公公疾病突然加重，开始卧床不起，婆婆在照顾公公时又不慎骨折，需要长期休养。当时一家人的生活节奏一下被打乱，张丹感觉天都要塌了，心中对未来不禁感到一丝焦虑与迷茫，但很快她就调整好了心态，选择积极面对困难。张丹心想，之前是公公婆婆撑起这个家，现在她要为公公撑起一片天。在公公婆婆住院治疗期间，张丹不仅要照顾年幼的儿子，还要和丈夫医院家里两头跑，轮流陪护在老人身边，尽管医生说公公完全康复的希望非常渺茫，但他们并未放弃治疗。为了支付高昂的医疗费，余秋丰开始自主创业，他利用在部队自学的养猪技术，在村里承包了几亩山林办起了养猪场。从十几头猪崽开始养起，养到最多的时候上百头猪。养猪绝非易事，余秋丰常常忙得脚不沾地，恨不得脚上安一个"风火轮"才转得开。最操心的不是忙碌，而是阴晴不定的猪行情。余秋丰说，也就是去年市场行情好，他的养猪场才发展壮大起来，前几年基本都是亏钱。一边说着，余秋丰又忙着去仓库搬运饲料，为了节省养猪成本，目前整个养猪场就他一个人，平均每个月要搬20多吨饲料，常常感到腰酸背痛。自从办起养猪场，余秋丰基本放弃了年轻人的一切娱乐喜好，诗和远方也只能留在梦里。支撑他的最大动力是挣钱给父亲看病，看着父亲的病经过精心治疗逐步得到好转，此时他的脸上终于露出了笑容。

皇天不负有心人，张丹的公公终于顺利出院，但身体恢复是一个漫长的过程，刚出院的公公生活还不能自理。为了让公公身体康复得更快些，张丹利用所学的护理知识帮助公公进行康复训练，每天强化训练三四次，每次一小时。刚开始，由于巨大的疼痛让公公无法承受，他一度想要放弃，张丹说服婆婆、丈夫和儿子一起鼓励公公，让他咬牙坚持了下来。因为生活不能自理，公公排便排尿都需要人帮助，还经常尿湿裤子，丈夫经常不在家，张丹从开始护理时的不好意思，到后来习以为常。望着张丹疲惫的眼神，公公含着泪水对她说："是我给你添麻烦了，给家里增加负担了。"看到公公每天忍着疼痛坚持锻炼，一点点进步，张丹觉得所有的付出都是值得的。

孝顺，无须惊天动地，无须甜言蜜语，只体现在生活的点滴上，尤其在父母躺在病床上期间，更需要孩子们不离不弃地悉心照顾，这就是亲情。在这两年间公公病情多次复发，多次住院治疗，婆婆在两次手术后仍需要卧床休养。丈夫一边要忙着养猪，一边要忙着往医院跑，心理几近崩溃，张丹常常安慰他说，"困难只是暂时的，只要我们还好好的，一定可以让二老好起来，让这个家幸福起来。"为了让公公婆婆安心养病，张丹承担起家里一切家务，坚持每天给二老捶背按摩，陪他们聊天，观察他们的思想情绪。夜深人静的时候，丈夫望着妻子憔悴的面容，心疼地对她说："老婆，让你受苦了，今后一定好好补偿你！"张丹对丈夫说："我是家里的一分子，理应陪你共渡难关，一家人就应该相互扶持、互相包容……"患难见真情，看着丈夫这样心疼自己，张丹内心充满温暖的力量！

一个幸福和谐的家庭需要每个家庭成员的共同努力。让张丹感到自豪的是，儿子十分懂事孝顺，放学回家写完作业立即帮助妈妈做家务。记得新东方创始人俞敏洪说过："如果家庭是一台复印机，父母是原件，孩子就是复印件。"可以说，妈妈的行为里藏着孩子的未来，最好的妈妈不是孩子的保姆，而是孩子的榜样！在这点上，张丹深有体会！她每天照顾公公婆婆的起居，给他们洗衣、做饭、洗澡、打扫卫生……孩子将这些看在眼里，也学会了感恩，懂得了孝顺，虽然年纪还小，但也懂得照顾爷爷奶奶，每当孩子用稚嫩的语气说着"妈妈辛苦了，我来帮您"时，张丹内心都会感到非常欣慰，在这一刻她觉得所有的付出都是那么值得。

采访中，张丹对我说："一家人在一起是一种缘分，能在同一屋檐下共度一生则是上辈子修来的福气，所以我经常告诉自己要善待家人、孝敬父母，而我的努力也让我收获了幸福和温暖。"

这就是张丹的家，平凡而美好，或许在不平凡的人生中，一切终将回归于平凡，平凡的家承载着生命之光、温暖之光！

父爱有痕

"楠君！转眼你从事纪检监察工作一年了。一年来，通过你的努力，办案能力有所提升，千万不能骄傲，未来的挑战更多，你一定要加强学习，踏实工作……"

"父亲！书信收悉，上次您给我的业务书籍我已认真学习了，不懂的地方做了标记，我会抓紧时间向您请教，也请您放心，女儿一定会像您一样做一名优秀的纪检干部……"

这封信是李楠君的父亲在女儿入职一年时写给她的。在李楠君房间抽屉里珍藏着十多年来父亲写给她的每一封信。这一封封珍贵的信件如家人般陪着她上学、参加工作、结婚，直到如今。经过了岁月的斑驳，好多书信虽已不再是原来的模样，甚至边角都有了些许破损，但它却真实地承载着李楠君美好的记忆。这一封封书信的背后也无声传递着一个平凡家庭的朴实家风。

阳春三月的一天，带着家风主题采访任务，我走进了随县纪委干部李楠君的家庭。聊起家风话题时，李楠君提到最多的人便是父亲。在李楠君的脑海里，父亲是个大忙人，他就像一个钟摆，每天奔波在家与单位之间，早出晚归。许多年来，父亲留给她的总是模糊而又清晰的背影。

"红波，这段时间你在家辛苦一下，又上了新案子，我得外出一两个月，楠君就靠你多照顾了……"这是李楠君懂事后听到父亲对母亲说过最多的话。年幼时，李楠君对父亲也曾有过埋怨，为什么别人的父亲可以回家陪孩子，而我的父亲却经常看不到人影呢？有时她也会见到一些叔叔阿姨向父亲询问工作上的事，打听案子的事，父亲都会温和而坚定地婉拒对方。这时李楠君心想为什么平时和蔼可亲的父亲有时又显得那么"不近人情"呢？直到长大后，在她入党宣誓的那一刻，她找到了答案——严守党的纪律，保守党的秘密，对党忠诚，这是作为一名共产党员的基本要求。

年过五旬的李宏斌时刻谨记入党誓词，认真办案，坦荡做人，时刻审视自己的心灵，廓清心中的迷雾。李宏斌说，我很庆幸，这辈子选择了党的事业，选择成为一名纪检干部。作为一名老党员，他深刻体会到，人生最值的事莫过于一生热爱党的事业。正是在父亲的影响下，李楠君考入大学后便主动向党组织靠拢，大学期间如愿加入了党组织，成为一名光荣的共产党员。

李宏斌是离李楠君最近的党员，也是她身边的"一面镜子"，时刻提醒着她要全心全意为人民服务。李楠君回忆，2009年随县建县之初，县里刚刚打造的旅游品牌"桃花节"筹备工作出现了"中梗阻"，父亲作为老纪检人，主动申请现场驻点督导，就这样他连续一个多守在旅游区办公，直到桃花节成功落幕。

纪检监察工作需要强烈的责任担当，工作上辛苦，生活上清苦，甚至有时还会被误解。李楠君回忆，2018年盛夏的一天，县纪委信访室收到一起举报父亲包庇村干部的信访件。那段时间，李楠君回到家见到父亲慈爱的眼神里闪现出一丝忧虑，但父亲却从未对她和母亲发一句牢骚。他积极配合调查，最终组织为他公开澄清正名。面对诬告陷害他的举报人，他选择以德报怨，多次上门回访帮其解开心结。

李楠君说，父亲的内心很强大，不仅能扛事，还善于谋事。她回忆，记得刚独立办案时，她遇到农村集体"三资"监督不知如何有效覆盖这样一道难题，虽然过去她曾参与过县里的巡察工作，也配合巡察组查处了不少村干部擅自处置集体资源、挪用集体资金、私设小金库等违纪违法案件，但真正独立办案时，她仍然感到茫然无措，于是决定请教父亲解决难题的方法。"要解决好这个问题，不能仅靠走访了解、实地察看、查询账目这些传统方式，这种方式只能解决一部分村的问题，在对'三资'体量较大的行政村进行监督时，还是会存在靶心不准、熟人监督难等问题，建议你好好学习先进地区的监督经验。"在父亲的帮助下，李楠君和同事们开始探索运用清单式、嵌入式、联动式监督等方法，并很快取得成效。

"某某镇签订集体合同不规范、某某镇处置资产资源不合规，可能存在违纪违法问题……"李楠君和同事们根据"智慧监督"系统中发现的问题，直奔目的地，有针对性地核查，变"大海捞针"为"有的放矢"。实现"智慧"监督后，农村集体资金全程留痕，从源头上规范了村级财务管理行为，也帮助他们擦亮了监督执纪的"慧眼"。

父亲在李楠君心里不仅是"纪检通"，还是个"有板有眼"的人。李楠君说，父亲经常教导她，家里的东西从哪里拿的就要放回哪里，东西摆放整齐了显得人都要精神一点……就是这些小习惯使她从小便懂得凡事都要"按规办"的意识，也正是这些"规矩"使她养成了慎小节的工作作风。

家风家教，犹如种子破土，父亲的以身作则就像春风一样，润泽着她的心田。李楠君说，父亲对她的爱是写在白纸黑字上的爱，是有痕迹可循的爱。每当李楠君翻开父亲写给她的书信，看着那工整的字迹，都会感到非常满足。在她心灵深处，父亲写给她的每一个字都是爱的符号，都是家风密码。

家在王家河

冬日雨后的清晨，乌云散尽了，阳光轻轻洒在随南王家河社区洁净的地面上，空气中夹杂着青草与泥土的味道，清新而湿润。沐浴着冬日初升的太阳，我突然感到寒冷也是一种温暖。

疫情过后，王家河社区恢复了活力。走进社区，你总能看到一个笑起来眉眼弯弯、说起话来柔声细语的靓丽身影穿梭在社区的里里外外。她是王家河社区书记顾娟，今年42岁，面相清瘦，中等身材，留着一头干练的短发，看起来非常和蔼可亲，社区居民都喜欢与她交流沟通。"有什么事情找顾书记就行！"这句话俨然成了社区居民间口口相传的"法宝"。为了更好地服务社区居民，了解居民所需，顾娟建起社区工作交流群，居民遇到难事、烦心事都喜欢在群里和她交流、讨论，她也会挤出时间进行回复，让群众诉求解决在"家门口"。

顾娟的故事与王家河居民的心紧紧连在一起。2017年7月，王家河社区妇联换届选举，当选为妇联主任。就任后，正好赶上妇联改革，她趁着改革的东风，迅速整合资源，以"妇女之家"为平台组建巾帼帮帮团，让妇联成为服务辖区妇女儿童的温暖之家。

在一次走访慰问活动中，顾娟和巾帼帮帮团成员发现社区残障妇女的精神文化生活非常匮乏。"树立信心比单纯救助更重要。"怀着这样朴实的想法，顾娟带领巾帼帮帮团开展"心灵护航，你我同行"活动。当她们得知社区钱大嫂患有精神残障，自我封闭倾向严重，顾娟采取上门劝导、提供工作岗位等方法，帮助她打开心结。在顾娟的努力下，钱大嫂主动加入"巾帼帮帮团"，成为一名志愿者。

残疾媳妇黄大嫂，以前总是待坐在家，什么事情都提不起兴趣，通过巾帼帮帮团上门思想疏导，她终于走出了家门，还主动参加社区组织的文艺活动，如今黄大嫂在村子里打零工，渐渐有了经济收入，生活的信心也树立起来了。小杨子是社区苦命的孩子，自3岁养母去世后，养父也身患重疾，生活陷入困境，顾娟带着巾帼帮帮团与小杨子家"结穷亲"，尽最大努力帮助他们家战胜困难。2019年，小杨子如愿考上了理想的大学。

除了"巾帼帮帮团"，顾娟还在社区组织成立"妇女议事会"，目的是为妇女群众打开一扇参与社区治理的大门。"妇女议事会"成立后，顾娟经常带领议事会成员下沉社区摸实情解难题。一次妇女议事会上，居民反映社区堰塘水质浑浊、蚊虫多，影响了居住环境，议事会成员经过深入调研，建议改造堰塘、接入河水，随即顾娟将议事会的建议提交到社区"两委"会和党员代表大会进行讨论。建议通过后，又一个难题摆在面前，社区经费有限，难以承担十几万元的改造费，这让顾娟一下犯了难，没想到事情很快有了转机。"我家可以捐点沙土！""我家有不少富余水泥！""我可以捐400米的管道，也能帮忙接水管！""我们家有挖掘机，可以随时来挖土！"……随着"妇女议事会"妇女代表的踊跃发言，社区居民纷纷参与进来，他们带着家人一起挖沟渠、放置水管。在大家的齐心协力下，社区仅花了3万元就引入了河水，堰塘里的水清澈了，蚊虫也不见了踪影。

这些年，在顾娟的带动下，社区的妇女志愿者队伍从几十人迅速增加到上百人，在新冠疫情的战斗中，不少妇女成员发动家人一同加入志愿者队伍，他们中有母子兵、夫妻档，也有全家总动员。大家或入户登记，或卡口值守，或代购物资，或帮助运送生活用品，以实际行动打通服务居民的"最后一米"，撑起了抗疫战场的"半边天"。

令顾娟深感荣幸的是，几年前在社区老支书的推荐下，经过社区居民选举，30多岁的她接下老支书手中的"接力棒"，成为社区历史上最年轻的女支部书记。就任书记后，她面临的第一张民生考卷是，推进社区美好环境与幸福生活"共同缔造"，这是一种先进的基层治理理念，为答好这张试卷，她决定从居民参与度高的实事抓起。社区篮球场是社区年轻人高度关注的实事之一，一直以来由于篮球场只铺了水泥地坪，打球时不仅跑起来一身灰，也不安全。为了解决这一难题，顾娟决定把广场提档升级纳入"共同缔造"项目。居民得知要提升篮球场的档次非常开心，主动让出了自家位于广场旁的一块菜地，增加广场面积，还将剩余的菜地进行修整，种上了花草，成为一道亮丽风景。如今的广场让社区居民陈大妈既喜又忧：一方面广场还有部分没有修缮，活动场所受限；另一方面来广场玩的人多了，环境卫生谁来维护？对此，顾娟早就有了对策。在议事会上，她分享了几个好消息：社区正在向区有关部门争取支持，一些热心居民也愿意出力，剩余改造项目一定能尽快动工。广场边正在建设日间照料中心，下一步还将建设幸福食堂，社区老人有了娱乐好去处。通过积分制管理等举措，继续发挥好巾帼帮帮团力量，带动更多志愿者参与到广场和社区环境治理中。

"社区是我家，发展靠大家，我们一定积极参与！"议事会代表王大翠道出了大家的心声。随即，代表们报以热烈的掌声！

2022年10月14日，对于顾娟来说值得终生铭记。这一天她作为代表来到北京参加党的"二十大"，这是她第一次进京，她内心深处是无法言喻的喜悦和自豪！带着神圣使命聆听报告、记录笔记、建言献策、接受采访……大会结束后，她无暇欣赏北京的美景便匆匆回到自己的家乡，她要将大会精神讲给身边的居民听，让大家和她一起绘就宏伟的蓝图。

为了将大会好声音好政策更好地传递给大家，顾娟紧密结合工作实际，重点围绕基层治理、基层精神文明建设等撰写大会宣讲材料。2022年11月1日清晨，何店镇桂华村村委会门口，周边村民们骑着电动车、带着笔记本早早赶到，等待顾娟宣讲党的二十大精神。"顾娟，你回来啦？我们在电视上还找你坐在哪儿呢！"顾娟一出现，大家纷纷围拢过来。"开幕当天，我醒得比闹钟还早一小时。"顾娟用原汁原味的随州方言将大会盛况和个人感受娓娓道来，村民们听得聚精会神。

"现在社区变化大着呢，说起来是小事，但桩桩件件都落在咱们心坎上。"王家河社区居民操忠慧忍不住"点赞"。在她的印象中，过去社区人心涣散，矛盾纠纷频发，居民之间很少往来走动。

"路面硬化改造正在进行，文体广场提档升级即将完工，孩子们以后就能在塑胶篮球场上打球……我还准备召集社区里80岁以上的老人拍张大合影。"看到坐在一旁的89岁老人王文英没太听清，顾娟特意凑近拉过她的手，"婆婆，拍照片，您一定要来。"

社区这个大家要守护好，自己的小家也要照顾好，顾娟做到了。顾娟有一个特殊的家庭，公公婆婆是重组家庭，兄妹四人同父异母，儿子是本地公务员。这样的家庭在外人看来，和睦相处是件不容易的事情，但顾娟觉得他们这个家一直相处得很轻松很愉快，用她的话说"一家人的爱在一起了，心自然就连在一起了"。当聊到和婆婆的感情时，顾娟有说不完的话题。她回忆，2008年她在医院坐"坐月子"期间，爱人工作忙得脱不开身，年迈的婆婆一连几天到医院全程陪护，因劳累过度，血压迅速升高，婆婆病倒了，病情十分危急，爱人被婆婆细心的爱深深打动，他来到婆婆病床前深情地喊了声"妈"！婆婆被这突如其来的幸福感动得热泪盈眶！第二天转危为安，没过几天便顺利出院了。

爱是一家人相依相扶。2017年，顾娟怀孕6个多月的妹妹突然大出血，被紧急送往医院时，妹妹紧紧拉住顾娟的手说："嫂子，我好害怕，你可一定要跟我一块去医院……"顾娟二话没说便登上了救护车。进入省城医院，医生经过检查后告诉妹妹胎儿状态不好，想保住胎儿不仅需要一大笔钱，也不敢保证胎儿顺利出生，如果手术出现大的风险建议妹妹保大人。看着万分焦急的妹妹，顾娟坚定地对医生说："大人要平安，孩子也要尽力保住，不管多少钱，我们一家人共同想办法。"顾娟相信爱能创造奇迹。随后的几天里，她一边筹集妹妹的住院费，一边陪护在妹妹身边。奇迹真的出现了，在医生的全力救治下，妹妹总算躲过一劫，顺利诞下双胞胎女儿。

采访中，我问过顾娟这样一个问题，家这个字对你来说意味着什么？她不假思索地说："爱就是家，家就是爱。对我说，小家的爱支持着我服务大家。"

结束采访，走出王家河社区已是黄昏时分，顾娟的爱人开车从城里回到王家河，回到了他和顾娟共同的家，这是他们爱情出发的地方，相信也是他们白头偕老的地方。

干净的力量

　　一个人最好的状态往往是从干净开始的。2024 年 3 月 8 日，带着家风主题采访任务，我有幸走进了随州高新区政务服务中心副主任冯涛的"干净"世界。那天上午，我们约定在他的办公室见面，我按时赴约，可快到中心时，突然接到冯涛的电话，他说刚接上级通知马上要参加一个紧急会议，让我在办公室等他一会儿，我心想正好利用这个时间从侧面先了解一下他的工作情况。我走进政务服务中心，眼前豁然一亮，只见大厅内宽敞整洁、指引清晰，咨询导引、自助服务、休闲等候等各个功能区的卫生打扫得一尘不染，我在机关工作以来还是第一次见到这么干净的办公环境，我对站在一旁的保安感慨道，你们这儿的卫生环境搞得真是不错啊！

　　"冯主任上任后，服务中心的环境卫生还真是变化不小，让前来办事的群众感到更加暖心、舒心！……"未见其人先闻其声，这是在我还没见到冯涛前，从保安那里听到关于冯涛的"干净"口碑。

　　见到冯涛后，我故意将话题往"干净"二字上引。"听说你很爱干净，连保安提起你来都是赞不绝口，你是有洁癖还是天生就爱干净？可以讲下你对'干净'二字的理解吗？"面对我的接连发问，冯涛笑着说："哈！我还真没有洁癖，干净是我从小养成的习惯，因为父母一直很爱干净，后来在部队，干净又是起码的要求，如果说干净带给我什么好处，老实说这个还是真有的……"聊起"干净"的话题，冯涛确有不少值得分享的往事。

第一个有关冯涛与"干净"的故事发生在 2020 年，这是他转业后的头一年，当时他被分配在随州高新区城东退役军人服务中心工作。每天早上送小孩上学后，进入办公室还有半小时的空闲时间，这时他像在部队搞卫生一样，习惯性地拿起扫把、拖把、抹布迅速做起卫生来，刚开始同事们还有些不理解，甚至有个别人在背后议论，说他是在领导面前出风头图表现，但大多数同事还是对他的精神大加赞赏，老领导更是逢会便讲："我们都要向冯涛同志学习，一屋不扫何以扫天下，他把我们的公共卫生搞干净了，在这里办公看着也舒服，老兵们来办事也舒心……"有了老领导的鼓励，冯涛没有在意个别人说的那些风凉话。

于是，早起清扫卫生的习惯就这样保持了下去，他从未想过打扫卫生、保持干净的习惯会给自己的工作带来什么改变。令冯涛深感意外的是，他的"干净"作风变成了领导和同事的好口碑，甚至引起了区领导的关注，后来成为他进步的阶梯。2021 年 5 月，在他转业一年后，区领导借调他到区办公室工作，在办公室他除了保持动手搞卫生的习惯，还善于动脑，努力学习公文写作，给领导当好"笔杆子"。更重要的是，冯涛知道在领导身边心灵一定要干净，这一点很重要，军人出身的冯涛面对个别想通过他走捷径的商人老板，始终保持军人的"干净"本色，为领导筑牢第一道"廉洁防线"。

对于冯涛来说，干净不仅是外在的习惯，更是一种品性，是关键时刻挺身而出的纯净心灵。2022年2月20日午后，和煦的阳光照耀随城大地。随州文化公园里，游人如织。居住在公园附近的冯涛也加入游园的队伍，当时他正和妻子陪着母亲，带着孩子在文化公园荷花池附近游玩。当日14时30分左右，荷花池旁突然传来游人的急促呼喊声："不好了，快下去救人啊，有人掉进水里了！"

听到呼喊声的冯涛，顺着声音望去，只见距自己50米左右的荷花池中间，一个身影"扑通扑通"挣扎着，整个人都没入了水中。此时，冯涛母亲也听见呼喊声，母亲赶快提醒冯涛去救人。情况紧急！冯涛不容多想，以百米冲刺的速度，顺着荷花池中间的石头桥很快来到落水人旁边。来不及脱下衣服，他一个猛子扎下水，很快游到落水人身边，凭借着军人过硬的体能，他迅速用胳膊圈起落水人脖颈往桥边游去，几分钟时间便成功将落水人救上岸。

落水人为40多岁的中年男子，被救上来后，浑身湿透，全身颤抖。原来，这名男子高度近视，在过石头桥时，边走边浏览手机新闻，导致眼镜掉落下来。由于视力模糊，脚下踩空一下子掉入水中。男子不会游泳，掉入水中后受了惊吓，双手胡乱划拉，结果离石头桥越游越远，整个人都没入水中，差点酿成大祸。救起落水男子后，冯涛见他并无大碍，便默默离去了。随后，冯涛勇救落水群众的事迹在抖音视频及朋友圈广为转发，受到了广大网友的点赞。

后来，当记者问起冯涛为什么会勇救男子时，他说："我是一名党员，母亲从小教育我要乐于助人，下水的时候根本没想那么多，更多的是出于军人的一种本能，我相信在危急关头，每个路人都会这么做的！"

干净，其实是冯家全家人的底色。冯涛的父亲是一个下放的知青，母亲是一个地地道道的农民，一次偶然的机会，经媒人介绍，父亲相中了穿着干净得体，办事干净利落，比自己小12岁的母亲，为了追求自己的爱情，父亲放弃了回原籍随城的机会，留在母亲的老家随北小林镇一个小山村买了三间草屋，分了田地，居住了下来，然后生下了冯涛和弟弟。冯涛说，父亲爱读书、爱学习，就是不善种田地，但他头脑很灵活，于是在村里做起了收购废品的买卖，依靠勤劳致富，很快他家在镇上买了三间瓦房，在镇上定居后，冯涛的父亲又开始做起花生、水果等小生意，日子越过越红火。

冯涛回忆，其实刚开始的时候，他家的生意也不是很好，后来他总结成功的秘诀，除了诚信经营外，还有最重要的原因就是门面干净。他说，父母每天开门第一件事就是打扫卫生，擦拭灰层，让小店看上去干净整洁，渐渐地客人多了起来，后来小店一直经营很好。

对于冯涛来说，干净不仅只是一种气质，也是好运气的来源。入伍16年来，凭借一颗干净纯洁之心、拼搏奋进之心，他在入伍后的第二年就顺利考入军队士官院校，入伍第四年光荣入党，并先后获得优秀士兵、优秀共产党员、个人三等功等荣誉，转业后迅速从一名基层工勤人员成长为事业单位副科级管理干部。

冯涛的弟弟耳濡目染父亲的干净作风，在他大学毕业进入某企业工作后，坚持把办公室当家，每天早上第一个进办公室，然后迅速拖地、烧水、擦桌子。长期以来，他坚持把打扫办公室卫生这件人人认为微不足道的小事做得自然顺手，领导和同事们都很喜欢他，在公司他不仅收获了友谊，还收获了快乐和成长。

采访冯涛家庭后，让我对"干净"二字有了深刻的认识，我感到，干净不仅是一个人外在的整洁，也是内在的修养，更是一个家庭积极向上的力量！

微小的角落

　　随城很小，外乡人却不少。在五眼桥菜市场门口便有一个外乡人眺望梦想的窗口。一个大大的饼炉，一块长长的铁皮面板，这样简单的组合支撑着新疆"烤馕哥"夏迪的所有梦想，也正是在这里，夏迪烤出了一个个美味可口的馕饼。

　　我认识夏迪不是因为他馕饼烤得好，而是他那颗善良的心。记得7年前，买馕时我的一部相机遗忘在他的摊位上，相机里装着我当记者以来所有的照片，因为突然接到采访任务，直到第三天我才找他说明遗失相机的事，当他认出我来后立马把相机还给了我，就这样我们成了偶尔见面的朋友。

　　我始终没有对他进行正式的采访，但他的故事却一点一滴装入脑海。我知道，他所烤制的每张馕饼里面都融入了浓浓的兄弟情。那年夏天，中国传媒大学的鲜红通知书邮到了夏迪家里，弟弟终于考上了大学，全家人沉浸在一片喜悦之中。但想到每年高达两万元的学费和生活费，一家人又犯了愁。母亲流着泪对弟弟穆海麦提说："孩子，不是爹娘狠心，实在是咱家太穷了啊！你父亲腰腿病三天两头地犯，早就把我们这个家的几

个钱花净了，家里每天都有 8 口人张口要吃饭，供不起你念书
呀……"一家人抱头痛哭。夏迪对家人说："学不能不上，我出
去打工，帮弟弟挣学费。"

说干就干，夏迪第二天就动身去了新疆吉昌市，通过老乡
介绍，到吉昌市一家奶粉厂打工。为了多挣钱，他向厂里申请
干最脏最累的工作，厂方看他年龄小，一开始很犹豫，他坚定
地说："没事！我能撑得起！"就这样，夏迪在奶粉厂开始了为
弟弟挣学费的日子。一个月下来，夏迪已经通过省吃俭用积攒
了 1800 元钱，他把钱捎回了家。可是这点钱对于弟弟每年上万
元的学费来说只能是杯水车薪。

面对急需用钱的弟弟，他不得不考虑自己出来创业。2014
年春天，夏迪收拾好行囊，带上新婚妻子阿依古丽毅然踏上了
进城创业的征途。夏迪早就听妻子说她的哥哥在随州烤馕饼收
入还不错，于是随州便成了他们的创业起点。来到随州，小两
口顾不得旅途的劳顿，便去了大舅哥的摊位上一边帮助卖馕饼，
一边学手艺，夏迪以前虽然在初中给家乡一家馕饼店打过零工，
但仅靠这种基础还远远不能自立门户，于是跟着大舅哥学习取
经。和面、切团、擀面、捏边、修纹，每一道工序，夏迪一丝
不苟地重复着，直到彻底熟悉了打馕的全部流程。

后来，在大舅哥的帮助下，小两口很快在五眼桥租了一个
摊位，支起炉灶做起了烤馕生意，刚来时，他们举目无亲，生
意清淡，但还是熬了过来。

小两口很能吃苦，每天天不亮他们就起床，生火、和面、
烤馕，一直要干到中午，连续做出 200～300 个馕饼才歇工。

下午吃过午饭稍稍休息一阵，又开始忙碌起来，常常是城市的灯火照亮了整个夜空，他们才收工。

为适应随州和外乡人的口味，他俩不停地改变配方及烤馕时的火候，周围的居民逐渐喜欢吃他们做的烤馕了，说他们烤的馕不但口味正宗价格便宜，还是地道的健康食品。这样，一传十，十传百，名声越来越响，吸引了许多喜欢吃馕的人。

生活翻开了新的篇章，夏迪和妻子总算通过自己的双手获得了一定的收入，按说夏迪的生活应该会发生一些改变，但是夏迪却依然过着节衣缩食的日子，逛街、下馆子、看电影……这些对一个 23 岁的年轻人来说都是再平常不过的事情，可夏迪却从不敢奢求。他的同乡说，夏迪手里除了平常留有很少的零花钱外，大部分钱他寄回了家，给弟弟做生活费，给父亲看病。

夏迪始终把热情装进胸膛，把微笑挂在脸上，但他自己的生活却是艰苦和枯燥的。房间里没有电脑电视，也没有空调，每天的生活除了在馕饼摊上，就是和妻子挤在一间花了 650 元租来的小房间里。不过，夏迪总是一副很满足的样子，每天靠着一部手机听音乐来打发时间。

和他住在一起的兄弟麦麦提告诉我，在随州的将近一年时间里，没看见夏迪买过一件新衣服，每天就是做饼卖饼，听音乐，偶尔去找几个老乡聊天，有时晚上睡前就把身上衣服洗洗，第二天接着穿。

对于夏迪来说，在随州的这段时间过得是幸福的，因为通过自己的劳动，他不仅让弟弟顺利完成了学业，手头还有多余的钱寄给辛苦了半生的父母，特别是患有腰腿病的父亲可以有钱治病了，这是夏迪感到最欣慰的事。夏迪说："随州是我人生中的重要驿站，在这里我碰到的每个人对我都很友善，他们都会主动朝我微笑，我很喜欢随州，感觉这里的人很亲切，这座城市已然成为我的'家乡'，我想继续留在这座城市，通过烤馕饼挣钱将来回老家买一套房，给我们未来的孩子创造一个好的发展空间。"夏迪心里还有一个愿望，有了资金就租间铺面开一家自己的烤馕店，自己当老板。

我知道他也确实开过一家烤馕店，但生意不好，不久就关门了，可能是因为大家更喜欢五眼桥这个有烟火气的烤馕店，也许这里才有一座城市最亮的微光，我暗想。

府河情

随南小镇府河镇因古时德安府而闻名。府河岸边广袤肥沃的土地如母亲温暖的怀抱，清澈的河水像母亲甘甜的乳汁，千百年来，滋生养育了一代代府河儿女。

不久前的一次采访，我结识了府河镇干部秦波，他是土生土长的府河汉子。用他的话说："我是喝着府河的水、吃着府河的米、听着府河的故事长大的。"

秦波第一次离开府河镇是报名参军，当兵是他儿时的梦想。那是1995年冬季，秦波带着家人的期望应征入伍，来到江苏涟水县，开启了紧张而艰苦的新兵生活。由于训练紧张，秦波有一个多月没有写信给父亲，父亲收不到他的信，以为他出了什么事，把信写到连队，连长收到信后，狠狠地批评了他，这时候他才意识到问题的严重。后来探家才知道父亲那一个月吃不下饭，睡不着觉。从此，他向父亲保证以后每月都写信回家。父亲对儿子的爱全都装进一封封家书里，儿子每一点小进步都能让父亲高兴好些天。在父亲的鼓励下，儿子在部队不断锤炼成长。春去春又回，花开花又落。一晃4年过去了，秦波在部队入了党，荣立了三等功，还参与了 1998 年抗洪抢险任务，他所在的营部荣立了集体二等功，在军营这所大学校里他练就了一身硬骨头。退役时，秦波向连队领导承诺，自己在连队是骨干，回到家乡也要闯出一片天地，好好回馈社会、服务群众。4年后的一个冬天，他带着从部队练就的过硬作风退伍返乡，不久结婚成了家。而父亲依然在田里默默地耕作，依然保持着府河农民那种日出而作、日落而息的勤劳品质。

退伍回乡的秦波决定向父亲学习，从农民做起，平时没事的时候主动帮助父亲种庄稼，在种地的间隙，秦波利用在部队学习的汽车驾驶技术，在镇上开起了出租车挣钱补贴家用，开出租车的时候，遇到老年人看病不方便或紧急情况，他立马开车将老人送进医院，直到联系上老人的家人后才安然离开。秦波勤劳质朴的作风引起了村里老党员和村干部的注意，在老党员和村干部的力荐下，通过村民选举，30 岁出头的秦波众望所归当选村委会主任。任职大会上，秦波感激地对父老乡亲们说："感谢大家的信任，我曾是一个兵，在今后的工作中我一定努力为大家当好'勤务兵'！"

新官上任"三把火"。秦波上任的第一把火是强党建，将"三会一课"制度化、"四议两公开"透明化，让党支部成为带领乡亲致富的战斗堡垒。第二把火是聚合力，组织村里干部群众集中整治村容村貌，将村中的卫生"死角"彻底清除，为推进美丽乡村建设夯实基础，经过全村人的不懈努力，秦波所在的府河镇孔家畈村被镇里评为综合考评先进单位，打了个"翻身仗"。第三把火是抓经济，他带领乡亲们主攻生态农业，特色种养殖业，硬是把过去的抛荒地变成了"聚宝盆"。当站在考评表彰大会领奖台上发言时，秦波把这一切都归功于部队的锻炼，尽管已离开军营十余载，他依然保留着军装和军被，每年"八一"建军节都要拿出来晒一晒、穿一穿、盖一盖。

当然除了部队的培养，还有妻子在他身后默默支持。秦波说，这辈子最应该感谢的是妻子，妻子不仅是他的靠山，也是全家人的靠山，妻子是个地道的农村妇女，不会说漂亮话，却用行动诠释了节俭持家的道理。每年妻子都要把家里不穿的旧衣服收集起来，对它们进行改造，旧点的衣服用来做拖布，半成新的用来做成椅垫、靠背、沙发垫等家居用品，当忙碌了一天回到家中，坐在妻子用心缝制的沙发靠垫上，顿时感到一身轻松。

家和万事兴。命运的齿轮有时好像有意识地在为勤劳的家庭欢快转动着。在秦波任村主任第6个年头的时候，区里首次从村干部公开选拔基层公务员，秦波在爱人的鼓励下，抱着试试看的心理参加了基层公务员考试，幸运的是，他从数十名报考对象中脱颖而出，顺利考上公务员。考取公务员后，他本可以选择去条件更好的城区工作，但他果断放弃了。他说："我的家在府河，我的心也在府河。"

考上公务员进入镇政府工作后，秦波感到最大的压力就是自身文化知识储备不足。于是，有一天他突然对妻子说，现在镇上的工作基本稳定了，趁年轻想报考一所成人大学好好补习一下文化课，给自己脑袋"充充电"。妻子看着爱人热爱学习也非常高兴。为了给秦波创造更多的学习时间，妻子包揽了所有的家务。有了妻子的鼓励，秦波挑灯夜战，全力备战成人自考，很快以优异成绩获得大学文凭。

在镇上工作后，他从办事员做起，不断积累工作经验。采访中，秦波说，基层工作说到底就是群众工作，工作对象、服务对象看起来是一个个人头，实质上是一颗颗人心。他认为，要当好乡镇干部，不要光看开了多少会、做了多少笔记，而是看是否忽略了群众脸上的笑，是否忘记了为群众服务的初心。秦波的初心就是能为群众服好务。3年前，镇党委决定把城建办主任这个重担交给秦波。秦波当过村干部，对群众感情深，自然能和群众打成一片，这也是镇党委放心把重担交给他的重要原因。在他任镇城建办主任期间，正巧赶上疫情之后复工高峰期，这是一项艰巨的任务，府河镇面积大、工地多，为确保建设领域疫情防控有效落实，他带领城建办人员未雨绸缪、提前谋划，并确保每个工地都有一个联系人，每日两次测所有值守人员的体温，同时成立镇城建办巡察组，每日对工地留守人员进行两次巡查，为防止留守人员违规收留外来返府河镇人员，张贴鼓励提供线索通知，每日进行询问，确保建筑工地疫情防控落到实处。

集镇环境，三分建，七分管。镇党委在秦波的建议下，成立洁美府河、秩序府河、畅通府河三个专班，分别负责督导全镇环境卫生、沿街商铺摊位经营秩序、车辆乱停乱靠等治理。同时，充分发挥党员店主、军属家庭、教师家庭等的模范带头作用，以少数带动广大居民行动起来；开展沿街商户星级评比挂牌，带动全镇多家临街商铺、宾馆、饭店、网吧、超市业主常态化清扫各自"责任片"；社区为无物业的居民小区配齐保洁力量，志愿者暖心助力社区环境大扫除，城建环境实现了过去由干部干、群众看变成干群齐心干的良好局面。

作为城建办主任，他最大的爱好就是"逛街"，每天早上天刚蒙蒙亮，他已经从街东头转到了街西头，等太阳升起的时候，他又从街南转到了街北。其实，他转街的"爱好"在他刚进入镇里工作时就有了。开始转街完全是为了散心和看风景，后来发现街道上的死角垃圾还不少，经常好几天无人清理，见到垃圾在他眼前晃，他觉得看不过眼，于是每天早上拎着一个蛇皮袋子悄悄捡垃圾。他说，这样不仅锻炼了身体，也干了一件有意义的事。后来儿子在他的影响下，自发利用周末时间陪爸爸捡垃圾。采访时，我问他："作为一名镇领导，你早上在集镇捡垃圾不怕熟人看见笑话你吗？"他笑笑说："习惯了，笑不笑是别人的事，只要自己觉得开心且有意义就好。"他还对我说，希望通过自己的身体力行，让镇里的环境变得更美，也希望大家提升环保意识，共同爱护美丽家园。秦波"逛街"的这个"爱好"直到现在还伴随着他迎接每一个日出。

2023年，秦波迎来新的工作岗位，就任镇纪委书记。新的工作岗位，也给他带来了新挑战。作为一名当过兵的纪检人，在正风肃纪反腐的道路上，他深知要始终保持军人的政治本色，不管到什么"战场"，都要当"能打仗、打胜仗"的好兵，做党的一名忠诚卫士。同时，他也带头在镇里签订廉政承诺书，还当起家风故事宣讲员。

写到这里，我才意识到我的写作跑题了，我本身采访的主题是秦波的家风故事，正在我准备把前面写的文字在电脑上删除时，我又在心里仔细揣摩了一下，也没发现偏题，因为大家小家都是家，有爱才有家。在秦波的乡情与亲情交织的岁月里，家风早已融入了他的工作和生活，这种淳朴的爱似府河的水干净、透明、温暖，但愿这条承载着秦波满满乡情与亲情的河流日益丰满充盈！

身边的温暖

一场秋雨一场寒，入秋后凉意渐显，在这个风雨交加的夜晚，我打开书房的台灯，静静地翻看白天的采访笔记，顿时心底有股暖流在涌动。秋分那天，因家风主题采访我走进了位于随城白云湖畔的汇仁康养中心，有幸结识了康养中心办公室主任何静。初次相识，她留给我的印象是，圆圆的脸上挂着慈爱的微笑，留着一头短发，显得十分干练。

何静所学的专业是机电一体化，而她毕业后的第一个工作岗位却是国企的宣传干事，一干就是 6 年，因工作需要又干了 8 年的出纳会计，而退休之前的 10 余年一直在大学里当专业课老师，她前半生干的几类工作几乎是完全不同，但都干得很好，这些是她自己觉得很欣慰的事，这也是我决意要采访她的一个重要原因。为何她退休后会到康养中心发挥余热呢？作为记者出身的我当然知道养老工作的艰辛，何况她是一个名不见经传的小城市，养老事业更是不好干，再加上她退休前还是一名教机电工程专业的老师，这两个行当可以说是不搭界，她是怎样当好这个康养"管家婆"的？……一系列问题让好奇的我想探究背后的答案。

"我的名字叫何静，虽然名字有一个静字，但我这一辈子也没有静下来。"何静在自我介绍时说，她希望退休后还能继续为社会发挥余热，所以面对二次就业的召唤，她毫不犹豫接受了，并承诺以毕生精力牵手"夕阳红"。

接受了召唤就等于接受了挑战。虽然她认为自己也是一位老人，更容易做好养老工作。然而，等待她解决的难题却不少。何静回忆，刚到康养中心她就碰到一个难题：整天面对的多数是失智失能的高龄老人，他们不管是心理上、身体上都有不同程度的问题，他们都是弱势群体，跟他们不能像正常人一样沟通，身体上的疾病也是长期的老年病，只能保守治疗慢慢维持，特别是在护理人员的招聘上更是头疼，有一段时间她常常处于焦虑状态。

好在功夫不负有心人，经过几年的磨砺，跟老人们相处久了，她能体会到老人们的喜怒哀乐，她说，看见他们的现在就像看见自己未来的样子，善待他们就是善待自己，养老不仅是一种工作，更是一种责任。何静还说，自从踏入这个行当后，她并没有把自己定义为一般的办公室主任这个角色，而是全面学习照护老年护理知识，在与老人接触中，自己渐渐地感到养老护理工作的快乐，尤其是老人把她当成亲人，自己会感到无比幸福，充满了成就感。2021年和2023年初的两波新冠疫情，康养中心实行封闭管理，当时有些老人对院里的疫情防控举措不理解，甚至有些怨言，何静除了带病坚持外，还要积极跟老人及其家属反复沟通，一方面耐心细致做好解释工作，对老人进行心理安抚；另一方面积极想各种办法督促护理人员，一是要加强照护服务，二是要求他们及时帮助老人通过微信视频聊天等有效方式与亲属建立联系，聊以慰藉。

康养中心是私企，一人多岗，何静除了搞好日常办公室工作外，还要协调解决中心各部门之间、人与人之间的矛盾纠纷，同时要经常跟老人们沟通，了解他们对餐饮、卫生、照护等的各种诉求并及时解决。

"老小老小，老人性格像个小孩，我们要做个好'家长'。"一位失能老人反映："菜太清淡了，希望能放些辣椒。"何静一边耐心细致解释道："中心里都是七八十岁的老人，都有不同程度的各种老年病，饭菜口味宜清淡，不能太重，还请你谅解。"另一边，她协调餐饮部人员每天单独为老人的菜进行加工，帮助他顺利度过适应期。类似对中心里老人生活中这样的点滴小细节，她总是非常留心。一位退休的老教师反复说菜都太辣导致他口腔上火起泡，餐饮部工作人员怎么解释说没放辣椒都不管用，何静在走访中了解到这件事后，专门找老人聊天，细心开导老人，中心的饭菜一直就是考虑到老人不能吃辣，以清淡为主，每顿菜品多达十余种，只有个别荤菜因考虑口感和除腥需要略放辣椒，不能吃辣咱挑其他不辣的吃，还有就是老年人大多体弱多病容易导致阴虚火旺，同时口腔上火还跟本身体质有关，即便是任何辣的不沾仍然导致口腔上火，平时可以多喝水、常泡脚，上衣不要穿得太厚，适当运动都可以减缓症状，听了何静的耐心开导后，老人终于解开心结，欣然接受建议，再也没为此烦恼过。

经过4年多养老工作的磨砺,何静对于社会养老事业有着自己独特的思考。她说,未来社会养老是每一个人都绕不开的永恒话题,未来的老人大多只有一个子女,意味着一对夫妻要同时供养4个老人,压力非常大,养老不仅是个人问题,也是社会问题;不仅是一个家庭问题,还是一个国家问题。因此,她希望余生能够积累更多社会养老的经验,为上级有关部门做好社会养老工作提供实践参考。

为何会有这样的思考?何静跟我聊起一个关于养老的沉重话题。何静说,她一个远方的农村亲戚遭遇了养老危机,这个亲戚年过七旬,丈夫去世很多年,家里有两个儿子、两个女儿,子女家中光景还算过得去,亲戚因为身体不适找到何静从医的爱人帮忙检查结果确诊是直肠癌,何静的爱人劝其立即住院治疗,但其子女们带母亲回家后好长时间没回音,直到病情恶化才入院治疗,当不得不面对住院费用时姊妹几个相互推托,大女儿说家里穷没钱,大儿子说当不了家,小儿子说大哥都不拿钱我凭什么拿,小女儿说家里刚装修完房子拿不出来钱……万般无奈下,何静和另一个亲戚动之以情,晓之以理,反复劝说,最终两个儿子答应各拿2000元钱,加上老人房租收入2600元,这才勉强办理了住院手续。在经历了5个多小时的手术后老人幸运地挺了过来,随后几个子女因为照看、费用等问题上相互推托,老人伤口还没愈合,子女们便急匆匆地给老人办理了出院手续。老人往后生活只能顺从天命。想到这里,她一阵心酸,而又无可奈何。她说,要是亲戚家属能够尽责尽孝，让老人尽可能享受到子女的孝心和社会的关爱，能够享受到康养服务，生活一定会是另一个样子，所以她现在最大的愿望就是专心为家乡养老事业做点事情，让老有所依不再是空中楼阁。

认识何静的人都知道她爱操心，是个劳碌的命，她总是淡然一笑说："能操心是一种能力，说明自己还没老，还可以被需要，这更是一种幸福！"

其实，何静和爱人老韩都是闲不住的人。老韩退休后被返聘坐诊，他坚决服从组织决定，老韩是从部队卫生员一步步成长起来的医生，从绿军装到白大褂，治病救人四个字被他深深地刻进骨子里。他擅长内科常见病、多发病及疑难病的诊疗，特别是 CT、DR 影像结果诊断更是火眼金睛，为临床疾病诊断提供强有力的支持。在日常诊疗工作中，他充分发扬中医传统"望、闻、问、切"的优势，设身处地地为患者着想，他从不让患者花冤枉钱、跑冤枉路，尽心尽力让患者少花钱治好病。他常说："作为医生，要想病人所想，对有特殊困难的患者尽自己所能去帮助，不使他们延误疾病的治疗，真心做到一切服务于病人。"疫情期间，虽然是返聘医生，他没有请一天假，按照疫情防控要求，严格执行各项防控措施，每天按时坐诊，一天不落，用自己的耐心、细心和精良的医术，真诚服务群众，受到广大患者的赞誉和好评！他说："我年龄大了，能做的就是发挥余热，退休不退岗，在全院上下共同抗疫的特殊时期，做好自己本职工作，也是一名老党员应该做的。"

同事们提起老韩的敬业精神无不竖起大拇指。何静说，老韩对患者的爱超过了自己，他的手机 24 小时不关机，不管是熟人还是陌生人只要电话一响，不管是在吃饭还是在睡觉，二话不说立即赶到患者身边，特别对于经济困难的患者，他总是想尽办法让他们花最少的钱把病看好。何静回忆，十多年前，一乡镇 19 岁的女孩得了严重的肺脓疡，需要立即住院治疗，医疗费需要上万元，当时女孩家里条件很差，她的父母和哥哥都不愿意治疗，让女孩在家碰运气能好就好，不能好就放弃，老韩觉得不是要命的病不治真是太可惜了一个鲜活的生命，几次努力也没能做通女孩父母的工作，只好四处打听女孩家还有没有其他明白人，女孩说她有个自家叔叔在村里当过干部，于是老韩迅速与这个素不相识的叔叔联系上了，告诉他孩子的病可治，而且病情不能再耽搁，如果没钱的话可以到信用社申请贷款，等病好了努力还，女孩的叔叔听了老韩的话决定担保贷款治疗，最终女孩的病得以痊愈，如今已结婚生子的女孩还时常给老韩打电话表示感恩。

何静的儿子韩啸自幼看父亲为人诊病疗伤，便在心中敬佩父亲为患者解除病痛时的那份潇洒从容，于是对从医有了隐约的向往。高考填报志愿时他直接报考了湖北中医药大学。父母也始终支持他，并鼓励他在从医的道路上努力前行。

生于医学世家的韩啸记忆里家庭对他的影响是和风细雨润物无声。韩啸回忆，小时候父亲常常加班，他的童年放学后的时光就是在爸爸的办公室度过的。从小耳闻目染，在他的眼中，白大褂是既亲切又神圣：一个 19 岁女孩稚嫩的生命被父亲奋力救回、一个脑卒中的患者通过父亲的妙手施治重新站了起来，无数个年轻的面瘫患者因父亲正确及时的处置而露出笑脸，他永远不会忘记那时父亲眼睛里的炙热光芒和信念。

那时，尽管何静和爱人工作都很繁忙，对儿子生活起居学习疏于管理，但是夫妻二人却格外重视对儿子世界观、人生观、价值观的教育，教育他如何学会做人、学会做事，做对社会有用的人。从医之后，韩啸也深受父母亲的影响，尽心尽力干好工作。今年 5 月，韩啸面临新的工作岗位调整，从中医骨外科转入中医内科工作，为尽快进入新的角色，半年来他几乎天天泡在科室。在他看来，患者有了需求，医生就应该第一时间去解决，不把问题留给患者，不让困惑停在科室，这样才能让患者安心，也只有在这样的环境里自己的能力才能得到锤炼和提高。尽管工作忙碌，韩啸依然坚持自己对文艺的热爱，在医院他除了圆满地完成自己的本职工作之外，还积极参加院里的各项公益及演出活动，为医务工作者送去欢笑。

何静提起儿子来满是心疼，尤其是新冠期间，何静看着儿子没日没夜地工作，作为母亲除了心疼还有担心。她担心儿子的身体吃不消。何静回忆，在新冠疫情最吃紧的日子里，韩啸连续高烧几天未退，仍然带病坚持工作，大冬天里衣服全湿透了却全然不知，说到这里何静哽咽了，这时我不经意间抬头看见她眼中的泪光在不停闪烁着。

谦逊儒雅、多才多艺是很多人对韩啸的印象和评价。但他给我的印象却是不善夸夸其谈，不讲那么多的大道理，却用行动践行着父母对他的言传身教。

听着何静讲述她和家人的故事，我突然想起了五个字——身边的温暖。在爱的世界里，何静一家人用温暖的火光照亮无数个平凡的时间，给这个社会带来丝丝温情，此时我便想，温暖不止来自春天、来自阳光，还来自我们平凡的生活。

平凡的爱心

一直想写写刘继军这个普通的小人物，却迟迟没有动笔，不是因为没有时间，而是不知道该怎么开头。新年伊始，带着新春走基层的采访任务，我再次见到了刘继军，聆听她的爱心故事后，我的脑海里出现了两个关键词——平凡、爱心。我突然之间有了顿悟，就从这两个关键词写起吧！

今年47岁的刘继军是随城九曲弯社区一名普通的干部，这些年，她以一颗平凡的爱心结队帮扶了不少陷入困境的孩子。这些年来，在她心中有一个孩子最让她放心不下，刘继军叫他小强，现在是随城某中学学生。

很长一段时间，小强最大的梦想就是找到自己的爸爸妈妈，从他懂事起便开始寻找，一直没能找到。其实，左邻右舍、亲朋好友都知道他的爸爸妈妈在他出生3个月时就因车祸去世了，出于对小强的爱护，大家一直坚守着这个秘密。

小强的爷爷奶奶是从乡下进城定居的，生活比较困难，刘继军得知情况后，帮助小强的奶奶在城里找了一份保洁员的工作，小强的爷爷身体不太好，干不了体力活，便在家里做些简单的家务。这些年，在社区干部和好心邻居的热心帮助下，小强古稀之年的爷爷奶奶用勤劳和乐观支撑着这个家，生活虽然过得非常节俭，但爷爷奶奶对孙子的爱一点也没减少，平时有什么好吃的爷爷奶奶都省着给孙子吃，上初中时要上晚自习，小强无论多晚回家，都能吃到爷爷奶奶给他准备的热乎可口的饭菜。

小强在爷爷奶奶的疼爱下渐渐长大了，长大后的小强越发想念爸爸妈妈，无数个夜晚，小强在睡梦中幻想爸妈的样子：爸爸身材高大，像电影明星，妈妈和善慈祥，像刘继军一样有一颗明亮的善心。小强也经常问奶奶："别人都有爸爸妈妈，我为什么没有爸爸妈妈？是他们不想要我了吗？我要去找他们……""你的爸爸妈妈去很远的地方打工了，你要好好听话，相信他们很快就会回来的……"奶奶流着泪对孙子说。懂事的小强看着奶奶流泪，十分心疼，很长一段时间不再吵着奶奶要寻找爸爸妈妈。

生活是活生生的现实，日子总得朝前走。令奶奶感到欣慰的是，孙子活泼可爱，读书也非常勤奋，现在还是他们班的班长。在读小学的时候小强就爱画画，他经常把想象中爸爸妈妈的样子用彩笔画下来，有时画着画着会突然开始低声呼唤："爸爸妈妈，你们什么时候回来，我好想你们啊！……"那一刻，奶奶内心的痛如刀割一般。

小强的奶奶是个明白人，她知道小强爸爸妈妈逝世的秘密再也瞒不下去了，也不该再隐瞒下去，特别是孙子长大后听到同学传言爸爸妈妈车祸去世的消息多了起来，告诉小强爸妈去世的秘密成为奶奶的一块儿心病。可是要以什么样的方式告诉孙子这个秘密呢？怎样才能让孙子从思想上接受这个现实呢？这时奶奶想到了刘继军，想和她一起告诉孙子这个秘密，因为这些年除了她和爷爷外，刘继军是孙子最亲近的人。为帮助奶奶解除心病，刘继军答应和奶奶一起找机会告诉小强这个隐藏了许久的秘密。

那是小强10岁生日前的一个晚上，刘继军特意从蛋糕店挑选了他平时爱吃的蛋糕来到小强家中，小强看见刘妈妈来看望他感到非常开心。刘继军这次来看望小强是有艰巨任务的，心里一直特别紧张，尤其是看着孩子那张天真的笑脸，刘继军内心纠结了起来，她临时决定暂时不告诉小强这个秘密，至少在他生日前不说出来。那晚，刘继军带着丝丝伤感回到家中，夜里刘继军失眠了，她在脑海里不停回忆着这些年和小强相处的点滴故事，孩子的懂事让她感到一阵阵心疼，但转念又想，如果一直拖着不告诉他这个秘密也是不负责任的，毕竟孩子长大了，相信小强有这个承受力。于是思考再三，她决定利用这个假期将这个秘密告诉他。

又过了几日，从外面打篮球的小强心情不错，他一边拍球一遍哼着小曲回到家。"小强娃儿！今天好开心啊！"刘继军笑呵呵地向小强打起招呼。

"当然啊！今天我们球队赢了！"小强高兴地说，"明天接着打，再赢几场！"

"好样的！好样的！"刘继军连连表扬起小强来。此时，小强预感到刘妈妈一定有什么话要跟他说，尤其是这些天刘继军频繁上门看望他让他生疑。"刘妈妈，你一定有话跟我说吧。"小强好奇地对刘继军说。此时，刘继军感到时机到了，她慢慢地走到小强身边，轻轻地抚摸着他的头发，轻声地对他说，"小强娃儿，你长大了，我们也不能再瞒你了，你的爸爸妈妈其实在你出生不到 3 个月就因一场车祸去世了，这些年全靠奶奶含辛茹苦把你拉扯大，你是男子汉了，往后一定要对奶奶好些……"

事先准备的话被刘继军一股脑地说了出来。此时，刘继军内心感到阵阵恐慌，她担心小强不能接受这一现实，听着刘妈妈的话，小强脸上的笑容一下不见了。那一刻，时间好像凝固了，满屋子除了时钟发出轻微的摇摆声，几乎听不见任何声响。此时刘继军不知怎样安慰小强，只是又用手轻轻地抚摸着小强的头，就像儿子小时候走路不小心腿摔疼了，刘继军只要轻抚儿子的头发，儿子就会立马活蹦乱跳起来。小强远比刘继军想象中的要坚强，回过神的小强收起眼泪，面向刘妈妈深深鞠了一个躬，接着面容平静地说："刘妈妈，谢谢这些年你对我的关照，在我的眼里你就是我的亲妈，我会勇敢面对这一切。"尽管小强表现得很坚强，刘继军还是对他放心不下，生怕他突然想不开做出什么傻事，于是从那天开始的整整一个假期，刘继军每天都陪着小强，和他聊天，陪他打球，陪他逛公园，让他享受亲情的温暖。

然而，这个故事并不止于此。一年后的清明节，小强来到爸爸妈妈的坟前，将自己用心画的画作为礼物送给天堂的爸爸妈妈，随着一阵青烟升腾，相信小强的爸妈一定会含笑九泉，也一定会为儿子的懂事而骄傲。那一刻，刘继军明白了小强的成长和坚强。小强学会了如何处理痛苦和失落，用自己的方式表达对爸爸妈妈的思念。他并没有被悲伤所消沉，而是用爱来表达自己的情感。

刘继军说，她和小强的每次相处都是一次宝贵的经历，让她明白了亲情和陪伴的重要性。尽管孩子曾经陷入失落和悲伤，但他们一起度过了这段艰难的日子，找到了新的生活方向。在小强的笑声中，她感受到了生命的美好，也找到了自己的人生价值。

其实，刘妈妈的爱心故事还有很多，作为社区干部，很长一段时间，令她感到忧心的是，现实生活中还有许多和小强一样急需帮助的人，怎样才能更好地帮助他们呢？刘继军整合社区资源，针对留守儿童、残障儿童等特殊群体，采取结队帮扶的方式在社区开展志愿服务活动，让身处困境的孩子拥有温暖之家。她说："社区的痛点就是志愿服务的起点，在这个人人可公益的时代，每天做一些力所能及的事情，就能帮助更多人，社区就会更美好。"

刘继军的付出，也让社区居民们看在眼里，暖在心里。左邻右舍说起刘妈妈，个个竖起大拇指。在刘继军的影响和带动下，周围不少居民受到感召，纷纷加入关爱困难儿童的爱心行列，让社区成为温暖的大家庭。

向光而行

随城工作 8 年，认识了很多优秀的同事，金辉便是其中之一。金辉是随南何店镇的一名退休纪检干部。

提起金辉，还得从她担任何店镇纪委副书记说起。那是 3 年前的一个冬天，当时我是随城纪检战线一名宣传干部，上级安排我采访她，当年她主抓的基层纪检监察规范化建设经验在随城被传开，很多同行争相去学习取经。

"我们的很多工作做得还不到位，请你多提宝贵意见，我们一定好好改进。"记得那天进入金辉的办公室时，她一边给我倒水，一边谦虚地向我介绍基层纪检工作经验。闲聊间，我的目光始终盯住她的案头那几本厚厚的笔记本。金辉告诉我，这是她这两年记录的学习笔记。

我愕然！一个即将面临退休的老纪检人还如此热爱学习。相比之下，我这个"笔杆子"就逊色多了。也正是从那刻起，我对她充满了敬意与好奇。金辉说，18 岁那年父母相继离世，没有完成大学梦，30 年来为了这个梦想一直没有放弃过学习。

天道酬勤，金辉的学习之路令人赞叹。2008至2010年，金辉到襄阳参加"国家一村一名大学生工程"学习，终于圆了大学梦。当时，儿子正在读初中，母子俩结伴挑灯夜读成为佳话。在班上，金辉是年龄最大的学生，却丝毫不输给年轻人，起早贪黑的生活让她真正回到了学生时代。

正如金辉所说，机会总是给有准备的人。2013年，她再次让人刮目相看。为了准备公务员考试，44岁的她找出了从小学到高中的所有课本，收集了大量考试资料，虚心请隔壁研究生毕业的小姑娘做老师。经过近半年时间的刻苦复习，她以曾都区第一名的好成绩，从村干部选拔为公务员。

进入镇政府后，她从城建工作干起，之后又高票当选何店镇纪委副书记。很多亲朋好友劝她："这是得罪人的工作，你干得来吗？"还有人疑惑："这些工作专业性这么强，你个外行怎么干得好？"在她看来，能不能干，是思想问题。只要想干，就能干成。

纪检监察工作的专业性很强，她暗下决心，从头学起。她收集了《党内法规制度汇编》等十几本业务书籍，两个月整理出6万多字的学习笔记。一年多来，她通过学习党纪党规和办案技巧，用理论指导工作实践，很快由一名纪检战线的新兵成为业务能手。

细细算来，金辉有20多年的基层工作经验。她认为，基层工作说难也不难，重点在于做好"人"的工作。

在何店镇王家河居委会工作近20年间，金辉从分管会计、妇联、综治维稳工作到村委会主任，管理1000多人，涉及方方面面的内容，练就了一张"婆婆嘴"。

金辉说，在基层一线工作，更多的是要和老百姓打成一片。但身为纪检监察干部，则不能一味笑脸迎人，要刚柔并济、严管厚爱。2017年在办理某村的一起违纪案件时，一位无职党员思想不通，认为镇纪委给他党纪处分是小题大做，还当面放出狠话。处分决定下达后，金辉主动要求作为这名党员的教育转化帮扶人，通过耐心做思想工作，使这名党员深刻认识到自己所犯的错误，还带动其他党员一起学习党章党纪，在支部"主题党日"讨论活动中带头发言，谈认识和感悟。

面对气焰嚣张的对象，金辉就成了"铁娘子"，彰显纪检监察工作的权威。一次，某村村民想要回已经卖出去数十年的林地和房屋，到政府闹事，在金辉办公室拍桌子斗狠。金辉毫不畏惧，坚持依规办事。几天后又亲自上门宣讲政策法规，刚柔并济化解了闹事人的情绪。

其实，金辉也有柔情的一面。在居委会工作的时候，村民们只要有事就爱往金辉家跑，时间一长，金辉的家就成了临时办公室。老人来了，金辉亲自给扶上楼。村里的孤儿，每个季节都会收到金辉送来的衣服。在镇政府工作以后，金辉以办公室为家。由于纪检监察工作的特殊性，金辉白天一般在外调查，晚上回来撰写调查材料。虽然离家只有几百米，但在家的时间少之又少。在政府机关，金辉经常是最后一个下班的人，有时休息日还要加班。为了加班方便，金辉专门配了一把单位大院的钥匙，以免打扰值班人员。

对群众如此，对家人更是如此。熟悉金辉的人都知道她有个大家庭，她是这个大家庭的支柱，为了这个大家庭她无怨无悔付出了自己的整个青春。金辉回忆，在她20岁那年，父母先后因病去世，留下4个妹妹和一个6岁的弟弟，作为家里的长姐，抚养弟弟妹妹的重担自然落在了她的肩上。为了弟弟妹妹们能够顺利完成学业，她想尽一切办法，什么脏活累活都干。当时正值改革开放的黄金期，她只身来到武汉汉正街学习经营服装生意。很快，她在何店镇开起了一家服装店。靠着诚信和吃苦的劲头，她的生意日渐红火起来。正是因为有了这个服装店，这个大家庭才过上了幸福的生活。认真生活的人，人生都不会太糟糕，最终弟弟妹妹们都顺利完成了学业并各自成家立业。

金辉是个有志向的人，她的人生目标不仅仅是满足一家人吃饱喝足。她还要带领乡亲们发家致富，正好有一年她所在的村面临村干部换届，村里老支书执意推荐她做"接班人"，虽然她感到很突然，但最终还是被老支书的诚心所打动，答应回村参加竞选，结果高票当选。担任村干部时，金辉的家庭经济条件不是很好，但她家却从没接受任何政府救济。虽然儿子曾埋怨，妈妈陪他时间太少。弟弟妹妹也常开玩笑，说她从不为家里谋利。但是她用实际行动教会家人自立自强、不等，不靠，更不要，传承了父辈自立自强、宽厚仁爱的良好家风。在照顾自家的同时，她没有忘记在困境中挣扎的二爹，二十年如一日默默为他送去关爱与温暖，让二爹度过幸福的晚年。

我最佩服的是金辉身上那股滚烫的工作热情。她无论干什么工作，一准扎下根。新冠疫情发生后，她一直奔波在战疫第一线，没有休息过一天。从配合镇卫生院到病患家中开展流行病学调查，到规范管理监督全镇救灾物资发放和捐赠资金，再到整理汇总各类报表，忙碌到凌晨一两点是工作常态。此外，她还承担着包保村的各项工作任务。

金辉所包保的花塆村地处集镇边缘，距离何店镇区 20 余里路，山路崎岖，她坚持每天到村，安排村里工作，督促村里落实各项工作任务，并与村干部一起入户测体温，宣传疫情防控政策。当得知花塆村口罩和体温计紧缺，她四处联系，自费购买了一批口罩和体温计送去村里，解了村里的燃眉之急。2020年 2 月初的一个晚上，忙碌了一天的金辉刚回到家，突然接到村干部的电话：村里突发山火，情况紧急。金辉闻讯，立即出门赶往发火地点，带着村干部一起参加灭火，直到火情完全被控制后才离开，回到家已是凌晨 1 点。

随着防控形势越发严峻，金辉便带着被褥驻扎到花塆村，主动挑起花塆村的工作重担，统筹安排各项工作，一天 24 小时吃住都在村里。

在金辉的鼓舞下，丈夫、儿子也先后加入了何店镇抗击疫情的队伍。丈夫成为花塆村疫情防控志愿服务队中的一员，帮忙采购物资、烧水做饭，解决疫情防控组成员的生活问题，让工作人员全身心投入疫情防控工作中；儿子则主动报名参加了何店镇民兵志愿者团队，每天早出晚归，在全镇各村组间巡逻。

一家三口虽然在不同的岗位，却都一致选择坚守在疫情阻击一线。小小的三口之家有个约定：每天不论多晚都要打个电话，即使短短一两句话也要报个平安。

　　好家风是一个家庭最宝贵的财富。成家后的金辉经常教育儿子要自强自立，多做好事善事。在她的影响下，儿子做事踏实，追求进步，积极向党组织靠拢，不久前光荣加入了党组织。作为家中独子，2018年大学毕业后，在金辉的鼓励下，他主动回乡自主创业，成功创办了随州市菁山兰业种植专业合作社，经过几年的努力打拼，公司逐渐步入正轨，每年带动当地贫困户40余人就业，2020年公司荣获"随州市巾帼脱贫示范基地"等荣誉称号，兰草产业成为乡村振兴的一道靓丽风景线。

　　时隔3年，再次见到金辉时，她已经退休。退休后，她仍然闲不住，平常除了带孙子，空闲的时间全部用来学习兰草栽培技术。她说，尽管退休了，也要加强学习，不然很快就会被社会淘汰。她希望未来能够帮助儿子发展兰草种植事业，为随城兰草走向世界做出贡献。这就是我的优秀同事金辉，一个永不退休、永不褪色的老纪检人。她一生都在向光而行，她用毕生的精力把自己活成了一道光，给家人也给身边的人带来温暖和光亮。此时，我想起泰戈尔在《用生命影响生命》中的诗句：把自己活成一道光，因为你不知道，谁会借着你的光走出黑暗……

小巷深处

在一个地方住久了自然生情，屈指算来，我在随城亚通巷生活足有 10 年，这里的一砖一瓦都留有我的爱恋。由于工作的原因，5 年前我搬出了亚通巷，但巷子里的记忆却深深印在脑海里。

翻开记忆的相册，亚通巷繁荣的景象被定格在一个"吃"字上。每天天刚蒙蒙亮，小巷生活的激情就被一道道美味的小吃点燃了。热干面散着芝麻香、拐子饭透着骨汤香、汽水馍裹着麦芽香……在亚通巷居住的 10 年里，我几乎尝遍这里所有美食。粗略算了一下，亚通巷早餐店不下于 30 家。在小巷吃饭通常没有服务员，厨师和服务员一肩挑。餐巾纸没有高档的，装在塑料盒子里，客人可以随便取用，在这里吃饭筷子一类的餐具都得顾客自己拿取。顾客走了，几只大碗，或者几只盘子，以及星星点点的汤水很久摆放在那里，象征着生意繁荣。我进门就餐，把别人剩下的餐食推到一边，撕一把餐巾纸，擦拭一下面前的桌子，心安理得地就座，这种感觉只有在家里才有。

小餐馆的食客十分零散，南来北往的行人，饥饿难耐，站在门口打量一番，感觉这样的小餐馆适合自己的身份和口袋，就钻了进去，然后打量饭菜价目表，这个空隙，店主谦恭地立在一旁："老板吃么（什么）啊？"客人吃完了，店主的后脑门像是长着眼睛，过来收钱时，还不忘问上一句经常重复的话，吃好了没？话是废话，客人却非常满意。

对于小巷里不想做饭的懒汉们来说，早上和晚上挨得很近，晚上小巷几乎所有的餐馆生意都不错，因为这里大多饭馆是亚通下岗工人开起的。在巷子里住久了，经常听老人们讲，20世纪70年代初期，亚通巷里的油泵厂是远近闻名的省属企业，谁家里有人能在这里上班算是光宗耀祖了，可是随着企业改制，油泵厂退出了历史舞台，渐渐地小巷变成了小吃街。

除了美食，小巷对我而言是真实生活的存在。记得有一次我和爱人因为生活琐事吵架，在"冷战期"里我一头扎进小巷里，暗地观察年迈的夫妻幸福生活的"秘诀"，我发现有一对爱养宠物的老两口生活得十分幸福，他们脸上露出的笑容比盛开的花儿还要美。后来，在和老爷爷的交谈中，他讲述的一个故事让我明白了他们幸福的真谛。退休后，老爷爷爱上了养狗，老奶奶爱上了养猫，起初猫和狗是在一起喂养的，时间长了，猫和狗总爱相互抢吃食物，也常出现"干架"的现象，后来老两口也因"护宠"发生了很多矛盾。这时，老爷爷想了一个好办法，那就是每天定时喂养，喂养猫的时候，老爷爷就去遛狗，喂养狗的时候，老奶奶就去遛猫。老爷爷讲这个故事时很动情，似乎想告诉我美好的爱情都是夫妻谦让出来的，听着老爷爷的爱情故事，我轻轻舒了一口气，心情一下子明朗了起来，顿时感到那个月亮只有一半的夜晚也很漂亮。

人到了中年以后，总是不自觉地想自己老了会怎样生活？会像小巷的老人们那样无拘无束吗？……每到夏季看着老人们执一把蒲扇，热一盏清茶，坐在家门口，眯着眼迎接日落日升，目光里流露出的是饱尝世故后的超然和从容。他们时常在巷子里大声地说话，肆意地笑，已经没有什么可以阻止他们做最真实的自己，看多了老人们阳光般的笑容，突然感到这种生活也很惬意。

我始终认为亚通巷是隐藏于随城的福地，这块不大的地盘承载着小巷人的全部快乐。小巷人闲暇之余喜欢在巷内一块空地上跳舞、唱歌、打太极拳，这样简单的业余生活轻易地把小巷人身上的污浊之气、怨恨之气、无名之气统统排出体外。

如今，我虽然已离开小巷 5 年了，小巷的早餐店也迁移到了别的地方，但每隔一段时间我仍然会去巷子里走走转转，看看熟悉的人，想想熟悉的事物，听听时光倒流的声响。

一个兵

"兵"这个字虽只有7画,我却写了20年。又一次来到火热的军营,只为分享一个消防兵的故事。一个普通的消防兵的名字一夜之间成为"网红",我觉得这是一件很提气的事情,于是我手中的笔突然有了超越激情的激情。

一米七四的个头,黝黑的皮肤,紧凑的肌肉,坐如钟,站如松,行如风。26岁的蔡伟是随州市消防支队曾都中队战斗一班班长,随州人民心目中的英雄。

塌方坑里徒手刨土救民工,冒着被洪水冲走的危险勇救群众,抱着火苗喷薄燃烧的煤气罐向河边奔跑。这一个个惊心动魄的场面,都是蔡伟完成的。当人们竖起大拇指称他是英雄时,蔡伟说,我是一个兵,人民子弟兵。

"抱火哥",是随州人民对这位英雄的亲切称呼。

"当时真的没想那么多,煤气罐正猛烈燃烧,旁边还有一堆烧着的煤球,如果不及时转移,随时可能爆炸。"蔡伟回想当时险境时还心有余悸,但回想"抱火"经历很是淡定。

2015年5月23日下午1时,曾都区溠水河东堤一饮食城厨房起火。接到火警，蔡伟和队友立即奔赴火警点。蔡伟现场发现，厨房内大火熊熊，站在房外还听到煤气罐煤气"滋滋"泄漏的声音。

消防人员立即用两支高压水枪进行扑救，火势稍微得到控制，蔡伟和另一名队友进入厨房。当时浓烟滚滚，厨房里有 5个煤气罐，其中一个煤气罐倒在一堆煤球旁正猛烈燃烧，阀门处喷出一米多长的火舌，烧得滋滋作响。随时都有爆炸的危险。厨房后是居民小区，旁边是超市，如不及时处置，后果不堪设想。此时蔡伟来不及多想，拎起煤气罐就往外冲。当他提起燃烧的煤气罐往外跑时，煤气罐的阀门一下子弹了起来，熊熊的火焰直接喷到他的脸上。

危急关头，蔡伟顾不上疼痛，"抱火"冲向百米外的河堤，将煤气罐扔进河里。5 分钟，他来回奔跑，一连从浓烟滚滚的火场内抢出 3 个煤气罐。另 2 个煤气罐也被队友抱出。

险情排除，蔡伟累瘫在河堤上，等悬吊的心放下时，他才发现眉毛和眼睫毛都被火焰烧焦了，原本湿淋淋的消防手套也不知什么时候被烤得干绷绷。

蔡伟抱着熊熊燃烧煤气罐奔跑的照片在网上传开后，网友纷纷点赞。

网友说，兵是世界上每一支军队最基本的成员，是构成军队的基础。衡量一支军队的战斗力水平，兵的素质至关重要。5分钟里抱着火罐跑 3 个百米来回，体现的是我们新时代中国兵的素质，这素质里包含着过硬的思想素质和身体素质。

蔡伟说，是解放军这所大学校培养和教育了我，让我懂得了人生的价值和意义，让我懂得了为什么当兵，军人这个称呼意味着什么，我只不过做了一个消防战士应该做的事情。

蔡伟出生在湖北省恩施自治州咸丰县大路坝乡潭家坪村，这里的大山秀水养育了他，让他自小就有了征服险山峻岭的顽强毅力。

蔡伟的家一共有 3 名成员，他和父亲、母亲。父母是十里八乡有名的勤劳人，他们农忙种庄稼，农闲时就到建筑工地打工。因为勤劳，在村里他家是较早住上两层楼的山里人。

能住上楼房，这在 20 年前的当地大山农村来说，可是山里人羡慕的富裕户。蔡伟作为家里的独子，按说可以过着比其他孩子更优裕的生活，但是从贫困线上爬起来的父母，对蔡伟管教十分严格。

"吃得苦中苦，方为人上人。"这是父母常在蔡伟耳边说的话，目的是让他从小知道只有艰苦奋斗，付出辛勤的劳动，才能取得成功。于是，蔡伟和村里其他孩子一样，每天都要徒步十几公里上学。

"早上不到 5 点就起床，起床后第一件事就是生火做饭，吃完饭后天还未亮，提着马灯上学，十多公里山路步行需要两个多小时。下午不到 3 点钟放学，因为山高路远，回到家时天已黑。"蔡伟回忆。

因为父母只有他一个孩子，每天除了按时上学外，蔡伟比村里其他小伙伴还多了一件事，那就是放学回家途中在山上捡半麻袋松果回家当柴火，这是父母为他安排的"课外作业"。除此之外，喂猪、放牛也是他儿时每天的"必修课"。

山里的孩子并不懂得独子就该娇宠。漫漫上学路，不仅培养了蔡伟吃苦耐劳的品质，更让他过早地体会到父母的艰辛与不易。蔡伟评价自己的小学生活，无论是在学校还是在家里，都是一个听话懂事的乖娃子。

然而，升入乡镇中学后，远离了父母的视线，蔡伟像断了线的风筝乱飞起来。以前在大山里没见过的繁华和现代生活方式不断冲击着这个少年，蔡伟的心理发生了变化。

自从和镇上几个爱"逃课"的学生混在一起后，那个听话的孩子从头到脚都在发生改变，小平头变成了小分头，老布鞋变成了花球鞋。厌学，不做作业，上课做小动作，学习成绩直线下降。基于对他的关爱，老师特意把他安排到讲台边听课，他仍对学习提不起神来。

浑浑噩噩念完初中，蔡伟匆匆地挤进了打工的行列，来到浙江温州一家模具厂打工。几个月下来，在这座快节奏的城市里，他感到难以适应，纷繁复杂的社会关系、超负荷的工作强度以及有知识与没知识的收入差别，让他开始重新审视自己。

后悔与自责不断敲打着这个 16 岁少年的心。书是人类进步的阶梯，知识可以改变大山孩子的命运。蔡伟后悔当初没听老师的话。

人生就是这样，今天的醒悟永远买不到昨天的后悔药。

蔡伟越来越觉得自己不属于这座城市，一次工伤导致胳膊骨折让他坚定了回家乡的决心。于是，养好伤后，他回到了家乡。

回乡后，他跟着自家的叔叔一起到建筑工地当小工。叔叔对这个自家门的侄儿很喜爱，就像自己的孩子一样关心。叔叔虽然文化程度不高，但是个铁杆"军事迷"，在工闲时间给蔡伟讲古今中外的战斗英雄故事，每次听得他如醉如痴。叔叔的精彩故事，不断撞击着这个即将迈入18岁成人礼的年轻人的心。"绿色军营梦"在蔡伟的心中不断滋生着，并疯狂生长。走，当兵去！这是发自内心的呼唤。

他当即给父亲打电话，得知家乡的征兵宣传工作已经开始，时间已经不允许他再做任何犹豫。说走就走，他立即辞去建筑工地的活回到了家里。

报名、体检、政审……一个月后，一辆载着新兵的列车风驰电掣般把他带到了江城武汉。18岁的蔡伟穿上了心爱的橄榄绿，成了一名光荣的武警消防新兵。

湖北省消防总队教导大队是蔡伟进入部队的首站，也是他从一名普通青年向一名合格战士转化的重要驿站。教导队的生活节奏紧张。白天，在寒风中进行队列、体能训练；深夜，则进行一次又一次的紧急集合演练。

训练在艰苦中进行。长途拉练，负重奔跑……衣服湿透了再用体温焐干，手指磨出了血，随便贴一张创可贴又接着训练。大山的娃子不当孬种，你要给家乡人争光，当一个好兵。蔡伟耳边时刻回响着慈爱的父亲临行送别时叮嘱他的话。

不怕苦，不服输，将内心深处的韧劲释放出来，坚持就是胜利。一次次消防演练，一次次技能比武，充满激情与速度而紧张又活泼的教导队生活，让蔡伟开阔了眼界、锻炼了筋骨、砥砺了意志。

教导队新兵连的生活画上了句号，新兵下班，蔡伟被分配到武警随州市消防支队曾都中队。到中队后，他被分配当炊事员，当时感到很意外，心里虽有些落差，但并未气馁。他明白，军人以服从命令为天职。

在炊事班工作，蔡伟用心钻研营养菜谱，将每一餐都当精品来打造，看到训练和出征归来的战友，在餐桌上享受美味时露出满意的笑容，他感到有一种说不出的成就感。即便他十分热爱炊事班工作，但其内心深处却始终"潜伏"着消防战斗员的"火种"。

目送战友每一次出征，蔡伟就在内心告诉自己：我一定会到战斗班去冲锋陷阵。在炊事班工作的第二个年头，中队领导被蔡伟到消防一线去战斗的决心所打动，批准他加入战斗班。

当一名消防战士，首先要有一副强健的体魄。为了强化体质，蔡伟白天练、晚上练，正常训练之余，他还给自己多加了几组俯卧撑、仰卧起坐和单双杠练习。别人练一次，他练十次，别人跑 100 米，他跑 1000 米。

大山的孩子不流泪。训练中蔡伟经常受伤，而每次受伤只能让蔡伟更加顽强，流血了用纱布包一下，脚肿了晚上用酒精擦一下，手磨出了泡，挑破继续练，从来没有因为受伤耽误正常的训练。

进入战斗班不久，蔡伟因政治理论掌握熟练、军事素质过硬、示范作用良好，被任命为该中队战斗一班班长。训练我先来，灭火我先上。这是蔡伟的座右铭。"战友们，跟我上！"在战友心目里，蔡伟一直很勇敢。

中队长代子尧提起蔡伟眼睛便放出一种兴奋的光，为自己队里有这样的兵感到骄傲和自豪。蔡伟消防业务技能样样精通，3000 米跑 10 分 20 秒，200 米负重 30 公斤跑仅需 47 秒，是中队里的"体能小达人"。苦事累事难事，总是冲在前头，官兵们私底下称蔡伟为"金刚大兵"。

蔡伟说，曾都中队的消防官兵，人人都是"金刚"。在曾都中队消防官兵的营房，有这样一块宣传牌：赴汤蹈火为人民，枕戈待旦履职责；挥汗洒泪洗娇气，脱皮掉肉铸金刚。

当消防兵就意味着牺牲与奉献。中队对每个消防官兵立有一个标准：没有完成不了的任务，没有克服不了的困难。每个消防战士便对自己提出要求：流血流汗不流泪，掉皮掉肉不掉队。

每一次灾情，每一次火险，每一次冲锋，都是全新的考验。对于消防兵而言，一切都是突发，一切都在瞬间，一切不由思考，一切只需果断，也许跨一步就和死神打个招呼，或许冲上去就和死亡并肩而行。

2014 年 7 月 19 日，随州市曾都区洛阳镇遭受特大洪灾，当时蔡伟正准备休假，得知洛阳镇受灾后他二话没说，全身心投入抗洪救灾战斗中。白天他不停地抢救被洪水围困的群众，晚上当得知夜间需要人值班时，他主动请战。

从凌晨 2 点到下午 3 点，12 个多小时，没合一次眼，没喝一滴水，没吃一口粮。当看到从洪水中漂来一箱面包时，饥肠辘辘的他和另外 3 名战友顾不得食品卫生不卫生，一口气填进肚里。接着，他们抖擞精神，继续与洪水进行殊死搏斗。

蔡伟还有一个如雷贯耳的名号叫"刨土哥"。

正是这次徒手刨土救民工，"刨土哥"三个字深深地烙印在人们心中，蔡伟的事迹传遍了荆楚大地。

2016年5月9日16时25分。位于随州城区交通大道东风随州专用汽车公司路段的排水沟施工工地，因下雨突然出现塌方，正在作业的3名民工被埋。

震耳的警笛就是消防兵出征的号角。随州市应急救援指挥中心接警后迅速调派曾都中队15名消防官兵、两台抢险救援车赶到现场实施救援。塌方现场，被困者正被埋在一个深约3米的泥坑里，仅头部及上半身露在外面。泥坑边缘的泥土还在不断向下滑落。

经验告诉蔡伟，被困者不能昏迷。他一边与被困者交谈，一边利用塌方现场的木板、钢管等硬质材料挡住泥土，防止二次坍塌。

泥坑狭窄，如何施救？消防官兵们遇到了难题。

"如果用挖掘机等大型机械挖，作业带来的震动势必造成泥坑进一步塌陷，被困者随时有被埋的危险。如果使用铁锹、铁铲，可能对被埋人员造成二次伤害。"现场指挥员、支队参谋长殷丽勋回忆，当时雨水不断增多，被埋工人危在旦夕。

这是一场生命与时间的赛跑。容不得多想，蔡伟和身边两名战友纵身跳入泥坑，用戴着手套的双手奋力刨挖，很快将埋压较浅的两名被困民工"刨"了出来。

最后一名民工胸口以下全部被埋压在泥沙里，因泥沙挤压，意识模糊，出现昏厥症状。此时，只见蔡伟脱下沾满泥土的手套，直接徒手拼命地刨开民工身旁的泥土沙粒，手掌磨破了，指甲抠烂了，双手鲜血直流，他仍然猛力地刨着，20多分钟后，硬是将重度昏迷的民工从坍塌的泥土中"刨"了出来。

最终，3名被埋民工全部获救。

蔡伟救人的视频被网友放到网站上后，一夜之间成为"网红"，网友亲切地称他"刨土哥"。尤其是那双血肉模糊的双手，感动哭了很多人。时隔一年，当人们对"刨土哥"的赞叹还音犹在耳，蔡伟又成了"抱火哥"。

蔡伟入伍短短4年，先后参与各类消防和救险战斗180余次，解救遇险群众20多人，保护和挽救国家与人民财产价值达数千万元，获评随州市第五届道德模范、荆楚楷模、十大荆楚消防卫士、中国好人等荣誉，荣立二等功。

"网红兵"蔡伟的刷屏，靠的不是噱头与炒作，而是一个消防兵对使命与责任的坚守引起了当地人民群众的强烈认同。蔡伟告诉战友，"网红"不是我的梦，我的梦想很简单，就是要成为一名优秀的消防兵！

一只手打败命运

时光留不住永远，许多记忆已被光阴删除，但定格在记忆深处的画面依然清晰，想起时，或感动，或微笑，不会刻意提起，也不会轻易忘记。

那是一个冬日下午，风有些凉，随州日报社记者部正在召开室务会，突然走进一个身穿老式军服的老人，一只手吃力地抱着一大摞书法作品，室主任得知老人是来替自己的书法作品做宣传的，示意让我接待他。

眼前的老人，头发花白，古铜色的脸庞写满岁月的沧桑，眼神温和，说话语速很慢，基本是我问一句他回答一句，我想他可能是第一次接受采访，而且还是在报社这个非常严肃的地方。为了缓和老人紧张的情绪，我请他到报社院子里交流。果然，老人的话语多了起来，语速也正常了。

老人叫王代运，出生于随县殷店镇加强村，目前在殷店镇天河口福利院安度晚年。在他的生命里程里，他最引以为傲的事是与毛体书法结缘了半个世纪。

我们的话题也由书法二字展开。王代运说，他希望在有生之年能够让更多的人看到自己临摹的毛主席书法作品，也希望得到"毛体"书法大家的指点，以便提高自己的书法水平。

王代运的话顿时让我心生敬畏，一个只有一只手的农民对书法如此热爱真是不多见。其实，王代运对于毛体书法的热爱从小就开始了。那时他接触最多的是《毛主席语录》《毛主席诗词》等，随着对毛主席语录的熟悉，对毛主席的诗词书法也产生了浓厚的兴趣，就连走在路上，看到墙壁上书写的毛体书法都会默默地在手心写着。

王代运虽然小学还未毕业就休学了，但他却能够熟练背诵毛主席经典诗词，背过之后开始练习毛体书法，一遍不行两遍，两遍不行练三遍……练习，其实就是临摹，那时候农村条件简陋，他就将一堆土堆在一起，平摊开来，用手指在土上书写，写完后用手一抹，继续练习，这样可以写上成千上万次也不用费一张纸。就是在这样的条件下王代运练就了扎实的基本功。

正在王代运书法道路有所造诣的时候，一场厄运降到他的头上。在一次村里集体修水库的过程中，他的左手被用于工程爆破的雷管炸断，那时他才22岁，人生最美好的年华才刚刚开始，他失去了左手。失去了一只手他感到整个天空都是灰暗的，整夜难眠，仿佛天要塌下来似的，整日整夜都在胡思乱想，心口隐隐作痛。那段难熬的时间，他曾意志消沉过，也曾对生活失去信心，但最终战胜了自己，调整好心态，他决心用右手拥抱毛体书法梦想。

于是，他开始一边在村里担任小学教师，一边刻苦钻研毛体书法，但他任教经历却只有 6 年。为了让更优秀的教师进入学校，他思前想后选择辞职。辞职后，他辗转襄阳、枣阳等地从事门卫工作。无论身在何地，他的内心都始终保存着对毛体书法的热度。40 年来，经过自己的不懈努力，他书写的毛体书法作品摞起来有几米高，他最得意的作品是他潜心创作的一幅长 100 米、有几十首诗词的巨幅毛体书法长卷，曾多次在省内展出，引来众多书法爱好者参观，并得到毛体书法大家的高度赞誉。

"红军不怕远征难，万水千山只等闲""俱往矣，数风流人物，还看今朝"……王代运用手中的笔追求对毛主席老一辈革命家的思想境界。越是练习越是觉得它不仅仅是书法，更是一种情感、一种气度、一种信仰，在练习毛体书法的时候，他的眼前不断浮现出毛主席当年的革命气度，还有中华民族百折不挠的精神。

艺术上有所成就的王代运坚持以字育人，走进学校、村居、厂区传播书法文化，培育了许多书法爱好者。他说，我虽然没有成家，但更渴望有一个家，一个可以与人分享欢笑和泪水的家，一个能够拥抱幸福和安宁的家。于是，他把家的温暖变成一支温情的毛笔，写出家的温情与坚韧。

一只手也能打败命运，一只手也能举起梦想。虽然命运之神夺去了王代运的一只手，他却用另一只手点亮了书法的亮光，用它照亮世界上坚硬的黑，用它寻找到一个灵魂的"家"。

第三辑

家风不语，
润物无声

家风像一条永不枯竭的河

在岁月更替和生命延续中无声流淌

胸怀是河流的宽度

善良是河流的长度

爱心是河流的温度

沉默有声

　　父亲属马，1954 年的马，今年 70 岁了，也许是冥冥之中属相使然，注定逃脱不了劳累的命运。父亲经历过三年自然灾害、"文化大革命"、人民公社化、田地到户等重大历史转折点。他不止一次地讲述年轻时吃糠咽菜，甚至有时只能吃一个红薯充饥的情景。父亲和大多数上点年纪的中国老百姓一样，对"吃"抱有一种潜在的恐惧和渴望。父亲对土地有一种强烈的占有欲，善待脚下的土地他就像善待自己的生命一样。

　　种地是力气活，父亲的力气大，在全村是有名的，母亲说父亲在公社劳作时，常常最费力的活准会落在他身上，如摇拖拉机，母亲说的是手扶拖拉机，这东西不出毛病是个好东西，拖拉机手手握双把，两轮锋利地劈开泥路，神气活现地驶过村庄，冲向田野，"突突突"喘着大气，声音轰鸣震天，好像什么大人物降临。可是，手扶拖拉机有时也会抛锚，特别是发动车辆，有时看到几个拖拉机手用摇把拼命地摇，可是"唝唝唝"几下，好像要发动了，听声音差不多就要发动了，可一停手，又熄了火。这时生产队里的头头们便会想起父亲。"黄师傅，还是你来试试。"生产队头头们的意见高度一致。父亲站在一旁嘿嘿一笑说:"这玩意服我,我试试。"果然,不到两分钟的时间拖拉机又恢复了"突突突"的声音!

父亲在公社做活不久便迎来了分产到户政策。分产到户后,父亲为补贴家用开始跟着村里余大伯在镇上打铁铺学打铁,当时他打的镰刀、锄头是卖得最好的,后来因为打铁这样的小作坊被专业化生产基地替代了,父亲便接上爷爷的班,成为一名打油匠,这是父亲一生中干得最长的手艺,足足 20 年。

那时,农村很少有包装好的食用油售卖,村里人吃的油都是手工生产出来的,村民地里每年种的芝麻、菜籽、棉籽都会送到油坊来加工,所以当时油匠也是热门手艺。这种传统的榨油工艺复杂烦琐,从筛籽、压片、炒料、笼蒸、踩饼、上榨、插楔、压榨到接油有十多道工序,除压片外全部都是手工完成,从原料到出油需要十多小时,一天也只能完成一榨油,约七十斤。

小时候,我经常到父亲的油坊里去玩,尤其是滴水成冰的数九寒冬,我更喜欢一头"钻"到油坊里去"焐暖"。我记得很清楚,当时我最喜欢吃父亲用芝麻渣做的油饼。村里老人和我一样,到了冬天也喜欢往父亲的油坊里钻,除了吃父亲做的油饼外,他们留恋这里的主要原因是聚在一起聊天,分享过去有趣的故事,那时我听老者们讲得最多的是过去村里修水库和打土豪分田地的故事,讲到动情处一定会引来哄堂大笑,我当时年龄小,对他们讲的那些故事听得不是很明白,但看着他们牙齿都掉光了还笑得合不拢嘴,自己也跟着笑起来。很长一段时间,父亲的油坊成了村里一个不可多得的特殊娱乐场所。

大伙谈笑风生，父亲却一直沉默地干着手里的活。油坊里除了父亲，还有同村5个油匠师傅，他们不像父亲那样老实，师傅们一边听故事，一边靠在木榨油机旁吃花生喝小酒。作为油坊元老的父亲知道师傅们平时都很劳累，对师傅们的管理比较松，师傅们少干点他就多干些，从不计较，有时父亲一个人在油坊从晚上忙到天亮，也从没听到过半句怨言，也许这就是师傅们愿意一直跟随父亲在油坊干的原因吧。

20个寒来暑往，季节交替着油坊的光阴，饱满的芝麻、菜籽、花生搅和在时间深处，源源不断挤压出飘香的香油、菜油、花生油，喷香的油水丰富着村里人的餐盘，也丰富着村里人农闲生活。然而，随着时光的流逝、时代的更替，传统的手工木榨油机渐渐退出了历史舞台，父亲的油坊也慢慢淡出乡邻的视野。

老油坊如今已变成洋气的村里小学的校舍，我以为没人会记得油坊里的故事，令我没想到的是，住在学校附近的罗大爷在油坊拆除前收藏了油坊的牌子，还有那台老掉牙的木制榨油机，他说这里有他的快乐时光。一提到老油坊，一提到老油坊榨出来的油，他都会津津乐道地说："那时的木榨油口感好、纯度高、味道正，麻油是麻油的味道，豆油是豆油的味道，菜油是菜油的味道，如今吃的这些油，再没有那样的味道啦！"我想这或许就是正宗的乡味、乡思！

在村里，"土厨子"是父亲一生行走的名片。记得每一次乡村里有个红白喜事、婚庆嫁娶、生日宴席，乡亲们都忘不了请父亲"出山"。从我记事起，父亲每次帮别人做好酒席总忘不了打包带上红烧肉、三鲜、炸鱼等菜给我们姊妹三人开荤，在那个物资匮乏的年代，这些足够让我们几个嘴馋的孩子"享受"一些日子了，至今想起来都觉得好幸福啊！

父亲是个地道的手艺人，自然也想把我培养成手艺人。正好我的学习成绩一直不是太好，初中毕业就放弃了学业，父亲让我专心去学一门养家糊口的手艺，还四处托人帮我找学手艺的师傅，但我却对父亲给我找的木工、泥瓦工、修车工等多个师傅一点也没上心，结果一样手艺也没学好，甚至丧失了学手艺的信心。正在我一筹莫展的时候，我在街道上看到了征兵广告，立即在脑海里产生了当兵的想法，父亲听说我要当兵自然十分高兴。其实我们家族称得上是军人世家。我的父辈、爷爷辈中10个就有8个当过兵，有从朝鲜战场上下来的老兵，有从对越作战回乡的功臣。他们战功赫赫，衣锦还乡，赢得全村人的尊重，打小我就喜欢听爷爷讲过许多战争年代的故事，自然对军人的感情超过同龄男孩子。

可是那年头当兵并不是一件容易的事。为了如愿当兵，父亲准备了几十斤香油决定趁天黑带着我到镇武装部部长家里送礼去，这是父亲第一次给当官的送礼，毫无经验，内心十分忐忑。来到部长家，我们经过全面侦察发现部长家没有其他人后，立即提着香油敲开部长家的门，部长见父亲提着两大壶香油和我一起走进房门便知道为啥事而来。没等父亲开口，部长严厉批评了父亲："当兵是保家卫国，怎么还搞这一套，东西拿走，赶紧拿走……"父亲哀求道："你就帮帮我家娃儿吧，将来一定好好报答你的恩情……"部长看着父亲祈求的眼神，脸上露出善意的笑容。父亲见部长脸上露出了微笑，立即示意我把香油放下赶紧走，当我双脚刚迈出门槛的时候，父亲对部长说了声谢谢，也跟随我身后"开溜"了，这时部长追着我们说："请把东西拿走，请把东西拿走……"我回头看了看部长，父亲说赶紧跑啊，父亲在奔跑时一不小心掉进水沟里，爬了半天才爬起来。事后，我问父亲那天为什么要那么拼命地跑，他只淡淡说了一句话："礼送到了当兵就有希望了。"

那一年，我没有盼来入伍通知书，原因是入伍年龄不够，大概还差一个月。后来，我知道部长为我入伍的事确实跟接兵干部说了不少好话。部长是个很正直的人，在镇上有口皆碑。至于我们送他的油后来他按照市场价支付给父亲 600 元钱。

当兵的念头我始终没有动摇。1998 年冬天，我终于如愿以偿地参了军，成为一名驻藏兵。

没有多少文化的父亲，不懂得太多深奥的道理，他唯一希望的就是他的儿女们都能成"气候"。父亲说他一生最自豪的是把我送到部队。我至今都无法忘记父亲送我参军的情景，是深冬一个阳光很好的日子。当我接到入伍通知书时，父亲起先保持了沉默，这种沉默其实就是承认。当兵走的那天，父亲在村头送了我一程又一程，当列车就要驶出小城的时候，父亲悄悄地流泪了，这是我第一次见到父亲流泪，此时我才感到沉默的父亲也会流泪，我知道这眼泪饱含着欣慰、期待与浓烈的父爱。

到部队后，我经常给父亲写信报平安，每次都会邮寄一张军装照，当收到我的照片他都会按照时间顺序收集在一个泛黄的信封里，有一年休假时我无意间打开了藏在父亲床头柜里的信封，打开一看，我的眼泪湿润了，我看见信封里每张照片都留有父亲的手指印，照片被父亲粗糙的手指抚摸得失去了色彩，有的已经皲裂和泛黄，有的变得模糊和暗淡，但这些照片对父亲来说却是尘封在记忆里的宝盒，是他的精神养分。听母亲说，每次父亲心情郁闷的时候，或者身体不好的时候，都会打开信封看看我的照片。

后来，家里装了电话，我给父亲写信也少了很多。记得父亲为了能经常接到我的电话，将家里的一头年猪卖掉找人安装了电话机。有了电话，我和父亲的交流也多起来，但父亲依然话语不多，每次都是我在电话里没完没了给他讲部队里训练和生活的事情。

在我当兵第 16 个年头的时候，有一次在我打电话问家里近况的时候，我感到父亲总是答非所问，而且急于挂断电话，开始我还以为是手机信号不好的原因，挂断之后再打还是一样，我最后加大了嗓门，近乎吼出来，这次父亲听到了。挂断电话之后我又给妹妹打了一个电话，妹妹告诉我父亲的耳朵现在有点背了，听到这，我终于明白父亲为什么急于挂电话了，他是怕我知道后担心，不能安心工作。虽然这是一个事实，但我还是不肯相信，在我心中如一座山一样存在的父亲居然耳朵背了，但转念又想父亲那年已经 60 岁了，以前我没有想过 60 岁的年龄会这么快在父亲身上存在，这些年我一直像一个没长大的孩子生活在父亲的庇护下，而忘记了停下来观察一下父亲正在慢慢变老，他的两鬓已经慢慢爬满了白发，他的皱纹已经不是只有笑的时候才会出现，他走起路来已经不再那么有力，他生病的时候已经不再喝杯开水就能挺过去，他拧毛巾的时候也不再一下就能拧干……所幸那时父亲的耳朵借助药物还可以和我们正常交流，一切好像还不算太晚。

亲情是一场倒计时的爱，我们能做的就是珍惜有限的时光，尽自己最大的努力对父母不留遗憾。待我转业参加工作后父亲已走动不便。2014年冬天，我从西藏部队转业。2016年12月，父亲查出患有慢阻肺，我知道这是常年在油坊积劳成疾落下的病根。乡下就医条件差，我与妻子商量后把父亲接到城里治疗。为了缓解病情，我买来一些有关肺病及老年人保健的书籍，自己学习老年人的保健知识和养生之道，精心安排饮食起居，调剂饭菜品种，想办法荤素搭配，换着花样，让父亲增加营养，听说山药红豆粥有养肺功效，我立即查找食谱自己在家制作，每天早上提前几小时浸泡红豆，等父亲起床后就能喝上热气腾腾的营养粥，这种食疗方法一直坚持了两年，对父亲的病情起到了一定的效果。

随着父亲渐渐老去，病情也更重了，2019年的冬季，父亲肺病再次发作，住进重症监护室，经过四五天的抢救父亲捡回一条命，在这四五天里我时刻守候在监护室外，晚上也不敢闭眼休息，生怕父亲出现意外。

父亲出院后，还必须坚持在家治疗，为了方便父亲在家做理疗，我和妹妹给父亲买了一台制氧机和一台呼吸机，每天提醒父亲按时吸氧。每当父亲病情稍微好些的时候，便主动提出帮我带孩子，默默为我分担生活的忧愁。

这就是我沉默的父亲。如果说父爱是一本书，我的父亲就是一本沉默的书，他的沉默坚如磐石，他的沉默柔情似水，当我成为父亲后渐渐读懂沉默的父爱、有声的父爱。

闪亮的微光

提起做公益这事，感到似乎离我平静的生活很远，即使想做却也感到力不从心，但看到随城公益人肖海蓉在朋友圈发的公益短视频，又加上是一个城区的人，感动比以往来得更加强烈。

4月初的一天，在随州市委文明办领导的引荐下，我有幸认识了公益人肖海蓉。初次相识，她给我的印象是，短发圆脸，未言先笑，虽已步入中年却全然没有一般中年人的沧桑和焦虑，有的只是一种发自内心的对生活的热情！真的看不出今年是肖海蓉参与公益事业的第34年，用他的话说就是公益人永远都年轻！我很好奇，作为一名普通的女性，肖海蓉是如何坚持这么久做公益的？又是如何做到在公益道路上快乐前行的？带着这份好奇，我采访了她。

"成为一名公益人，也算是一种缘分吧。一开始，我只是抱着能帮到一点是一点的想法去参与公益。"聊到何时开始的公益之路，肖海蓉打开了话匣子。

那是她14岁的时候，当时她还在随城乡下某中学读书，有一天在去上学的路上，她看见一位步履蹒跚的老人背着一捆木柴艰难地行走着，她从老人身旁经过的时候，听到老人累得喘息的声音，顿时产生了恻隐之心，立即上前接过老人背上的柴，并将老人安全扶回家。后来，在她的询问之下才知道，老人是一位孤寡老人。看着老人生活十分艰难，那天她主动给老人做了顿饭，并将老人的屋子收拾得干干净净。

回到学校后，肖海蓉盘算着利用课余时间帮老人一把，让老人家安度晚年，并把老人的事情告诉了班上的同学，在她的提议下，班上的几个同学自发组织在一起，放学的时候就到老人的家里，把老人的被子、衣服都拿出来整理洗干净，将里外屋子打扫一遍，没事的时候，就来到老人家里陪老人聊天。

让肖海蓉没想到的是，有一天上晚自习，老人村里的干部专门找到学校来感谢她和同学们对老人的热心帮助，还写了一封感谢信到学校，表扬了她们几个献爱心的小姑娘，由此，一颗爱心的种子在肖海蓉的心中悄然种下。

转眼，肖海蓉长大成人，在随城某大型商场找了一份工作，生活也稳定了下来，此时她想着利用空闲时间参与社会公益事业，这样不仅能充实自己的生活，还能力所能及帮助别人。2013年，在随州市义工联义工余大姐的介绍下，肖海蓉开始正式参加义工、社工活动。

"当时做公益，没有想太多，就是看到那些贫困的、残疾的人就感到心疼难过，就想为他们做点事，尽尽自己的心。"肖海蓉说，公益是一种修行，所以涉及公益志愿服务活动，她都积极参加。

随着对公益事业的不断了解，肖海蓉觉得参与公益活动已经成为一种自己热爱的生活方式。于是，她和爱人商量决定脱产专心做公益，爱人非常支持她的想法，让她放心去做公益，家里的事情全部交给他来料理。有了爱人的支持，让她吃了颗"定心丸"，2016 年 1 月肖海蓉正式加入随州市志愿服务联合会。

"前几年，我们开展助残圆梦行动，一般都在年底，最长会持续两个月，一直要忙到腊月底才放假，年货都是丈夫一手置办的，爱人的支持是我专心从事公益活动的动力。"采访中，肖海蓉说，在爱人的支持下，这些年我全程参加了"零"艾滋宣传活动，多次看望了"玻璃娃娃"黄家兄弟，帮助贫困户小白找到了工作，参与了"青年志愿行温暖回家路"春运行动、雷锋日宣传活动等。

肖海蓉还主动报名参加了"爱心妈妈"活动，成为年仅 12 岁小姑娘小范的"妈妈"。为了让性格内向的小范开朗起来，肖海蓉每天上门找她谈心，带她买衣服、买书，知道小范作文成绩不好，肖海蓉就给她买来作文书，陪她阅读作文故事，还让她每周写 5 篇日记，渐渐地，小范变得活泼开朗起来。

爱心公益行动犹如冬日暖阳，让贫困交加的家庭感受到暖暖的爱意。在帮扶小范的过程中，肖海蓉得知小范同一学校有个孩子小程因家庭原因产生了辍学念头。经了解，肖海蓉得知小周的父亲几年前遭遇车祸离世，父亲去世后，留下小程和正在上小学的弟弟妹妹。面对突如其来的沉重打击，小程的母亲精神几乎失常，家庭陷入困境，得知情况后，肖海蓉带头捐款捐物，并迅速号召社会爱心人士为她家捐款捐物，让他们家顺利渡过难关，如今小程以优异成绩考取理想的大学，母亲情绪逐渐好转，在镇上一家餐馆找到一份零工，有了经济来源，日子逐渐恢复了平静。

爱心公益行动好像是一泓出现在沙漠里的生命之泉，让濒临绝境的病人重新看到生命的曙光，勇敢地与死神赛跑。小杨是她帮助过的弱势群体中的一个，一场车祸使小杨的命运跌入低谷，妻子承受不了生活的打击离他而去，留下年仅10岁的儿子，肖海蓉得知小杨的遭遇后，主动到医院陪他聊天，帮他照顾儿子。除夕夜，肖海蓉和家人吃好年夜饭后，专门打包了一份饭菜，和丈夫一起看望病重的小杨。一句句温暖的话语让小杨深受感动，他满怀感激地说："感谢肖大姐家人的关心，我会尽快养好身体，早日回归社会。"

在肖海蓉夫妻的热心帮助下，小杨很快出院。出院后，得知小杨想自力更生自主创业时，肖海蓉和丈夫商量，拿出家里部分积蓄借给小杨作为创业资金，不久小杨在随城开办了首家残疾人驾校。驾校开业的那天，小杨激动地给肖海蓉发信息说："原本以为我的人生从此暗淡无光，正在我对生活丧失信心的时候，是你的鼓励和帮助让我重燃了生命之光，让我感到了温暖，我会向你学习，尽自己所能去帮助别人，传递爱心！"

采访中，肖海蓉说，做公益传递的是一份关爱，是用一个名字唤醒另一个名字，是用一颗心走进另一颗心里。在她的心灵深处，始终惦念着一个姓丁的肢体残疾女孩。小丁身残志坚，经过自己的勤奋努力，掌握了手工艺本领，后来又经好心人的牵线搭桥认识了邻村同样优秀的残疾人，两人情投意合，迅速组建了一个幸福的家庭，婚后生下聪明可爱的女儿。生活中，小丁最大的梦想就是希望每年有人跟她一起过生日，小丁说的那个人就是肖海蓉，从结对帮扶小丁以来，每年 5 月 1 日小丁生日的那天，她都会收到肖海蓉送来的礼物和生日蛋糕，小丁直到现在还清晰地记得肖海蓉第一次给她过生日时的情景。那天一大早，小丁换上新装，划动着轮椅守在家门口等着肖海蓉的到来，自从肖海蓉两个月前承诺要和为她过生日起，她的日子每天都像抹了蜜一样甜美。好不容易盼来自己的生日，可左等右等不见肖海蓉的身影，快到中午的时候，她有些失落，正在心里琢磨着可能过生日只是肖海蓉和她开的一个善意的玩笑，正在小丁失望之时，突然"嘀嘀"的喇叭声响了，小丁抬头望去，只见正是肖海蓉的车子，此刻她人坐在轮椅上，心早已从轮椅上飞出去了。

"今天公益活动排得有点满，下次你的生日我一定准时到。"肖海蓉连声道歉。"不要紧，不要紧，我还以为你忙忘了呢……"说着，小丁眼泪湿润了，那是激动的泪水。从那以后，每逢小丁的生日到来前，在前几天她便安排好手头的工作，她知道那个山区小村里有一双渴望的眼睛在望着她、盼着她。

被人需要是一种幸福，帮助别人是更大的幸福。如今，在肖海蓉的带动下，她身边聚集起越来越多的微光星火，绵延成爱的长龙，传递着人间温暖，让更多的善意乘着新时代的东风，飞向千家万户。

笔记本里写真情

俗话说，好记性不如烂笔头。在没有电脑的时候，笔记本是我最好的朋友。作为一名写作者，多年来养成了摘抄文章的习惯，看书读报时看到好词好句，总想把它们移到纸上。20世纪90年代，在西藏当兵的时候，笔记本常常成为战友之间相互赠送、增进友谊、彼此激励、表达情感的纪念品。

我至今仍然保留着封面印着《拉萨情缘》的笔记本，这是我荣立个人三等功时部队赠送我的奖品。这本笔记本陪伴我从军营到地方，搬了三次家，都是首选必带之物。因为笔记本里摘抄的学习内容，可以窥见自己被军旅岁月刻痕凝固的美好时光，字间识心，文中含情。笔记本里也有存贮的集体记忆，奋斗年华，散发着昔日芳馨，值得永远珍藏。

脱下军装后，我结识了一位比我晚几年转业的战友，他叫刘坤，他与笔记本之间的感情远比我要深厚得多，可以说笔记本是他行走的"标配"。从部队到家乡，小小的笔记本见证了他的成长，留下了他奋斗的足迹。刘坤于2003年12月入伍，2020年4月从武警某部转业，被组织安排到随州市烟草系统工作。转业后，恰逢乡村振兴的号角吹响，烟草行业也积极履行社会责任，承担起乡村振兴的重任，按政府统筹安排，刘坤所在的烟草专卖局对口帮扶随南府河镇姜家庙村，需选派一名素质过硬的同志担任第一书记，负责驻村帮扶工作。刚刚脱下军装的刘坤主动请缨，申请到广阔的乡村学习锤炼。经过单位领导慎重考虑和全面考查，刘坤如愿实现驻村梦，接到命令后，他迅速收拾行囊，告别妻儿，拿上部队奖励他的几个笔记本，义无反顾离开了繁华的都市，转战乡村，成为一名服务"三农"的驻村第一书记。

刚到村里的时候，村干部和村民们都不看好这个刘书记，认为刘书记皮肤白净、文质彬彬，一点儿都不像干农事的人，倒像一介书生。还有人说，这刘书记就是来村里"镀镀金"，混个基层经历，将来好升迁。面对村干部和村民的议论，刘书记不以为然，坚持做好自己，用一颗真心访民情探民意，认真记录民情笔记，用军人过硬的作风为村民办实事，渐渐焐热了村民的心，赢得村民的信任。

刘坤看着像书生，干起工作来却雷厉风行、有条不紊。用"刚柔并进"这个词形容他也许再合适不过了。现实生活中，刘书记是一个十足的爱书之人，工作之余，他挤出点滴时间加强学习，常常手不释卷。采访时，不少村干部这样评价他：刘书记是个爱学习的年轻人，无论是在田间地头休息时，还是在村办公室见到他时，他都是与书为伴，各类书籍成为他开展驻村工作的敲门砖和"金钥匙"。刘坤说，他虽然是农村长大的孩子，但参军早，对农业技术不是很精通，现在回到农村工作，带领乡亲们发展产业，着实心慌。只有抓紧多看看书，深入了解国家乡村振兴方面的方针政策，学习乡村治理的举措，掌握事关农业的硬知识，才能在乡村振兴的大潮中扬帆远航。

爱读书的刘坤有记笔记的好习惯。每读一本书，他都会在笔记本上写下很多读书笔记，只要他感到有用的知识都会工整地摘抄在笔记本上。他说，这样既加深了读书的印象，又不会遗漏知识点。驻村以来，刘坤阅书几十册，笔记本也摘抄了好几大本，从书中学政策、学技能、学规范，厚"记"薄发，逐步从一个三农"小白"成长为优秀驻村书记。在政府和烟草部门的指导帮扶下，刘坤带领大家拓宽了致富渠道，享受到了各种惠民政策的利好，整个村的面貌也有了很大改观。这就是刘坤从"笔记本"中汲取的力量。

如何把书中的理论变为乡村振兴的有效路径？刘坤深知做农村工作绝不能"纸上谈兵"。于是，他决定"两条腿走路"，一边改造村里基础设施；另一边稳扎稳打发展特色种养殖业。"要想富，先修路。""要想持久发展，就得强化'造血功能'。"这两点是刘坤全面走访乡村，结合村发展实际，和村民达成的共识。

两年来，刘书记积极协调本单位先后投入 30 余万元资金，用于村里道路拓宽硬化和水利设施整修，并争取到地方政府主导的高标准农田改造项目，极大改善了村基础设施，优化了农民耕作环境，为村民致富创造了有利条件。

乡村振兴，产业主导，人才先行。刘书记积极创造条件，吸收能人回乡发展产业。老姜是姜家庙村村民，之前一直在外地搞稻虾养殖，通过刘书记的积极沟通，老姜决定回乡发展，并在换届选举中高票当选村主任。任村主任后，他积极发挥致富带头人作用，流转100余亩土地发展稻虾共作产业，流转10亩土地种植阳光玫瑰葡萄。2023年，在有关部门的大力帮扶下，姜家庙村集体流转80亩地作为村集体产业搞稻虾养殖。有了主导产业，乡村振兴有了新动力、新血液。

刘坤的笔记本，不光记录读书学习笔记，更记载了村民的家长里短、困难诉求，记载了振兴乡村的金点子和好建议。笔记本对于刘坤来说，就像农民手中的锄头，战士手中的枪。枪在人在，笔记本在人就在。凭着一腔热情和干劲，刘坤把心沉在了乡村，他的记事本也如同驻点村的一部乡村振兴"简史"，记录着这里的一切。

刘坤随身携带的笔记本不仅是他走村入户的必备神器，也是他开展驻村工作的任务清单，他的笔记本虽不起眼，但笔记本上记录的每一条内容他都格外重视。他把群众的心上事随时记录在本子上，当成上心事来办。全村没有不认识他的，也没有他不熟悉的，他说自己就是村里的人了。

"某月某日，通组公路某某路段有塌方，必须尽快修复……"

"时节不等人。某月某日，某农户提出需要整修河道，不然成片的农田因为缺水无法耕种……"

"电话来电，家中老人的常备药短缺，能否帮忙代买……"

农村工作千头万绪，刘书记的"记"字诀派上了大用场。有了笔记本，事事都有底，完成一项勾去一笔，解决乡亲大难题。对于刘书记的记事本，乡亲们都有一个共识：只要被书记"记"下来，事情就有回音、问题就能解决。大部分时间里，在乡亲们面前，他是一个安静的倾听者，很少说话，但手中的笔却飞快地记录着，生怕记漏了。回去后，他再把记事本里记下的问题细细研究，再一一给村民答复、解决。

"身为驻村第一书记，刘坤认真履职尽责，他走到哪儿笔记本就带到哪儿，笔记里装着他爱民情，也装着他的责任与担当。驻村以来，他充分发挥了驻村帮带作用，与村'两委'遇事共商、问题共解、责任共担，帮办不代替、到位不越位，真心实意解难、公道正派处事，得到群众一致认可。"采访中，说起刘坤的笔记本，村书记李州有说不完的话。

回想这两年驻村工作的点点滴滴，刘坤百感交集，他说："从转换角色、走村入户、到融入农村生活，再到带领乡亲们脱贫致富……走进乡村的那一刻开始，我就知道，做了第一书记，自己就是党群关系的联络者，身上背负着组织的重托和乡亲们的期盼，我一定努力不辜负大家的期盼。"

记忆是人生的宝藏，笔记本是打开记忆的"密码"。刘坤的笔记本也是他的日记本，他习惯在工作笔记后面写一段生活感悟。实际上，他写日记的习惯已经坚持了很多年，笔记本里面记载着很多他与家人的美好回忆、记录了从军的酸甜苦辣、记录了他为人子、为人夫、为人父的点滴感悟。

刘坤的父亲是地地道道的农民，也是一个有军人情结的男人，他从小就有穿军装的梦想，但由于种种原因未能如愿，于是把参军报国的夙愿寄托在刘坤身上。在刘坤小时候，父亲经常给他讲革命英雄故事，引导他关注军旅题材的书籍或电视。正是在父亲的影响和培养下，他带着父亲的理想如愿来到了部队。从军十七载，他认真学习、刻苦训练、踏实工作，把爱党爱国的誓言践行在一言一行中。17年的军旅生涯，他上了军校，入了党，荣立了三等功，荣获了武警部队优秀人才奖，多次被表彰为"优秀共产党员"。每次在部队取得进步获得荣誉时，每次思想"开小差"、情绪不稳定时，他都会进行深入分析总结，然后把总结的内容全部写在笔记本上，每当在部队提笔给父亲写信的时候他都会翻开笔记本，然后静静地用文字与父亲进行情感交流，父亲看完信后都会及时回信，信中那些关爱鼓励的话语，他也都会转抄在笔记本上。他说，父亲的关爱是他战胜困难的精神支柱，无论自己年龄多大，在哪一个阶段，只要有父亲在他身边，他就感到心里暖暖的。

如今，刘坤已步入中年，已是两个孩子的父亲。他说，儿子是个"军事迷"，最喜欢穿的服装是迷彩服，最向往的是军功章，最爱唱的歌是军歌，最爱听的故事是军人的故事……

日复一日，年复一年，两个孩子的成长梦想也被刘坤精心记在笔记本上。他说，等孩子长大了，如果真的选择了当兵，他一定会把笔记本作为礼物送给儿子，然后互敬一个军礼，那该是多么幸福的事啊！

山村夕阳暖

"最美不过夕阳红，温馨又从容，夕阳是晚开的花，夕阳是陈年的酒……"每当《夕阳红》这首经典老歌在耳边响起时，我会不由自主地想起广水市李店镇黄金村养老服务中心的一对"姐妹花"。

去年重阳节那天，我跟随当地记者一起来到黄金村养老服务中心采访，当时院里正在播放着《夕阳红》这首老歌。伴着舒缓的音乐声，我走进了中心负责人叶星梅的情感世界。采访中，叶星梅说，为了发展村里养老事业，她和姐姐都辞去了工作，没想到一场突如其来的疾病夺走了姐姐的生命，为了完成姐姐的遗愿，她和家人沿着姐姐未走完的路继续前行。

提起姐姐当初建养老服务中心的事，叶星梅回忆说："姐姐曾在黄金村担任过村干部，从事基层工作20多年，她热心快肠，喜欢帮助别人，当她看到村里孤苦伶仃的老人生病无人照料时，她感到一阵阵心酸，于是她开始为建养老服务中心的事四处奔忙，先后联系了城区多个养老机构，希望他们在村里投资建养老服务中心，但最终都没谈成。"

万般无奈下，姐姐决定自己在村里建养老服务中心。2011年，她在当地政府和社会各方力量的支持下，投入10万余元将村里闲置的小学场地改建成了养老服务中心，这也成为当地首个村级民办养老服务机构。

为节约资金，姐姐自己当服务员，并动员丈夫参与进来帮助照顾老人，不到两年时间，因服务态度好费用低，养老服务中心先后入住了200多名老人。然而，天有不测风云，就在姐姐准备大干一场的时候，2014年9月的一天，她却因突发脑出血去世，留下未竟的事业。

"是放弃，还是坚守？"姐姐去世后，在辗转"煎熬"了几个夜晚后，妹妹叶星梅决定接过姐姐的担子。为了方便照顾老人，叶星梅干脆把家从外村搬到了黄金村，丈夫随后也放弃了外出打工，主动拿出打工攒下来的钱加大养老服务中心的资金投入，并和她一起来到中心照顾老人。为减少中心运营成本，他和爱人一道自力更生，自己种粮食和蔬菜。不久，叶星梅的婆婆看他们太辛苦了，也来到中心帮忙，免费为老人洗衣做饭。

为方便接送老人看病，叶星梅年过五旬还专门考了驾照，并向亲戚朋友借钱买了一辆小车。以心换心，以情换情。养老服务中心在当地老人们口耳相传中，名气越来越大。叶星梅说："中心创办以来，已累计接纳500余名老人，这里面不仅有黄金村本地老年人，也有周边几个村的老年人。中心的创办，初步解决了黄金村及周边村组留守老人的养老服务问题。"

在安顿老人后，突然有一天叶星梅在脑海里有了新的想法，她想把黄金村留守妇女聚集起来，共同为中心的老人们服务，弥补中心服务人员不足的问题。后来，在叶星梅的爱心感召下，黄金村和周边村留守妇女争相到养老服务中心来当义工，帮助照料老人，打扫卫生。随着留守妇女人数的增多，为丰富中心老人文化生活，黄金村村委会决定成立留守妇女文艺队，利用养老服务中心的场地开展各种文艺表演，丰富多彩的文艺活动让老人们欢欣鼓舞，个个脸上洋溢着幸福的笑容！

采访结束，已是夕阳时分，我坐着同伴的车子准备返程。一路上，晚风抹开了夕阳，天边氤氲着橘光，将傍晚的村庄照亮，我打开手机翻看当天给老人们照的照片，他们脸上露出灿烂的笑容比夕阳更美更艳！我想，这大概是夕阳在世间最好的"注脚"。

一个值得怀念的人

在我心里，刘书记是我最值得怀念的人。刘书记叫刘铭锐，一个乡镇纪委书记，一个把忠诚二字刻进骨髓的人，他的事迹能写一本书，只可惜我水平有限，只能还原一段关于他的真实故事。

他的故事写在办案的路上。2016 年 3 月 18 日，刘书记在排查完两条问题线索后，突然晕倒了。开始我以为他只是太劳累了，休整两天就好了，没想到 12 天后他永远离开了他热爱的纪检监察工作岗位，年仅 43 岁。

"铭锐快不行了！" 3 月 19 日清晨，刘书记当医生的同学老祝接到刘书记妻子的电话，一阵撕心裂肺的哭声传来："我刚才听他说，他 8 个月前就得了晚期肝癌！"

干部群众眼中那个工作起来热火朝天的刘书记怎么说不行就不行了呢？晚期肝癌、肝硬化、食管胃底静脉曲张破裂大出血、失血性休克，必须马上转到大医院抢救。飞驰的车上，同学老祝告诫半清醒半昏迷的刘书记："躺着别动，不要讲话，讲话会加速大出血！"

车行 1 小时后，刘书记用虚弱的声音表示要与镇领导通电话。妻子不同意，但面对他恳切的眼神，只好帮着拨通了电话，刘书记向镇领导请了病假，请他安排好工作。

车快到医院时，刘书记从昏迷中清醒过来，请求再通一个电话。老祝生气地说："你不要命了？"刘书记仍坚持。妻子只好按他的吩咐拨通了镇纪委同事的电话，刘书记忍着剧痛，给他交代了一项要紧的纪检工作任务。之后，刘书记又一次昏迷过去。

到医院后，刘书记经抢救暂时脱离危险。老祝又难过又生气："老同学啊，如果不是看你得了这么重的病，我要照你的胸口打两拳！你得了肝癌，为什么要瞒着大家呢？"原来，刘书记大半年时间一直饭量差、腹胀腹痛，他去医院检查时被查出晚期肝癌，医生告诉他只能活 8 个月。面对晴天霹雳，刘书记心想，晚期肝癌治愈希望渺茫，而自己热爱的纪检工作还有大量任务待完成，巡视组移交问题线索的查办也正在节骨眼上。如果自己请假治病，办案工作短时间内将会受到很大影响，不如拼一拼，与时间赛跑，在有限的时间多干一些工作。

于是，刘书记决定藏起病历本，瞒着大家，带病坚守岗位。他开了药，随身带着偷偷吃。疼痛发作时，就用止痛药扛着。

"在食堂，我见他脸色蜡黄，饭量特别小，吃得特别慢，他就以胃病为由搪塞过去。他还跟我开玩笑，说他现在吃饭是一粒一粒地吃，就跟古代大户人家的小姐一样。"同事小黄至今回忆这段经历都会感到深深的自责，她说，"只怪我不细心，要是早发现刘书记的病情这么严重，就是硬拉也要把他拉到医院去救治。"

刘书记得知自己时日不多,他最大的愿望就是抓紧时间做一些有意义的事情。3 月 14 日是刘书记生命的倒数第 16 天。他在驻点村检查工作时发现自己安排村里制作的"准则""条例"喷绘宣传栏上出现了两处小差错。"这喷绘得重新做。"刘书记严肃地对村干部说。

"不细看也看不出来。天色已晚,算了吧。"有人劝刘书记。"'宣传''准则''条例'不能有丝毫差错。"他忍痛自己开车 40 分钟,找到制作公司说明问题的重要性,公司答应加班改做。

在腐败分子面前,刘书记如同一把锋利的反腐之剑。2015 年 5 月,就在刘书记被确诊为晚期肝癌的头一个月,驻点村群众向镇纪委举报村委会在水库溢洪道维护工程建设中虚报工程款。

工程实际用了多少水泥和钢筋?举报人和村委会说法不一,案件一时找不到突破口。"实地丈量,就能水落石出!"这天,骄阳似火,酷热难当。刘书记带人翻山越岭来到水库溢洪道工程现场。他拿着尺子,当起测量员,与同事一点点地丈量。险峻处,人可能随时坠落山崖,他没有退缩,忍着病痛带头爬了上去。

经实地测算,发现这项工程虚报 6000 元工程款,对落实主体责任不力的村支书某某进行了追责,给予其党内警告处分。

当年 6 月,武胜关镇有一个村 15 名村民联合举报村支部书记某某涉嫌违纪违法。刘书记辗转 4 次才找到一名知情人获得关键证据,正面交锋的时刻终于到来。刘书记提着两个暖水瓶,手里拿着一个装药的小包，来到谈话室。面对有十几年老交情的纪委书记，某某觉得"有救"，希望放他一马。

刘书记却说："人讲感情，纪律无情。交情不能破坏规矩！"僵持中，刘书记想起他当过兵，便不经意间抛出当兵的话题，果然，某某打开话匣子，逐步转向配合，案情一步步解开。最终，某某因侵占退耕还林补偿款被开除党籍，移送司法机关。

"纪律不是儿戏，执纪必须要严。"刘书记经常这样告诫我们。记得一次镇里准备实施一个道路绿化项目，投资额超过50万元。"我们灵活变通一下，把工程办成两块做，第一块先做个50万元以下的，就可以不招投标了。"会上，几位想要抢时间完成项目的同志提议，多数人赞同。刘书记却投下一张关键反对票。"我坚决反对！你们所谓把工程分两块，这明显是在想办法规避招投标程序，不符合政策也不符合法律！"最终，项目经过招投标才上马。

刘书记就是这样一个坚持原则的人。他的一生凭着对党和人民的忠诚，将所有心血和汗水都奉献给了神圣的纪检监察事业。他赤诚奉献的精神永远值得我学习，他的人品值得我永远怀念！

从追光到发光

　　家风是一股无形的力量，潜移默化地影响着家庭中的每一个人。在鄂北广水市，有一名普通的税务干部在父母的影响下用毕生精力践行雷锋精神。他是我见过最年长的追"锋"者，几十年如一日，他遵从父母的教诲，怀揣着一颗真挚善良的心，默默帮助身边的人，不计得失，不图回报，坚定地行走在追"锋"的路上，从"追光者"到"发光者"，他的名字叫程开军。

一

　　说起学雷锋做好事，程开军回忆起童年那段往事。小时候，住在农村的程开军有一次掉到堰塘里，被一位朴实的农民伯伯救了起来，妈妈提着点心拉着他来到救命恩人的家中，感谢他的搭救之恩，妈妈对他说，向朱伯伯三鞠躬表示感谢。回家的路上，妈妈告诉他，要知恩感恩，知恩图报。

　　自那以后，程开军始终记住妈妈的话。程开军回忆，他家屋后有位孤寡老人，母亲总在农活忙完后，帮助老人做些力所能及的事情，与老人聊天解除心中的寂寞。从此，他学着母亲的样子，为老人拆洗被褥、打扫房间、挑水劈柴、修剪指甲……细心周到地照顾着老人的生活起居。老人临终时拉着他的手说："我要是有你这样的一个好孙子，死也无憾了。"

母亲没有念过多少书，却知书达理，经常教育程开军，"做人一定要善良厚道，长大后要力所能及帮助弱者。"母亲是一个勤俭持家的人，那时的农村，要吃的没吃的，要穿的没穿的，母亲告诉他"勤劳是摇钱树，节俭是聚宝盆"，节约要从一点一滴做起。在母亲的教导下，他爱惜每一粒粮食，吃不完的饭菜从不轻易倒掉。母亲看似唠叨的琐碎小事促成了他良好的生活好习惯，如今他一点一滴把这些好传统、好家风传承给了下一代。

小时候，程开军兄弟姐妹四人都很害怕父亲。害怕并不是因为父亲喜欢打孩子，而恰巧相反，父亲很少体罚他们，不过对儿女要求十分严厉。程开军说，"对人要诚心，做事要尽心。"这是他父亲的人生信条，也是他家的家训。小时候当孩子们之间发生矛盾时，父亲总是先自我检讨，批评自己的孩子。他记得读小学五年级那年，有一次上体育课，他和一位同学因打乒乓球发生了口角，情急之下动起了拳头，放学回家后，父亲让他静静地站在老屋的墙角反省错误，慢慢告诉他错在哪里，应该怎么做，父亲说"和为贵，谐为美"。第二天，他诚恳地向这位同学道了歉。

父亲对程开军的影响像涓涓细流，一股股填满了他的心田，滋润着他快乐成长。有一年春节，父亲叫他拿柴放在火盆里取暖时，告诉他："火要空心，人要实心。"这句不经意的话让他记了半辈子。

父亲是个勤劳的人，也要求子女要勤劳为本。记得初一那年放暑假，父亲见他成天和湾子里一群小伙伴到处玩耍，十分生气地对他说："这么热的天，大人们都在田地里拼命地干活，你们却到处游荡，不觉得亏心吗？"当即父亲就和生产队队长联系，让孩子们去地里干些力所能及的农活。那时的农村，大家都在生产队劳动，农忙时节常常忙得脚不沾地，听了父亲的话，他迅速带领湾子里的小伙伴们组建了"儿童团"，放学后帮着生产队抢收粮食，大人在前面捆稻谷，他们儿童团就在后面拾捡零星的稻穗交给生产队，晚上还约上小伙伴帮着大人在稻谷堆上看场守夜。多年以后，他理解了父亲的良苦用心，勤劳是孩子成长的第一品质。

二

"向雷锋同志学习"这七个字对于参军入伍后的程开军来说，有更为深刻的理解。刚走进军营，他便立志要像雷锋那样做人做事，做雷锋式的好战士，把有限的生命投入无限的为人民服务中，做好事就这样慢慢变成了自觉行动。帮助驻地照顾孤寡老人、辅导学生、帮扶困难战友……他记得有一次放哨下岗后，在回连队的路上，突然看到一个步履蹒跚的七旬老人挺可怜的，这时他主动上前搀扶把老人送回家，得知老人无儿无女，从此他利用周末时间照顾老人，为老人洗衣洗被、整理房间、打扫卫生、修剪指甲……老人在弥留之际说："共产党好啊，部队是培养好人的地方。"就这样，在他5年的军旅生涯中，先后照顾过3位这样无依无靠的老人。

"如果你是一滴水，你是否滋润了一寸土地？如果你是一线阳光，你是否照亮了一分黑暗？……在生活的仓库里，我们不应该只是个无穷尽的支付者。"这是1958年6月7日《雷锋日记》写下的一段影响无数人的话语。程开军默念着这段话从老家走入军营，从军营回到地方。转业后，他把助人为乐的精神带回了家乡广水，只要有人需要帮助，他会尽力而为。再次回到家乡，程开军用热血拥抱这片养育他的土地。

脱下军装不久，当得知家乡血库告急的通知后，他立即站出来加入义务献血的队伍。从献血那天开始，此后每一天他都在为献血救人做努力。保持良好作息、坚持体育锻炼、不断学习献血知识、积极宣传献血知识。自1998年第一次献血后，他给自己定下了一个雷打不动的规矩：无论工作多忙，每年都要参加无偿献血。就这样，25年风雨无阻，他无偿献血166次、累计5.1万毫升，相当于自身总血量的11倍，3次获"全国无偿献血奉献奖金奖"，1次获"全国无偿献血奉献奖终身荣誉奖"。

程开军从新闻媒体得知，当前我们大多数人是献全血，献成分血的志愿者很少。要知道，成分血主要是机采血小板，对白血病、车祸、孕妇大出血等出血患者的抢救用处更大，但机采血小板血液要经过机器分离，采血时间长达1小时，相比献全血更需要捐献者的勇气与胆量。

"全血每半年才能献一次，而血小板每个月都能献一次，这样我就可以用我的血液挽救更多人。"程开军毫不犹豫地报名捐献血小板。从 2013 年开始每月捐献血小板就成了他的必修课，现在基本每月要捐献 2 次。

采访中，他的同事告诉我，只要病人急需，血站一个电话，无论是节假日，还是冰天雪夜，程开军都会义无反顾地赶到血站，即使在他爱人因脑出血做手术养病期间，他依然献血不误。点滴热血绽放生命奇迹，但一个人的能量还是微弱的。他常说，"个人献血百次，不如百人献血一次。"2017 年 3 月，他组织成立了广水市第一支无偿献血志愿服务队，他担任队长。许多人认为献血有损自己的健康，不愿献血。为消除大家的误解，他经常以自己健康身体为例，向大家宣传无偿献血知识，还动员同事、亲友 500 多人加入无偿献血队伍中，组织无偿献血和志愿服务活动 260 余场次，献血人数超 4000 人次，献血量超 20 万毫升，志愿服务时间 10000 余小时。女儿、女婿在他的带动下，也参加了无偿献血队伍，捐血超 2000 毫升。广水市无偿献血志愿服务队成立后，他先后组织无偿献血活动 167 场次，参加无偿献血 1200 多人次，捐献血液达 20 多万毫升，成功为 130 余名危重患者的生命"加油"。无偿献血志愿服务队被省红十字会工委评为"优秀志愿服务组织"。先后涌现出全国"无偿献血奉献奖终身荣誉奖"1 人，"无偿献血奉献奖金奖"7 人，"银奖"9 人，"铜奖"16 人。

一直以来，程开军把帮助别人当作人生最大的幸福。2017 年 9 月 9 日，他在"中国人体器官捐献管理中心"提供的遗体捐献协议上，郑重地签下了自己的名字，按上了鲜红的手印，实现了"活着献热血、身后捐身体"的夙愿。在他的带动下，29 人加入中华骨髓库，18 人签订人体器官捐献协议。

三

一个人做一件好事不难，难的是一辈子做好事。进入广水市税务局工作后，一有空闲，程开军就投身公益事业。2014 年广水市成立了第一支志愿者服务队伍——义工联合会，他第一时间申请入会，不久担任副会长。于是，敬老院、特困家庭、特教学校到处都留下了他和志愿者们爱的脚印。

哪里有需要就出现在哪里。2020 年 1 月 22 日，广水疫情日趋严重。大疫当前，程开军迅速组建"抗击疫情志愿服务突击队"，从正月初一开始，他带领队员每天从早上 7 点一直工作到晚上 6 点，主要协助广水应山街道办事处开展路口值守、入户排查、装卸物资、协调募捐、居民生活服务等，每天连轴工作 11 小时以上，在疫情最严重时期坚守岗位 38 天。

疫情袭来，广水市消毒水紧缺，医院频频告急，他带领志愿者在值守的同时，立即与全国各类公益组织联络与对接，好不容易争取到了爱心企业捐赠的 5 吨消毒水，但消毒水存放在武汉市江夏区，急需派车抢运，可疫情严重，各地道路封堵、货车也难以联系……怎么办？

"我来全程负责！"关键时刻，程开军自告奋勇逆行出征，从早上 10 点领受任务，他就开始连轴转。抢送 5 吨消毒水需要大货车，可司机们听说要去武汉，怕感染，一口回绝，他晓之以理，动之以情，甚至近乎哀求才联系到一辆货车。去武汉的道路封堵，需要车辆通行证和警车引路，他又赶到广水市防控指挥部紧急求援，争取"绿色通道"。时间就是生命，各种手续办好后，他一刻也没有停留。在警车的引导下，货车风驰电掣驶向武汉。联系接洽人员、办理领货手续、协助装运物资……他忙得口干舌燥，累得筋疲力尽。当5吨消毒水成功运回广水时，已是深夜12点。一路上商店关门，高速公路服务区关闭，此时他已经连续16小时没有吃喝，虽然饥肠辘辘，疲惫至极，但脸上露出了开心的笑容。

在疫情最严重的一个多月里，他和队友们先后36次前往武汉、孝感、仙桃、随州等地，对接到爱心企业转赠的21批价值2000余万元的医疗物资，第一时间发放到各医院。同时，积极与本地商家联系，争取到17批价值近百万元的爱心生活物资，以实际行动助力疫情防控阻击战。

在程开军的带动下，"抗击疫情志愿服务突击队"从开始的6人发展到28人，他们没有请战书，更没有红手印，只有一腔热血和一颗公益心。像钉子一样，紧守交通要道，严控人员流动。隆冬时节，风雪交加，鹅毛大雪一直下个不停，而他和他的团队在冰天雪地一站就是一整天，晚上回家时，大家的衣服和鞋子都滴出水来。

为方便开展志愿服务，防止自己感染影响体弱多病的妻子和4个多月的外孙，他索性从家里"搬"出来住进了熟人的空房里，全身心带领志愿者们冲在抗"疫"一线。

在疫情形势危急的时刻，程开军与几名党员义工一起组建义工联党支部，带领党员、义工走到需要帮助的人群中。疫情期间，义工联党支部开展各类公益活动 3000 余场次，参加人数 4.9 万人次，志愿服务 15 万余小时，组织捐款捐物 25 万元。

其实，程开军的家庭困难也不小。几年前，他的爱人因脑出血手术留下后遗症，常年需服药维持生活，每月花费不菲。尽管手头拮据，但他总是惦记着那些更困难、更需要帮助的人。特困学生吴旭妍成绩优秀，父亲中风瘫痪，因家庭极度贫困面临失学，他主动承担了孩子的学费和生活费，让一家人重新燃起了生活的希望。面对恩人的救助，孩子的母亲感激地说："开军，在我们最绝望之时，是你们挽救了继涛，更挽救了我们这个家庭。"积善成炬汇聚每束光芒，爱心传递点亮儿童未来。程开军努力做儿童成长的引路人、儿童权益的守护人，带领义工依托社区阵地，先后在红石坡、胜利街、双桥等社区建立了"儿童服务站"，共开展志愿服务 986 场次，受益儿童 2.5 万多人次，并为全市十多所学校 2 万余名师生开展了"儿童平安小课堂"志愿服务活动。

对于特困家庭和留守学生，程开军倾注了更多关爱。一有空，他就与留守学生、特困儿童们一起谈心做游戏，让他们享受远离父母的关心和疼爱。多年来，他生活过得十分节俭，但为孩子们买学习用品却从不吝啬。在他的带动下，义工联合会组建了"日行一善"微信群，凝聚社会之力，帮助困境学子实现圆学梦。如今，义工联成立了"尽旭极妍""耀眼明天"等多个助学小组，帮扶的足迹遍布广水乡村街道。

能让孤寡老人幸福地安度晚年，是程开军最大的心愿。2017年冬天的一个晚上，北风呼啸、大雪纷飞。凌晨1点左右，一阵急促的铃声把他从梦中惊醒，他拿起电话一看，是孤独老人朱修明打来的，他知道老人在这个时间打电话来，肯定是身体不适，他急忙穿上衣服，拿起手电筒，冒着刺骨寒风，急匆匆地向老人家里赶去。老朱患有精神抑郁症，并且有暴力倾向，他不顾个人安危，不定期地与老人耐心交谈，久而久之，他成了老人的生活依靠，精神寄托。已是耄耋之年的老杨膝下无儿无女，他隔三岔五上门嘘寒问暖，照顾老人生活。社区居民雷老师下半身瘫痪，找不到合适的护工，他知道后义务照顾，逐渐使一个沉默寡言的人快乐起来。

像这样的事还有很多，程开军走到哪儿好事就做到哪儿，幸福和快乐就播撒到哪儿。当他从"义工联微信群"中得知有位两次中风住院的陈全志老人没有衣服穿时，天没亮他就把准备好的6套衣服送到五里开外的阳光医院，让老人挺过寒冬，战胜病魔。

程开军的公益之路还在延伸。如今，他把退休当作学习雷锋新的起点，他常说，我愿做"白发雷锋"，此生不渝。此时，我想起了诗人贺敬之在《雷锋之歌》里激情四射的诗句：看，站起来／你一个雷锋／我们跟上去／十个雷锋／百个雷锋／千个雷锋！……／升起来／你一座高峰／我们跟上去：十座高峰，百座高峰，千座高峰！——／千条山脉呵，万道长城！

学习雷锋好榜样，学习开军好榜样。程开军的追"锋"之路让我感到，雷锋就在身边，人人都可以成为雷锋。

涢水为证

　　涢水，江汉支流，发源于大别山麓的大洪山，是随州流动的水塔，是随州人民的大运河，千百年来润泽着随州的古老文明，也让这座历史文化名城更加风韵。

　　这条古老的河流对随州市环境监测站站长柳华斌来说，是岁月之河、事业之河、奋进之河，这条河养育了他，也抛弃了他。2014年2月12日，这是应该从日历上消失的一天，这天下午，天空是黑色的，亲人们的眼泪是黑色的，同事们的悼词也是黑色的，挽联是黑色的，哀乐是黑色的，唯有他那颗丹心依然鲜红。

　　柳华斌的一生很短暂，刚刚走完51个岁碑，恰恰步入人生黄金期，然而他做的好事实事之多，足以使他的"人生效益"高出常人许多。这里还是让我们沿着岁月的轨迹，去寻觅他走过的那条极为普通却又给人以深刻启示的人生之路。

　　要想找出他成长进步的阶梯，还得从他钟爱的环保事业说起，这是他人生当中最厚重的一块基石。他是喝着江汉河水长大的孩子，从小脑中便埋藏着守护母亲河的思想因子，直到

1982 年，19 岁的他从技校毕业，而后分配到原随州市环境监测站工作，他的思想"胚胎"才算发育成熟，最终结成了现实的果子，由于对工作的无限热爱，他表现出超强的工作能力，6 年的磨砺使他当上随州市环境监测站站长，25 岁当站长，这在当时整个湖北省算是最年轻的监测站站长了。

事业的台阶他每一步都走得很踏实。初生牛犊不怕虎的他，宁愿透支身体，也不拖欠工作。江汉河流每一条流淌的支流可以做证，他是怎样用一把尺子年复一年、日复一日丈量自己的工作，用读秒计算自己生命的，有人可能会固执地认为，监测工作者太享受了，一年四季都在享受着自然的宁静，我要说，你根本就不知"坚守"二字的重量，柳华斌不是喜欢重复，但又不得不每天重复同样的工作，这是监测人的责任，谁不想在温暖的被窝里睡到自然醒，谁不愿意在黄昏时刻与爱人、孩子手牵手度过一份悠然时光，但是这些美好的愿望会在重复的监测工作中被磨灭掉。

守望是监测人事业的牧场，心是路上的阳光。现实生活的平淡没能消磨掉柳华斌的意志。"我要在这个监测站站长的位置上干到退休。"这是他经常跟同事说的一句话，这句话是他工作的"方向盘"，让他一直向前行，尽管年仅 51 岁的他没有实现自己的诺言，却用生命捍卫了自己的誓言，实现了一个监测者的最大价值。

柳华斌的价值在哪里？用不着深度采访，从他堆放在办公室一大摞记录工整的工作日志中，从市环保局同事的评价中，我似乎能够迅速在脑海里为他画出一个雏形来。

在环保局资料室里，我发现了一部由柳华斌和同事们共同拍摄的纪录片《母亲河的悲哀》，同事说，这是柳站长亲自去府河上下游各河段进行认真调研，最终拍摄成功的。同事们还清晰地记得，那是在 20 世纪 90 年代，随州经济步入快速发展时期，工业、生活污水不断增加。此时，柳华斌注意到，白云湖水环境状况不断恶化。加之，随州持续干旱，白云湖出现水华现象，湖中藻类大量繁殖，水体呈现富营养化。柳华斌焦灼不已，为监测府河上下游水质，他每天都提前 1 小时上班查看水质状况，下班后又召集技术骨干整理监测数据，制定第二天的应急方案。就这样，他不分昼夜与假日，一干就是 75 天，有效改善了白云湖的水质环境。并根据调研情况，亲手整理出报告《白云湖污染与防治对策》，报告连夜送到市环保局、市政府有关领导手中，一个个凝聚他辛劳与智慧的可行性报告，很快得到高度认同，这为日后白云湖的治理提供了重要资料，也为随州水质污染治理积累了宝贵经验。

雨猛来自云厚，薄发源于厚积。对监测事业有着恋人般的热情和宗教般意志的柳华斌用勤奋思考的大脑和独特犀利的眼光从今天望见了明天。早在 2008 年公众对"雾霾"一词还很陌生时，他就开始监测收集有机物的空气污染数据，在与同事们一起监测有机物的空气污染数据的道路上，他一干就是整整 5 个年头。在其推动下，随州去年建起 $PM_{2.5}$ 监测站。

柳华斌深深懂得，监测工作的重心在于严监准测。于是再接再厉，他又在全省环境监测系统率先成立评估中心，完善了环保技术审查程序，得到了省环保厅的肯定。在他的带动下，目前，随州市空气质量自动监测站达到 4 个，1 个国家级空气质量区域站已纳入建设计划，这一成绩走在了全省前列。

柳华斌的眼光总是不断向前看的。随州是专用汽车之都，有 200 多家专汽企业，汽车涂装过程中一度排放大量 VOCs（挥发性有机化合物）。为保障人民群众呼吸安全，2012 年他带领团队与中南民族大学合作开展 VOCs 防治技术研究，并引导企业建立先进的涂装生产线，使排放量达到欧盟标准。

奶茶的精华是酥油，监测人的精华是素质。柳华斌知道，唯有建设一支过硬的队伍，才能打好环保监测这场硬仗。起初，监测站缺经费，缺专业技术人员。他不仅手把手传授经验和技术，还鼓励干部职工开展学历教育和技术培训，以提升监测站技术力量。目前，监测站已拥有副高级工程师 5 人，专业技术人员 24 人，6 人取得注册环评师资质。此外，监测站的设备从无到有，从初级到高、精、尖，基本实现自动化。2012 年，在环保部对二级监测站考核中，随州市取得 8 个考核项目全部满分的优异成绩。

有人问柳华斌：30 多年奋战在环境监测一线，吃苦还冒险，既没有升官，也没有捞到一点好处，值得吗？

他总是笑着说："值得！都不干环保，谁能保证我们呼吸新鲜空气，喝上干净水？我喜欢这项工作，乐在其中！"

"跟着老柳干环保，特别有劲儿。"监测站邹海松总工与柳站长是老同事了，在他眼里，柳站长是一个敢于担当的人。2008 年 3 月，随州漂水河殷店河段发生二甘醇化学品泄漏污染事故，该河段及下游都有饮用水源。柳华斌带领应急小组第一时间赶到，守在现场夜以继日取样监测整整 10 天，直到警报解除。2010 年，原随州市师范学校附近发生氯气泄漏，柳华斌不顾保护措施简陋，只身进入现场监测氯气浓度。2011年 6 月，随州"母亲湖"白云湖因持续干旱出现水华，柳华斌组织专班重点监测上下游水质，大家一干就是两个月，为政府决策提供了依据，保障了群众饮水安全。2013 年，随州南郊瓜园一小化工厂发生爆炸，他来不及穿上防护服，用一块手帕捂着口鼻便最先进入爆炸厂房，查看有害气体源头。

在同事们眼里，尽管大家可以轻易地从柳站长忙碌的背影中触摸到被他塞满大把时间的日子，但是他常常忘掉自己脚下的泥泞，而把头上最灿烂的阳光洒到每一个需要温暖的人身上。据说，监测站有个传统：逢年过节，家在外乡的同事会收到他的家宴邀请，品尝到柳站长的好厨艺。而做客时，大家不止一次踩到他家破损的水磨石地面。

关于吃饭，柳华斌还有一项"严格"规定：同事小两口吵架闹矛盾，其他同事要出面调和，被调解者则要请大家喝一顿老母鸡汤。

对于自己的生活，柳华斌的"吝啬"是出了名的。监测站办公室主任张俊经常与他一起到省会武汉汇报工作，几乎都是当天去当天就赶回。

"柳站长说，一个标准间要两三百元，吃饭也要不少钱，我们要尽量当天来回。"张俊说，他们每次清晨六七点就出发，白天抓紧时间办事，回到随州时往往夜已深沉。

在市环保局总工程师李晓斌的记忆中，柳华斌的一件 T 恤从 2007 年一直穿到今年，因为工作环境及汗渍的侵蚀，这件衣服被他穿出红、白、黑三色，还有磨损和破洞，而柳华斌却说"破着穿舒服"。

这就是真实的柳华斌，一位最美的基层干部，市环保局一名首席专家，一个从最年轻的监测站长到任职时间最长的监测站长，一个在随州监测史上树立了一座丰碑的人，他的事迹被空中电波传递出去后，引起了新华社、央视等中央媒体的关注与众人热议。

我是一个新闻人，习惯用事实说话，但有些事实是很残酷的，特别是直面死亡的故事，所以我尽量把死亡的字眼放在后面去写。时间回到 2014 年 2 月 12 日，经紧急送医救治，柳华斌被确诊为脑出血，且已经延误了手术时机，于当日下午 4 时 40 分与世长辞。

噩耗传出，柳华斌的同事痛心不已。"他是被超负荷的工作压倒的"，这是同事们对他的逝去能够给出的唯一答案，医生诊断书却明确地写着 3 个可怕的字：脑出血。在此之前，柳华斌也一直认为他得的是重感冒。"人嘛，吃五谷杂粮，哪能没有个头疼脑热的呢？"他总是这么轻描淡写地对每一个认真劝他看病的人说。

同事们永远都忘不了农历正月初八，春节后第一天的上班时间。与柳华斌朝夕相处的人都知道，柳站长上班向来守时，所以也没有一个员工迟到。当天上午 8 点，柳华斌准时出现在办公室。8 点 30 分，监测站新年工作部署会准时召开，当会议进行了近 40 分钟时，柳华斌顿时感到脑袋里像通上了电一样嗡嗡地叫起来，疼还是麻木？他实在分不清楚。他没有在意，但同事们发现了他的异常，大伙看着他痛苦的神情，都劝他去医院看看，他却果断摆了摆手，悄然把会开完了。

会后，站评估中心邱海杰主任还是不放心柳站长的身体，再次劝他到医院好好检查一下。柳华斌轻声对她说："新年刚上班，好多事情都等着筹划实施，哪有时间为这点儿小事去检查。"令邱主任没想到的是这天上午柳站长又急匆匆地参加了市环保局的党组会议。会上，他的头颈疼痛加剧。这时，环保局李副局长见他用双手托着头，努力克制着痛苦的表情，问他要不要紧，他说颈椎不舒服，坚持一下就行了。直到下午，柳华斌把自己关在办公室里，监测站副站长邹海松以为站长在休息，但还是担心站长的身体，便敲门而入，一进门他发现柳站长在工作笔记上写着什么，邹海松凑近看了看，笔记本上是站里四块工作的待办事项，已经列了整整四张纸。邹海松见站长脸色苍白，他近乎吼叫似的让他去检查身体，柳华斌挥手打断了："估计就是个重度感冒，挺挺就过去了。"他还嘱咐邹海松，明天要分别与四块工作相关负责人谈话，请大家准备一下。

第二天一上班，柳华斌便径直走进邹海松的办公室主动找他谈工作，柳华斌见面就问邹海松，去年监测工作还有哪些事没有落实，新年监测工作有些什么打算？谈话过程中，他多次催办没落实的事，对新年工作提出更高的要求，令邹海松感觉压力很大，也没敢再提站长身体不舒服的事。

邹海松没有想到，像往常一样淡定的站长正处于生死关头。

这天下午，监测站环境科研所所长王勇坐在办公室里习惯性地等着站长来找他谈话。他是不会忘记去年农历腊月二十八，在落实请专家研讨一个环评科研课题时，进展有些滞后，柳站长严厉地训了自己一顿，其实挨站长的训，在监测站的干部中是家常便饭。但那次，他有些委屈地告诉站长："还有一天就过年了，你搞得我过年都不踏实。"柳站长这才怔了怔，也觉得自己急躁了一点，他给王勇的杯子里续了杯水说："过年就不逼你了，年后赶快落实。"

果然，柳站长一走进他的办公室便说："我让你安心过年，年过完了你该开足马力了吧？"王勇立即讲了自己的工作计划，柳华斌听得很满意，这次的谈话他们竟然误了饭点。临走时，柳站长又用手揉了揉额头："这感冒有点扛不住啊，明天是星期天吧，要去看看了。"王勇和站里的同事们都没想到，柳站长下班回到家后，就一下倒在了床上，怪！他只感到这一阵脑子变样地疼起来，好像是谁用钳子把里面的什么部位咬住了，疼！疼！疼！……他真想大声叫几声妈，可是他再也没能叫出声响。此时，他的病情已在工作岗位上拖延了34小时。当送往医院，他很快被确诊为脑出血，直接送进重症监护室。遗憾的是经过4天抢救无效，2月12日下午，他永远离开了钟爱的环保事业。

历史记录了这一刻。柳华斌的逝去让我明白：死亡之神只悄然带走了他冰冷的躯体，却留下了宝贵的精神，与环保队伍们一起继续并肩战斗。

在这个世界上，每一个高贵生命的逝去都得到了世人朝圣般的尊敬与跪拜。此时，我想起了一个细节，在清明时节，怀念老柳的人们自发在他墓前摆上各色花束，花茎在微风中丝丝颤抖，似乎在抚慰着劳累半百的故人安息。除了它们，陪伴柳华斌的，还有他生前无比惦念的碧水蓝天。

　　相信！青山如有知，当为英雄垂泪。

生命的种子

　　一个生命的火花即将熄灭，如果能为他"添油"，生命的火花就能够再次燃烧。白血病患者生命的火花陷入骨髓的危机。

　　骨髓，这个解开白血病最后的密码充满着神奇，凝聚着爱心。许多年来，加入中华骨髓的热血儿女都在等待着密码被自己打开。记得我在任记者的第一年认识了无偿捐髓的两位"随州哥"，他们的无偿捐髓使两名白血病患者获得了重生。

　　第一位爱心"相髓"的热血男儿叫严贤超，捐献骨髓那年他39岁，是淅河中心学校一名数学教师，也是中华骨髓库一名志愿者。谈起加入中华骨髓库的初衷，严贤超说："10年前，自己班上曾有一名学生患上白血病却无力医治，最后一个年轻的生命就消逝了，这件事对我有很大的触动，2011年12月在一次义务献血的时候，当听了血站的宣传介绍后，知道捐献骨髓能挽救他人生命，对自己身体并无伤害，于是便毫不犹豫地填写了《志愿捐献造血干细胞同意书》，并留下了8毫升血样，成为中国造血干细胞捐献者资料库湖北分库的一名志愿者。"

　　2014年9月17日，严贤超接到中华骨髓库工作人员电话，工作人员告诉他与重庆一名患白血病的 5 岁男孩配型成功，急需他的帮助，才能挽救生命。同时，工作人员详细地介绍了捐献造血干细胞的整个过程及注意事项等。在确认严贤超对造血干细胞工作有了初步了解后，工作人员希望他能认真考虑这件救人的好事。

严贤超二话没说立刻答应下来。加入中华骨髓库后，他了解到与无血缘关系人配型率只有万分之一的概率，他感到这个机会非常难得，也感到自己非常幸运。"捐献骨髓配型成功，给了我一次挽救别人生命的机会，不是每一位志愿者都拥有这样的机会，为别人点燃一盏希望的明灯，照亮了别人，同时也照亮了自己。我相信任何人都会这样选择，我只希望患者能早日康复。"严贤超说，"父亲从小就教育他要有一份仁爱之心。做人要如太阳一样，不为大地而生，却照耀了大地。"

随后，他将捐献意愿告知了妻子。妻子虽然非常担心丈夫的身体，但仍对丈夫的爱心之举表示支持。

接下来的日子，他一边上课，一边开始为捐献做准备，平时就喜欢运动的他一边继续加强锻炼，一边开始改变自己的饮食习惯。2014 年 10 月 17 日，严贤超在随州市红十字会工作人员的安排下进行了全身体检，检查结果符合捐献条件。

2015 年 1 月 4 日，在随州市红十字会工作人员的陪同下，他义无反顾地去武汉捐献造血干细胞。同事们得知他这一善举后，纷纷轮流帮他代课。

当天下午，严贤超在随州市红十字会工作人员的陪同下住进了武汉市同济医院血液采集室。让他感到了惊喜的是，他在病房内竟然巧遇另一名捐献者李杰。他俩不仅同龄，而且同乡，还是淅河一中同一级的校友。李杰是随州高新技术产业园区医院一名医生，与他配型成功的患者也来自重庆，是一名1985年出生的女孩。去年初李杰便进行了第一次体检，但因为女孩出现重度肺部感染，所以一直等到现在才采集造血干细胞。

没想到，严贤超与李杰两人一起到同济医院来打第一针动员剂，交谈中他们才发现彼此的这种机缘，只是因为当年在不同的班，所以彼此之前并不认识。这次特别的相遇，让这对初中校友非常激动，并相约回随州后向更多人宣传造血干细胞捐献的科学知识，号召更多人加入"行善救人"的行列中来，帮助更多需要移植的患者。

1月8日上午，在同济医院血液采集室，严贤超终于等来了捐献的时刻。早晨9点，负责采集的医生就来到造血干细胞采集室，帮他量体温、测血压，调试血细胞分离机等。此时，他要做的就是全力配合医生。当护士熟练地将针头推进严贤超的两只手臂，殷红的血液随着血细胞分离机的运作缓缓流动，严贤超默默地为那名白血病患者祈祷，希望他能痊愈，开始新的人生。

经过长达4小时的采集，严贤超捐献了180毫升造血干细胞混合液，李杰捐献了280毫升造血干细胞混合液，这两袋生命的种子已于当日下午火速运往重庆，于当晚分别注入两名患者体内，为他们带去生的希望。严贤超手捧着这份温热的造血干细胞，除了疲惫，更有欣慰和自豪。他说："这是我一生中做得最有意义的一件事。我相信，每个孩子都是坠落人间的天使。

能够尽自己的力量，去帮助一个孩子，这是我的幸运，也是莫大的欣慰。"由于年龄偏大，动员针引发的反应令他浑身肌肉依然酸痛，但严老师却开玩笑说："就像小时候两个屁股打了十针青霉素。"

在捐献造血干细胞现场，湖北省红十字会领导给严贤超、李杰颁发了荣誉证书。

1月12日上午，我在采访严贤超时，他已经回到了工作岗位上。淅河中心学校副校长冯小明说："严老师的父亲、哥哥都是镇上的优秀教师，父亲英年早逝后，他便继承了父亲的事业，把三尺讲台作为人生的舞台，在21年的教书生涯中，带出了一批又一批德才兼备的学生，他不仅爱岗敬业，还十分热衷于公益事业，走到哪里，就将微笑带到哪里。2003年至今，多次参加无偿献血活动，献血3000毫升。当得知严老师这一善举后，组织上一直劝他回家休息一周，可他这个人就是闲不下来，刚从医院回来顾不上休息就上课了，因为他带的是九年级的毕业班，放心不下自己的学生。"

1月9日，当得知严贤超从武汉返随的消息，学校教师自发组织到火车站广场迎接，同事们手捧鲜花，欢迎着严贤超的归来。严贤超回校后的第一堂课，全班同学将教室装饰得漂漂亮亮地欢迎他。学生们还在作文里写道：我们的严老师很勇敢，也很伟大，他能做到的事，我们也一定做到！

而毕业于三峡大学医学院的李杰，早在大学期间，就了解到中华骨髓库在招募志愿者，到医院工作后，他也一直把捐献骨髓放在心上。2011年一次献血时，他主动留取血样，并填写了捐献造血干细胞的志愿书，加入了中华骨髓库。2014 年 3 月的一天，他接到中华骨髓库配型成功的电话。正在上班的李杰接到电话后非常兴奋，用他的话说："太幸运了，就像买彩票中了大奖一样！"

李杰没有丝毫犹豫，当即表示自己愿意捐献。随后，在妻子的支持下，李杰顺利实现了捐髓梦想。

捐献造血干细胞，点亮生命之光。严贤超、李杰用生命的种子在人生土壤里栽下善心，让遥远的生命不再遥远。用生命的种子在随州大地栽下向日葵，向日葵的天空永远有太阳。

三次捐款

那是 1999 年冬，我入伍后的第一个中秋节，一封家书让我忐忑不安，信是妹妹瞒着生病的母亲含泪写给我的。妹妹在信中写道："母亲的老毛病又犯了，根据家里的条件，我多半是读不成书了，但我也不会责怪父母，毕竟他们能力有限，能供我念完初中就已经很不容易了。"

妹妹考的是当地师范学校，那个年代，5000 元学费对于贫困家庭来说是"天文数字"。她想把最后一丝希望寄托在我身上。读完妹妹来信，我一阵心酸，我怎能眼看 14 岁的妹妹落到读书无门、打工没人要的地步呢？想想妹妹今后该怎么办？我又一阵心酸。当时我还是义务兵，每个月仅有百来块钱津贴费，万般无奈之际，我将家里的情况告诉了班长，班长及时向兵站教导员如实反映我家的实际困难，没想到这事得到了教导员的高度重视，一次队列训练结束后，教导员让文书用毛笔在一张大大的红纸上写下爱心捐款倡议书，并动员战友们为我捐款。

捐款是在一间会议室进行的，那天教导员简单进行了动员，不一会儿捐款箱就装满百元大钞，文书数了数一共 5700 元，按照教导员指示，这笔钱由通信员直接汇到我的老家。

在接下来的捐款公示中，跟我一个火车皮拉到拉萨的战友小余以 1000 元捐款"位居榜首"。大家对小余的举动感到不解。"真看不出来，他平时那么节约，怎么一下拿出千元捐款，他家里是不是开矿的呀……"大家七嘴八舌议论起来，小余始终没有回答。

我知道这 1000 元是他当兵期间所有的积蓄，而且他的家庭条件比我家也强不到哪里去，关键是他平时被战友称为铁公鸡，这次捐款大家都觉得对他的认识实在是太狭隘了。"虽然小余平时有点小气、有点抠，但是他把抠下来的钱用在了大爱上，凭这一点就值得大伙学习啊！"教导员在一旁激动地说。

不管怎么说我对小余是充满感激的。战友们的捐款让我点燃了一片暗淡的心空，当我把战友们博大的爱心捧给家人时，家人一再叮嘱我："吃水不忘掘井人！"父亲还写了一封感谢信邮寄到部队，这封感谢信在一次开饭前教导员带着浓重的陕北口音一字一句大声念给大家听，大家听得很动情，似乎听出一个老父亲的艰辛与感激。

那次，接受战友捐款后我就在心里发誓，以后谁要是有困难了我一定鼎力相助。不久，兵站开展了一次捐资助学活动，捐款采取自愿原则，头一天各班就通知了下去，但捐多捐少没有明确。那次捐款，先由教导员做动员，然后按照站领导、副职领导、一般军官、士官、战士的顺序，有条不紊地进行。官兵们把所捐钱款投进捐款箱前，旁边的工作人员登记清楚数目。

捐款进行得非常快，每个人似乎都受了刚才领导动员讲话的感染，愿意把爱心款捐给当地贫困学生。很快轮到我了，我把事先准备好的 500 元钱进行了登记后迅速塞进捐款箱，这是我 3 个月的津贴费。

捐款仪式结束后，捐款名单很快就公布出来了。站长、教导员 400 元，副职领导 300 元，一般军官 200 元，士官 100 元，战士 50 元，大家捐款数额高度一致，而这次我捐款的数额高出了站领导。很快就有人指责我的不是了，有的说我不给领导面子，故意让领导难堪。还有的说我就是喜欢出风头。教导员看出了我的委屈安慰我说："你捐得比我们多说明你知恩图报，说明我们当初帮你帮对了，不要听别人怎么说，做好自己就行了。"

听了教导员的一番话，我知道自己并没做错什么，错的也许只是世俗。世俗有时像一把枷锁，常常在意因果，却又被世俗乱了手脚；常常疏忽感受，却又被现实套上了手铐。

我自然没有被世俗套住，因为在世俗面前，我确实太渺小了。关于捐款我还有一次深刻的记忆。那次，是同学小范围内的捐款，捐款对象是我失去 20 年联系的同学，我是在微信群里知道同学患急性脑出血的消息，因病情太重，被紧急送往武汉某大医院抢救。

在同学送往医院一天后，群里出现了一条筹款消息，这条消息是同学的爱人发的，她说同学是两个孩子的父亲，家庭经济非常困难，亲戚朋友的资助只能是杯水车薪，现在他急需 20 万元治疗费。另外她还在群里发了水滴筹的微信截图，可以清晰看见同学的病情和相关资料。

一个普通家庭一次性拿出 20 万元确实不易，了解捐款的原委，我的心异常沉重，我十分同情同学的不幸遭遇，也想尽力帮他走出困境。这时群里又弹出一条微信："同学有难，我们要援手相助，每个人捐款不得少于 500 元。"看得出，这个同学和他的交情不一般。

一时间，同学群纷纷回信：收到！收到！好的！好的！我当时通过同学群加入了他爱人的微信立即转账 500 元，并留言：祝愿同学早日康复！

没想到，第二天一早，群里一个细心的同学把大家捐款的数额进行了公布，达到 500 元标准的只有我和发消息号召捐款的那个同学。这次晒出的捐款单让许多同学变得十分难堪，个别同学因此退了微信。

现在细细想来，三次捐款让我明白了一个道理，爱心捐款绝不能道德绑架，因为大家赚钱都不容易，我们所要记住的只是一颗明亮的善心。

北虫草

生命离死亡最近的时候，人的求生欲望也最强。大概 8 年前，我结识了一个用生命拥抱生命的强人。他叫余洪平，出生在随南一个小山村，第一次见面时他已经 65 岁了。

当时他留给我两个比较深刻的印象：说话语速快、走路步伐快。声音像洪钟一样雄浑，行走如柔风一般轻盈。见到他时我发出感叹："余老伯的身体真是好啊！"他笑着回答："别看我现在身体好，过去可真是被医院判过'死刑'。"

"死刑"两字高度敏感，吸引我走向他那段用生命锤炼的故事。"我年轻时有股傻劲，村里谁夸我有力气我就到谁家田头刨地，完全没有注意保护身体，没想到 50 岁的时候就患上了严重的血尿症，连续吃了 100 多服中药也不见好，后来听广播得知吃北虫草可以治疗我的病，刚开始我买了几十克在家吃，觉得病情有所好转，可是北虫草价格实在太昂贵，后来吃完就买不起了，所以就产生了在家学习种虫草的念头。"

这是一个目标明确的故事，他把生命最后的通牒埋葬在那夜零点。只有小学文化的余洪平渴望种植北虫草救命，一开始并没有得到家人的理解，可这个倔强的老头还是按照广播里的地址去了河南沁阳学习北虫草培育技术。"一次我听广播里说起北虫草的药用价值，其中有一段话吸引了我，说是人工培育出的北虫草与野生冬虫夏草有一样的功效，咱何不自己培育北虫草？那样又省钱还能治病。"余洪平回忆。

接下来的日子，余洪平开始如饥似渴地学习培育北虫草的各种知识，还自费购买了许多书籍，在自家院内进行试验。"我把当初自己买的北虫草留下了一根试验，按照书上讲的分离、培育菌种，可是最终失败了。"余洪平无奈地说。

失败最终没有摧毁余洪平的决心，他又辗转来到汉阳学习了半个月的北虫草种植技术，自认技术成熟后他购买了一批菌种，回到家花了上千元添置了锅炉，并按照学习方法精心培育试种，最终还是以失败告终。

"那时候我心都凉了，我去汉阳学习的钱还是东家借西家拼凑筹得的。"余洪平说，那次失败他欠下的债务整整还了一年才还完。

余洪平第一次培育虫草损失了近万元，家人非常失望，说他是不务正业。"村里的许多人都笑话我，说我一个连小学都没毕业的农民逞什么能，还说我要是把虫草种出来了，那个茅厕的屎臭我把它吃干净，但是我坚信自己一定能够成功，这世上哪有人走路不摔跟头的……"余洪平回忆起当年的艰辛眼泪夺眶而出。

倔强的余洪平依然坚持着培育北虫草，他又先后到郑州、信阳等地学艺，购买菌种，可是屡屡上当，根本培育不出北虫草，还花了不少冤枉钱。"既然购买别人的菌种不行，那咱就自己潜心培育菌种。"下定决心的余洪平再次不顾家人反对，重新开始在家培育虫草菌种。在家里，他冷静仔细地分析总结了上当受骗的原因：不冷静，心太切，事前没有做仔细的分析研究。

为培育北虫草他几近倾家荡产，幸亏有能干的小女儿在背后支持着，才让他的"虫草梦"得以延续。十多年的潜心钻研，余洪平最终找到了以前试种失败的原因。于是他从菌种分离到接种、配制培养基、栽培瓶发菌、灭菌、接种、培养、转色，经过细心呵护和上百次的试验对比，余洪平终于找到了最适合本地的菌种制种，掌握了成熟的栽培技术。他整天待在实验室里，虽然每天累得腰酸背痛，但依然信心满怀。由于对书上操作的领悟有限，刚开始每一个试验周期都需要 2 到 3 个月，他在不断失败的路上备受煎熬。他的大女儿对我说："老爸对虫草的事别提有多上心了，我看比对我们兄妹四人好得多，有时他泡在实验室好几个月都不出门，也不理发剃胡子，整个人搞得像叫花子一样。"

功夫不负有心人。余洪平培育出的北虫草开始苗壮成长，自己多年的努力终于成功了，望着一株株橘黄色的小草欢快地生长在早已被抚摸了无数次的玻璃罐头瓶中，兴奋的心情使余洪平的眼眶里充满了喜悦的泪花。

走进他的实验室，我看到两个房间摆满了自制的铁架子床，每副架子床分上、中、下三层，每层放满了拳头大小的玻璃瓶子，这些瓶子就是培养虫草的实验器皿。看着一个个金黄色、嫩嫩的被称作北虫草的珍贵食用菌，我简直难以相信眼前的这些虫草竟然出自一个连小学都没毕业的农民之手，除了敬佩真不知说什么好。

余洪平说："北虫草又叫蛹虫草，是一种利用蚕蛹种植的菌类，主要用于跌打损伤、肺炎、肺结核、肾炎、肝病等预防与治疗。"

为求证北虫草的实际价值，我咨询了随县食用菌研究会会长许景闻，许会长告诉我，余洪平经过十多年钻研北虫草栽培技术，不仅选育了高产优质抗逆性强的北虫草品种，还筛选出适合北虫草生长发育的高产培养基，将来一定会为随州北虫草规模化种植提供宝贵经验。

北虫草的种植成功，对余洪平而言，是生命花朵的怒放，是不老灵魂的绝唱。他无声地告诉我们，即使黑夜再漫长，也要站在云彩上去迎接黎明的到来。

人生不易，知难不退。生命至上，永不倒下。美好的时光见证了余洪平老人的坚强，也记录了老人经历的磨难。岁月如歌，余洪平的家人始终用爱陪伴着他、鼓舞着他，谁说这不是优秀家风的另一首诗呢？

一个老好人

在随州日报社任记者的时候，我曾经采访过不少随城的福利院。几家福利院不约而同地请我呼吁，希望更多的社会公益人、志愿者加入守护"夕阳红"的爱心行列，随州特检干部田进便是看过我的新闻报道后，默默开启了关爱孤寡老人的爱心旅程的。

不久前，我再次跟随田进的脚步一起走进他常去探望的地方——随城南郊福利院。推开福利院的大门，只见绿树红瓦，鸟语花香，远远望去，整个院落干净整洁，一切都是那么安静祥和。进入宿舍，经院长介绍，我见到了年过九旬的老人高德英。高奶奶是退休老师，无儿无女，但她常跟福利院的人提起她有一个好孙子叫田进。

其实，田进照顾的"爷爷奶奶"不止一个。那时，田进刚上班不久，一次，他路过城区南关口时，发现了一位步履蹒跚的老奶奶艰难地拄着拐杖行走，他赶紧上前搀扶，并将老人一路送回家。

奶奶名叫陈德英，儿女都在外地谋生，丈夫去世得早，平常都是一个人孤苦伶仃地艰难度日。陈奶奶住在老旧小区一间低矮、陈旧的小平房里，田进见状心里很难受，从此便隔三岔五地去看望陈奶奶，每次去总给陈奶奶带一点好吃的东西，去了就陪陈奶奶聊天，临走时还会给老人留下几十元零花钱。有了田进这个天上掉下来的"孙子"，陈奶奶心里温暖了许多，几天不见田进，老人就拄着拐杖，倚门盼望。陈奶奶很固执，说什么也不愿去福利院，田进只得多去家里探望，生怕她哪天出了意外。

80多岁的吴爷爷，是一名从台湾归来的抗战老兵，一个人孤单地住在老宅子里，生活难以自理。田进索性晚上住到吴爷爷家，照顾老人生活起居，直到老人去世。

问及田进为什么一直坚持做好事、做善事？田进回答："我从小就是在一个充满大爱的家庭长大，尤其受到奶奶的言传身教，虽然家里不算富裕，但奶奶一辈子坚持做善事。"受益于良好的家庭教育，田进立志要将大爱延续。

不仅对孤寡老人，对贫困学生田进也是爱心满满。随县唐县镇有一个家庭，父亲坐牢，母亲患精神疾病，留下两姐妹由亲戚照顾。当时，正上初中的妹妹邓琳，因家贫时刻有失学危险，心里总是惴惴不安。加上父亲坐牢，怕同学笑话，她十分苦闷。

田进得知情况后，一方面每月资助这个孩子几百元生活费，一方面与老师一起做孩子的思想工作，鼓励她积极上进、勤奋好学。在田进的关爱下，邓琳已顺利完成学业，走上社会。她对田进说："田叔叔，在你和很多好心人的帮助下，我已经自立了，今后家里人由我来照顾。爱心无限，但你的收入有限，你也应该好好歇息一下了！"

随城何店镇谌家岭村有个解姓小孩，父亲服刑，母亲离家出走，与60多岁的奶奶相依为命。田进利用双休日去探望，发现5岁的小解双脚残疾，奶奶要下地干活，还要给他当"保姆"，虽然镇村两级组织给他家提供了一些帮助，仍十分困难。

现在，田进除每个月资助这祖孙俩外，还时常把他们接到自己家里照顾，听说解奶奶想自己挣点钱改变家庭困境，田进就和妻子商量，托人将她安排到某公司做饭，每月收入近2000元。

像邓琳、小解这样得到田进无微不至关爱的孩子还有很多。20年来，田进共资助、照顾孤寡老人和贫困学生30多人。

为了这份爱，田进和妻子将家里的洗衣机送给了淅河镇福利院，将冰箱、电视机送给了高城福利院，将一辆国产奇瑞牌红色汽车捐献给了一家残疾人公司……

"田进的生活就一个字——爱，工作时爱岗敬业，工作之余开展爱心帮扶。"湖北特检院随州分院负责人这样评价。

田进从事的工作主要是对危化品罐式车的性能指标、制造质量进行检验检测，把好车辆出厂关。十多年来，他共检验各类危化品罐式车2.6万多台，检验检测准确率达到100%，从未出现质量差错。

田进在同事眼里是一个原则性极强的人。不久前，他所负责的危化品罐车进入销售旺季，一家企业有十多台车待检，田进急企业所急，连续忙了几天，经常误了午饭点，厂家感到过意不去，请他到小饭店吃个便饭，田进坚决不答应，直到妻子送来盒饭。

"田进为企业服务真是做到了全心全意。"湖北正大公司设备维修中心负责人说，平时经常看到田进骑摩托往返于各企业之间，不分昼夜和节假日，随叫随到。有一年正月初二，田进正在家里招待客人，一家企业突然打来电话，说有两台车急着要发出，请他去检验，田进二话不说，骑上摩托车冒着寒风赶到企业对待售车辆进行检验检测。

这就是好人田进，采访中，他的同事都称他是特检队伍里的老好人，说实话起先我对"老好人"一词是有偏颇认识的，我认为老好人无非是一个没有原则、没有底线、懦弱的人。后来，因为采访，和田进成为朋友，从他的身上我感到，老好人不同于人们说的"滥好人"，其实真正的老好人是内心充满阳光的人，"温暖"才是老好人的代名词。

永远的"志愿红"

没有长亭古道,没有折柳送别,在一个平平无奇的日子,一个可爱的生命却永远留在了昨天,唯有那身"志愿红"活出了今天的色彩。

2022年4月3日,广水市学雷锋志愿服务队队长王长安,在他无比热爱的公益岗位上突发疾病,与世长辞,年仅60岁。噩耗传来,其生前好友以及受过他帮助的老百姓无不扼腕叹息。感叹一个好人走了!走得太突然了!直到生命的最后一天,他还拖着病重的身体,穿梭在广水的大街小巷,把生命最后的光和热献给了他深深眷恋的土地,献给了家乡的父老乡亲。

"上午还跟我们一起做公益,下午就匆匆离去了。"王长安的老同事回忆起王长安生命最后时刻的画面,不禁潸然泪下。

"真的是为公益事业付出了一切。""世上又少了一个大好人。"广水市民对于王长安的善心善举,有口皆碑。

"如果不是因为得了肝癌,我觉得生命还有无限长,是病魔让我重新审视自己的人生,让我更加坚定地追求自己的想法,以最快的速度成立广水市学雷锋志愿服务队……"其实,早在

2016 年，王长安就查出自己患有肝癌，但他选择一边悄悄治疗，一边谋划公益事业。经过两年的准备，2018 年，王长安终于如愿和几个发起人共同创建了广水市学雷锋志愿服务队，就此开始了 4 年公益之路，直至生命最后一刻。

对于王长安而言，创建学雷锋志愿服务队不是一时头脑发热，而是他一直都行走在公益之路上。长期以来，亲朋好友、左邻右舍，谁遇到困难，他都尽自己最大的努力帮助解决。楼里吊灯水管维修王长安基本包了，帮助孤寡老人看病，关注贫困妇女儿童生活疾苦。王长安不仅是大家心中靠谱的老大哥，也是街坊邻居心中权威的"调解员"。

成立学雷锋志愿服务队后，几乎全城各种重大灾害现场都能见到王长安的身影，当得知随县部分乡镇因强降雨受灾严重，王长安和队友们四处打电话、发微信联系商家，如愿筹集到一批急需的生活物资。

2020 年新冠疫情肆虐，身为学雷锋志愿服务队的领头人，王长安带领团队做了不少实在事：募集牛奶、新鲜蔬菜、水果等物资，支援防疫一线工作人员。

王长安还领着妻儿一起上阵战疫，值守卡口、抢搬防疫物资、挨家挨户送蔬菜、帮市民代购药品……"疫情高峰期，我每天必吃的降压药吃完了，我打电话给他，那天下着大雪，他二话没说就赶来了……"受他帮助的老人谈及当时的情形依旧忍不住落泪。

"当时我一个人在家，年纪大做不了饭，想吃口热饭，他就给我做好面条送来，真是比自己的孩子还贴心。"采访中，一位疫情期间受过王长安帮助的老奶奶连声称赞他是活雷锋大好人。

疫情最为吃紧的时候，他当时正在广水市北关社区卡口值守，一天上午，一位走路颤颤巍巍的老奶奶向他走来，告诉他要出门购物，他立即对老人进行劝阻，并告知疫情的严重性。老人说："孩子都不在身边，我家里没有吃的，你们能不能帮忙想点办法？"他第一时间把蔬菜和面条送到老人家里，并帮老人煮了一碗热气腾腾的面条，看着老人吃完饭他才放心地走出房间。

王长安的善举无声地影响着家人。好的家风如绵绵细雨润物无声，孩子受优良家风浸染，会自觉地想要成为更好的人。对于一个家庭来说，优良家风是比金子更珍贵的传家宝。王长安的母亲常年卧病在床，生活不能自理，王长安和妻子细心照顾老人日常起居，拍背、捋胸、捏脚、梳头……尽全力减轻老人家的病痛，孙辈们看在眼里，也深深懂得了父母的孝道和感恩，白天他们工作都很忙碌，只要有空闲，立马会来到奶奶病床前陪她聊天、讲笑话，逗奶奶开心。每次看到晚辈们出现，奶奶都会高兴得像个孩子，笑得合不拢嘴。奶奶病重时还经常开玩笑说，看到孙子们比吃什么药都管用，比吃山珍海味还开心……

更多的时候王长安关注的不是自己的小家，而是社会这个大家庭。广水市吴店镇是一片红色的土地，王长安经常组织学雷锋服务队走进吴店镇参观学习，当他在参观学习时得知电影《小花》中小花的原型人物黄延安就生活在吴店镇浆溪店村时，现年 83 岁，生活十分困难，王长安就经常前往村里看望老人，给老人做饭打扫卫生，陪老人聊天。王长安说："烈士是最不应忘却的人，我们要永远记住他们，让红色基因代代相传。"

王长安走后，黄延安老人几度精神恍惚，后经学雷锋志愿服务队的同志多次上门开导，她才渐渐从悲痛中走出来。

斯人已逝，唯爱永恒。采访中，他的同事告诉我，王长安生前最爱穿他那身"志愿红"，他经常对队友们说，红色是生命的颜色，"志愿红"是生命燃烧的色彩。我想说，王长安那身"志愿红"是从漫天朝霞里撷取的一抹红，这抹红是光的颜色，是一道散发万丈光芒的亮丽颜色。

英雄地

一群英雄的名字镶嵌在脑海里很久了，他们是闪闪发光的普通人，是最美的平凡英雄，也是最美家风的生动诠释。

我的故事从随州市曾都区万店镇兴隆村3组村民金培生开始讲起。这是一个并不富有的家，三间瓦房、一口水井、一个土灶、几件陈旧的家具，这几乎是金培生的全部家当，就是这位七旬老汉和村民魏可国、魏可村、张从宽3人，在得知本村村民陈耀清落水时，全然不顾年迈体弱，跳水舍命救人，演绎了一曲大爱接力的生命赞歌。

那是2015年7月14日上午，兴隆村3组58岁的村妇陈耀清到村口的堰塘洗衣服，这口堰塘有3米多深，陈耀清在放水口水泥板上准备搓衣服，一脚踏下去滑进了水里，她呼救："我落水啦，快救我。"当时金培生正在大堰的另一端剖鱼，他抬头看到陈耀清一边呼喊一边想抓住堤边水泥板，可堰堤水泥板很滑溜，陈耀清很快滑到了离堤边三四米远的深水中。

"有人落水，我没多想便快速跳入水中游了过去，当我靠近陈耀清时就被她紧紧地箍住了脖子。"金培生回忆，当时情况非常紧急，他坚持拖住陈耀清，艰难地往堰边移动，但深水处长满菱角藤，两人在水中挣扎了几分钟，几番沉浮，最后双双没入水中。

正在生死关头，住在事发地附近的王长珍发现有人落水，大声呼叫："出事了，救人啦。"王长珍的呼叫声惊醒了正在里屋养病的丈夫魏可国，55岁的中共党员魏可国立即跳下床，飞奔出门。魏可国说，当时只看到水面有漂浮的头发，于是就顺着头发抓住了陈耀清。听到呼救声的还有魏可村，他不顾腮腺癌术后化疗吃药、身体虚弱，迅速奔向堰塘，跳入水中和哥哥魏可国一道展开施救。

当魏家兄弟拼尽全力将不省人事的陈耀清拉上堰堤时，猛然听到金培生的老伴张文兰凄惨地喊叫："快救我家老头子啊。"魏家兄弟和当兵出身的村民张丛宽，立即又潜入水下摸人，3人合力将金培生举上岸。村里80后女青年万雪一边帮两位老人做急救，一边打电话求医。陈耀清苏醒了，但金培生因年龄大、溺水时间长、呛水过多，导致肺水肿，生命垂危，经随州中心医院抢救，才得以转危为安。

参与这次救人的队伍中，有40后、60后、80后，兴隆村3代人用爱心接力，完成了一次生命救援的壮举，演绎了一曲壮美的生命赞歌。

然而，当年40岁的万店镇中心医院副院长谌知敏并不喜欢人们称他为英雄，因为在他心里有一件令他遗憾终生的事。"救人后的那些天我几乎彻夜难眠。"谌知敏说，生命真的很脆弱，当时要是自己能早点赶到，也许那个孩子就不会离开人世。

2010 年 6 月 14 日，随州先觉庙水库在蓝天白云的映衬下，美如一幅风景画。也许正是水库的美景，吸引了该镇中心学校学生邹璇、董佳曼和小静等 5 名女孩来这里游玩。

大家玩兴正浓时，坝上的 4 名女孩听到从坝底传来小静"救命"的呼喊声，只见小静黄色的上衣和粉红色的裤子在水中时隐时现，原来小静从坝边滑到了水库中。年龄稍大的邹璇不顾一切翻过水泥拦墙，从坝顶冲了下去，想拉住自己的同学，而坝堤边沿长满厚厚的青苔，十分湿滑，邹璇一脚踩上去也滑入水中。看到两个姐妹在水中挣扎，另外 3 个女孩哭着大呼救命。但最近的村庄也在 1 公里之外。

"听到孩子们的哭喊声，就知道出大事了。"万店镇先觉庙村 78 岁的老汉严宏恩回忆，那天中午，他吃完午饭到坝底放两头水牛，刚解开牛绳，就听到孩子们的呼救，他知道此刻他是孩子们唯一的希望。严宏恩早年当过兵，在部队入的党。人命关天，呼救就是命令。他手脚并用爬上坝顶，又快速冲到水库边。此时离小静、邹璇落水已过去 5 分多钟，他毫不犹豫地"冲"入水中。虽几次施救，但因体力不支没能成功，他告诉孩子们赶快喊人。

孩子们的呼救声也传到了另一个人的耳朵里，这个人就是镇卫生院青年医生谌知敏。谌知敏说，那天中午，他利用休息时间，和镇中心小学六年级男生邹品志一起，开着三轮车到库梢为重病的弟弟家里养的鸭和猪拔青草饲料。尽管离事发堤坝还很远，但听到呼救的他凭直觉感到孩子们出事了。于是，他将三轮车油门加到最大朝坝堤赶，这段环绕水库和山岗、弯弯曲曲的山路有 3 公里多长，他仅用了 5 分钟赶到，车子后面的车厢挡板也不知什么时候被颠飞了。到了坝堤，谌知敏还没等车子停稳，便一个箭步跨过拦墙就往水边冲去。

"当我跳入水中后，邹品志也跟着入了水，几经周折，我才将邹璇和严宏恩拖至水边，并让邹品志帮忙照看。"谌知敏说，随后他又潜入水中，在两米多深的水底发现了穿着黄色衣服的小静，在第三次下潜后，将小静托出水面，由于岸边都是滑腻的青苔，游了 40 多米才找到可以上岸的地方。

那一刻，谌知敏感觉胸闷气喘，但职业告诉他救人的黄金时间就那么几分钟。他马上运用专业急救知识施救，按压心肺、做人工呼吸。然而，因溺水时间过长，小静还是不幸遇难。谌知敏强忍悲痛，用绳子将邹璇、严宏恩和一直站在水中顶着他俩的邹品志一一救上岸。

回想当年救人的经历，谌知敏依旧自责不已，他说小静是他心中的痛，只希望这样悲惨的事永远不要再发生。

不为名、不图利，把见义勇为看作一个人最基本的品质和责任，这便是这片土地养育的英雄骨血。2012 年 2 月 14 日，人们还沉浸在春节的喜庆气氛中，万店镇兴隆村 12 组村民余世军、董明华夫妇正在家里准备晚饭，"轰隆"一声，家前面 212 省道上一辆正行驶的蓝色轿车轮胎脱落，翻入路边一口泥塘。余世军、董明华夫妇扔下手中家什，向出事地跑，边跑边呼救边打电话报警。几乎在同一时刻，本组村民余世友、杨家洪、刘吉国也向出事地飞奔。

这群穿着过年新衣的村民，跳进泥潭，从车里将伤者救出。

当时天气寒冷，伤者危在旦夕，村妇蒋如秀发现伤者全身发抖，立即从自家拿出棉袄、棉被给伤者穿上盖好。他们在公路上拦下一辆车，杨家洪主动随车将伤者送往随州医院治疗。事后，谁也没再提及此事，直到伤者康复寻找救命恩人，此事才众人皆知。

榜样是看得见的哲理。其实英雄不过是普通人拥有一颗伟大的心，只要在被需要的那一刻能站出来，那就是英雄！

"这些英雄故事只是万店镇人民见义勇为的一个缩影。"曾都区政法委办公室主任孙强说，万店镇见义勇为的英雄群像中，有农民、有商户、有医生，也有公务员；有花甲老人，也有阳光少年。这种"英雄现象"像和煦的阳光温暖着万店这片温情的土地。

淮河紫茶

世间风景中，山水都有来历。随县淮河镇西湾村位于鄂豫交界地桐柏山脉，长江淮河分水岭，南北气候过渡带，群山耸峙，峡深谷幽，传说是炎帝神农尝百草所在地。

这里因淮河之源而得名，村中的小河河水清澈见底，水不深，浪不急，太阳一照粼粼闪光，河边水草随风摇晃，小鸟在河边、草丛间优雅飞翔，大自然勾勒出的一幅优美画卷，远远超过画家笔下的山水。

这是一条会讲故事的河，循着小河而上，就能听到委婉曲折优美动人的故事。眼前的画卷已经在说话，草木一春，人生一世，就一个字"活"。草"活"、木"活"、人"活"都离不开水。桐柏山中溪泉无数，呈现出多层次、多形态密布于山体之中、大树之下。河水的温度和草木之间的分寸感对决，焕发出原始的生命张力。

静下心来，就能听到这条小河正在讲述神农尝百草遭遇七十二毒因茶而解的神奇故事；蜿蜒崎岖的山路上，香茶打这里启程而漂洋过海的故事；知青们艰苦奋斗、兴办茶场的故事……小河是一首歌，更多的时候，是在讲世世代代关于自己的故事。讲到何时，谁也说不清，但有一点可以肯定的是，在每个历史时期都会引来一批热血男儿为淮河的崛起而挥洒青春。随州羽园生态农业开发有限公司的董事长李鹏便是其中之一，今年 58 岁的李鹏出生于河南省南阳市桐柏县淮源镇大栗树村，虽为南阳人，但他追求绿色的足迹几乎都印在随县淮河镇这片热土上。

"羽园"，寓意茶圣陆羽之园，陆羽是湖北竟陵人，竟陵在大洪山南麓，随州南部的部分乡镇历史上曾经归属过竟陵。竟陵不是产茶地，陆羽到大洪山和桐柏山茶叶产地来品茶，应该是历史必然。紫色是红色和蓝色调和而成，红色是炽热的，蓝色是冷静的，紫色代表权威、声望、深刻和精神。澄澈的淮水滋润濡养出天下独一无二的紫茶，这种紫茶难以替代且不可复制。不朽名著《茶经》记载的"野者上，园者次，阳崖阴林紫者上，绿者次"的经典结论，与该园野生紫茶基地更是有着紧密的联系。李鹏说，"羽园"的命名就是以纪念茶圣、弘扬茶业为出发点，以达到保护、传承及有限开发利用多方效应。

羽园紫茶奇就奇在紫，神韵也在紫。淮河镇是鄂豫的结合带，境内森林植被资源丰富，是古木的王国，物种的基因库，羽园所在的淮河流域地处亚热带季风湿润气候区内，冬夏较长，春秋稍短，四季分明，昼夜温差大，年平均气温 15.5℃，由于群山环抱，林木茂盛，境内夏无酷暑，冬无严寒，晴无干旱，气候温暖湿润，正因有了独特的光照和终年云雾缭绕，才促成了紫茶的成长。

在淮河这片土地上，大概现在谁也说不清种茶的历史渊源，但有一点可以肯定的是，紫茶是自然的馈赠、自然的珍宝，一株株、一兜兜、一窝窝，渐渐长成了一片片、一岭岭、一坡坡的茶树，但是真正揭开紫茶面纱的人只有一个人，他就是李鹏。时光回到 2011 年 3 月，他毅然放弃了经营多年的中药事业，回到大山的怀抱，选择在离自己家乡仅隔几十公里的淮河镇西湾村发展紫茶事业。

李鹏选择了羽园紫茶，并用羽园紫茶为人们营造健康生活与平和心态，这也是对茶道的一种解读。公司与先前创办的桐柏天源山茶叶有限公司联袂发展，先后在淮河镇境内投入资金 1300 多万元，承包流转荒山 10000 余亩，并以原知青点"日新茶场"为办公及加工地，以保护生态环境和野生茶为主要建设内容，充分发挥淮河镇区位及交通优势，发掘本地丰富的自然及人文景观，唤起人们回归自然的绿色理念，为众多怀有深厚"乡愁"的知识青年还原"第二故乡"。

知青茶社指的是始建于 20 世纪 60 年代的日新知青茶场的职工居室，目前总面积 3000 多平方米的建筑群保存完好，尤其是 600 平方米生产车间现已得到修缮。建筑群的保护，再现了岁月峥嵘，见证了新中国发展的历程。

认识李鹏的人都知道，他自小酷爱青山绿水，惜树如命，对于他来说，保护生态环境就是保护家乡淮河源头的那些树。他当过农民，也做过商人。年轻的时候，他就开始做药材生意。然而，正值他生意经营得十分红火的时候，他却选择回归山林。谈及这段经历，他说，当时桐柏县虽然是全国生态县、全国造林先进县，但全县的森林覆盖率不足 50%，这在河南省算比较高的，但和南方一些省市相比还是比较低，桐柏属于大别山区，桐柏山系峰峦起伏，这样的丘陵，最适合造林。当时国家鼓励个人造林，因此决定承包了程湾乡一个生产队的荒山，后来，几个生产队见他承包荒山、开发荒山取得成果，纷纷支持他发展山林经济，做大山林"文章"，于是他承包荒山的面积从几百亩一下子增长到了几千亩、上万亩。

俗话说"林子大了什么鸟都有"，当然，李鹏口里的这个"鸟"指的是盗树者、盗猎者，为了保护山林，他拿出专项资金成立了"农民护林队"，与当地 40 多个农民一起日夜巡山，并多次组织社会力量到当地考察，其中有些是大学生环保社团，有些是社会护林志愿者，渐渐地保护森林的盟友越来越多，这时他发现，自己对承包的那些林地，不再抱有那么强的"占有欲"，对于他来说，重要的不是森林属于谁，而在于大地上有没有森林在成长。2010 年 6 月中旬，桐柏县政府举办了一次"环境圆桌对话会议"，诸多环保人士从北京、上海、广州、郑州等地纷纷赶赴桐柏县，就如何保护好淮河源头的森林生态环境展开了深度的交流。李鹏介绍这个会议是他积极促成的，他曾经在一封给政府官员的信中说："广大林产权益人自发组成的林业防护组织，为桐柏林业生态做出了巨大牺牲和奉献，数年来，调查、统计、巡逻取证，付出的精力财力无法估算，理应得到政府认同、认可、接济和弘扬，建立固定的对话机制刻不容缓。"在这个会场里，李鹏发现，其实所有的人，都可能成为生态保护的盟友。于是在他的倡议下，后来许多参会人员成为护林志愿者。

数十年如一日奔波于护林工作，让李鹏声名鹊起，2008年搜狐网评选年度十大绿色人物，他众望所归捧得桂冠。

李鹏的女儿说，茶园就是她的家，他们一家人都爱喝茶。从她记事起，父亲走哪儿都要带着茶杯。喝茶已经成为家庭聚会中长辈们必不可少的"节目"。

长大后，女儿渐渐明白，茶水是一苦、二甜、三回味，茶着实有着令人回味无穷的人生启迪。女儿说，陪父亲喝茶，总要细心品味一番，从中品出茶香，更品出父亲的为人之道。父亲是个地道的农民企业家，文化水平不高，他不懂时事政治，不知道什么是廉以修身，却把一句"吃亏是福"在这个家唠叨了一辈子。

"家风"被泡成了一壶"守信"茶，在父亲的言传身教下，他们全家人从河南桐柏县来到湖北随县，建设茶基地，做强茶品牌；弘扬茶文化，传承好家风。

言归正传，继续"品茶"。羽园紫茶之所以会得到众多茶友的认可与推崇，一个重要的原因就是原生态、纯天然。羽园紫茶经河南省农科院化验分析，其儿茶素、咖啡、矿物质、维生素等含量指标远高于其他同类产品，产品进入市场之后，立即引起业内人士和广大消费者的关注和欢迎。

如果说随北车云山茶的香气剑气锋芒，是春寒料峭的凛冽之感，那么淮河羽园紫茶的香气则委婉娇媚，是盈杯满盏的花馥之味。时至今日，公司先后产出豫园系列茶品：极品绿、红干茶1万余斤。公司因茶产业带来500多人就近就业，每人月工资达3000多元。很多家庭因打工挣得票子后，先后添置了电视机、洗衣机、电冰箱、碾米机等，砖瓦房变成了楼房，更富裕的家庭还购买了小轿车。

有茶的地方一定有炊烟，有炊烟的地方一定有美丽的传说。辛丑年春，武当道长云游此山，发现原被称作癞头石的大石，居然是一条谪居的龙王，龙头被柴草覆盖，龙脊从山梁直下山谷，并生了一堆龙王蛋。道长建议：让这条谪居的龙王腾跃盛世，祈福纳祥，保风调雨顺、五谷丰登、国泰民安！李鹏亲自立龙王碑，撰写《龙王碑序》，择壬寅年二月二举行揭碑仪式，并诚邀各界宾朋沐浴龙光，接福纳祥！

淮水在文化中有重要的象征意义。文化的表述就是"生活的样式"，生活之"活"，在于活得惬不惬意、幸福不幸福，你到淮河的西湾村走一走、看一看。那里山风习习，吹面不寒，远方的山雾霭氤氲，蕴含着山的灵、烟的盈，驻足瞭望，心念飞扬。茶山上蕴藏的磅礴自然之气，心境自然是惬意而满足。茶是中华民族精神文明的一种象征，在这里喝一杯淮河紫茶，清晨、黄昏，呈现出不一样的美。茶的最大功效，就是醒脑。人的脑醒了，就是天亮了。

品一口叫淮河的紫茶，走一条叫淮河的山路，就是一种"活法"，这种"活法"就是与饮茶有关的文化，它构成中国文化体系中不能分割的组成部分，它丰富的内涵与博大精深的中国传统文化融为一体，绽放出绚烂的美、丰富的美。

紫色是静美之色，紫茶用几片叶子的宁静，喑哑了喧哗的喧哗。紫色是神秘之色，紫茶用几片叶子的简单，冲淡了复杂的复杂。

铁骨傲苍穹

在鄂北广水市印台山文化生态园漫步，很容易就会被一座古色古香的建筑群所吸引。走近就会发现，建筑物门匾上刻着"杨涟纪念馆"几个字。走进纪念馆，映入眼帘的是身着明朝官服、手握案牍的杨涟塑像，这个"天下第一廉吏"的形象顿时生动了起来。虽然时过境迁，杨涟身上所展现出的忠诚、干净、担当的优秀品质和思想光芒，仍散发着传奇的魅力，为后来人提供着精神力量。

杨涟，明湖广应山县（今广水市）人，万历三十五年（1607）中进士，生前历任常熟知县、户科给事中、兵科给事中、礼科给事中、太常太卿、左佥都御史、左副都御史、顾命大臣。

杨涟是明末"天下第一廉吏"，是我国历史上最著名的十大清官之一，因弹劾奸臣魏忠贤二十四宗罪，被其诬陷死于狱中。崇祯元年杨涟平反，赠太子太保、兵部尚书，谥号"忠烈"，有《杨忠烈公文集》传世。

杨涟一生廉洁清正。少有大志，立志做清官。初任常熟令，杨涟自身清廉并严管属下，紧缩公务开支，减轻农民负担。在修堤、筑城、义田等诸多事务中，每每向别人借贷充用，并多次拿出家乡运来的米豆、夫人的首饰变卖，以补不足。

拒收贿金，清廉办积案。常熟当地豪强徐昌祚，其谋财害死亲姑母之传闻，在常熟可谓家喻户晓。然而，19年来，多任知县，或者"民不告，官不究"，或者装聋作哑，或者畏于徐昌祚为尚书之孙，本人做过刑部侍郎，其舅父又是首辅，不敢过问。杨涟得知后，不畏权势，查清案情，亲自带兵前往苏州，包围前首辅申时行相府，当着申时行之面，将元凶徐昌祚夫妇抓捕，并拒绝重金请托，使凶犯受到应有惩处，让19年的沉冤终于得以昭雪。常熟豪强，俱服杨涟之威，皆为收手。百姓拍手称快。巡按江南的御史邓澄，回到朝中评价杨涟："清操介守，可质神明，他处不敢知，恐江南无两！"

万历四十一年，杨涟在全国铨选清官考核中被"举廉吏第一"。离开常熟，老百姓特为他建生祠，名曰"常熟令应山杨公去思祠"。

杨涟入朝为官后，多有地方官进京送他银两，他坚辞不受。到地方视察，多有官吏纷纷赠其金银，他一无所受。当朝大太监魏忠贤以利诱之，送金百两，他不为所动；以威逼之，他大义凛然。魏忠贤用重金四千两银子收买刺客刺杀杨涟，刺客深知杨涟是个大清官，不忍加害，丢利刃而去。受冤入狱后，魏忠贤以玉食豪宅美女许诺，杨涟坚辞不受，至死不屈。后来杨涟冤死时，所抄财产不足白银千金。靠乡民自发捐资下葬，后杨母无家可归，寄居城楼，其子漂流村舍，全家以乞讨为活。

常熟任知县时，杨涟常常青衫布履，深入田间民舍，微服察访，"遍知闾里利病"。时逢灾年，他踏勘灾情，申请免税，带头捐献，并勘察水患根源，制定水利建设蓝图，修建"府塘石堤"（后被百姓称为"杨公堤"），改造农田，造福百姓，使常熟水旱不侵，遂为江南粮仓。

常熟百姓谈虎色变的苦役，莫过于北运漕粮。凡任此役者，无不倾家荡产。杨涟为民请命，禀准巡抚，以本县库存之赃银及无碍可动用之官银，加上大户之义助，以及夫人詹氏捐出之首饰，共购置义田1133亩，岁得租米1057石，分赡北运差役，使之不致丧身亡家。为垂示后任，杨涟亲自撰文："田数有限，役累无穷，希冀多留意民瘼，多方设处置买扩充，减轻北运差役负担。"并命勒石立碑，永久遵行，不许湮没。此"常熟县督抚都察义田碑"现收藏于常熟碑刻博物馆。为杜绝借征粮坑害百姓、中饱私囊，杨涟规定，让缴纳户自己写封条封好自己的粮袋，原封不动地投入柜中，以原封合并发解，避免中间环节染却一指。

江南的差役最繁杂，租赋多诡诈。田亩多而丰腴的少租赋，田亩少而贫瘠的却多盘剥，不公现象异常严重。杨涟亲自厘清户口田亩，据实计亩定差，使1500多户人家减轻税苦，得以安居乐业。杨涟于常熟之缕缕善政，不仅造福常熟百姓，而且吸引邻县百姓，纷纷前来常熟，或者置场务工经商，或者租田栽桑种粮，甚至有不少百姓，举家迁移，落籍常熟。

万历四十五年，家乡应山遭遇大旱，杨涟变卖家产，邀约乡绅解囊，设立粥铺，无偿救济饥民，救活9000余人。后为民请命，核减田赋，折为银两，免送粮劳役之苦。

勇于担当正是杨涟精神的精髓。杨涟一生致力于忠心报国，勇于担当，为国家利益挺身而出，不惜献出生命。杨涟奋力主持"梃击案""红丸案""移宫案"，整肃朝纲。上疏二十四状，弹劾大奸臣魏忠贤。

万历三十年，明神宗病危，杨涟力主太子入侍皇帝，联合朝臣百官赴乾清宫问安，向郑贵妃施加压力，最终确保太子（明光宗）顺利接班登基，稳定了政局。万历四十八年，李选侍权欲熏心害死太子的生母，并公开僭越违礼，欲居乾清宫挟持太子以控制朝政（移宫案）。此时满朝文武对李选侍虽都有所不满，但只跃跃欲试，不敢正面交锋。杨涟作为顾命大臣在此危机时期一心为国，不惧强势说服朝臣，联合一大批正直朝臣向李选侍施压，将太子从乾清宫抢出并举行登基典礼，即明熹宗登基。接着又把李选侍从乾清宫赶出，至此明朝中央的政局才渐趋稳定。前后虽只6天，杨涟"须发尽白，帝亦数称忠臣"。这个故事至今还在应山广泛流传着，京剧《二进宫》也由此事演义。

杨涟刚正不阿，坚持真理，主持正义，忠言敢谏，史家评价他"为人磊落负奇节"。熹宗登基后，荒淫奢靡，昏庸无能；宦官魏忠贤和熹宗的乳母相勾结，在宫中独揽大权，肆意为虐。众多邪恶官吏也纷纷投靠魏忠贤，结成"阉党"。杨涟满怀悲愤，不顾个人安危，上疏讨伐魏忠贤，弹劾其二十四大罪，请求熹宗"大奋雷霆，集文武勋戚，敕刑部严讯，以正国法"。后来杨涟被诬陷下狱，甘受屈辱，甘受折磨，万刃加身不改之志，视死如归。

天启五年七月二十八日，是大太监魏忠贤给杨涟划定的死期。杨涟闻讯后，于二十七日写下了至今仍存的著名血书。杨涟希望他的血书能够在他死后清理遗物时被亲属发现，然而这注定是个破灭的梦想，因为这一点，魏忠贤也想到了。为消灭证据，他下令对杨涟的所有遗物进行仔细检查，绝不能遗漏。很明显，杨涟藏得不好，在检查中，一位看守轻易地发现了这封血书。他十分高兴，打算把血书拿去请赏。但当他看完这封血迹斑斑的遗言后，便改变了主意。他藏起了血书，把它带回了家，他的妻子知道后，非常恐慌，让他交出去。牢头并不理会，只是紧握着那份血书，一边痛哭，一边重复着这样一句话："我要留着它，将来它会赎清我的罪过。"3年后，当真相大白时，他拿出了这份血书，并昭示天下。

血书全文如下："涟今死杖下矣，痴心报主，愚直仇人。久拼七尺，不复挂念。不为张俭逃亡，亦不为杨震仰药，欲以性命归之朝廷，不图妻子环泣耳。打问之时，枉坐赃私。杀人献媚，五日一比，限限严旨。家倾路远，交绝途穷，身非铁石，有命而已！雷霆雨露，莫非天恩；仁义一生，死于诏狱，难言不得。死所何憾，于天何怨，于人唯我。身副宪臣，曾受顾命。孔子云：托孤寄命，临大节而不可夺。持此一念，终可以见先帝在天，对二祖十宗与皇天后土天下万世矣。大笑，大笑，还大笑！刀砍东风，于我何有哉！"

在杨涟纪念馆内珍藏着这份血书的复制件，每当走进杨涟纪念馆，我都会去重温这份《狱中血书》，追思杨涟勤政、清廉、刚正的人生，仿佛看到一个拥有家国情怀的巨人站在我的面前。尽管时代在不断发生变化，杨涟的形象经时间的洗涤不仅没有褪色，反而愈加鲜明生动。上鉴青天，下察苍生。威武不能屈，铁骨傲苍穹。相信！杨涟高尚的精神品质一定会在新时代迸发出新的光芒！

穿越时空的家风

　　从何时起"画荻教子"的故事开始在随州城广泛流传？这个问题大概随城人也说不清，但有一点可以肯定的是，这个故事就发生在随州城。故事的主人公便是享誉盛名的北宋政治家、文学家欧阳修。《欧阳文集》载《庐陵欧阳文忠公年谱》，欧阳修 10 岁前的成长记载，洋溢欧阳修母亲的教子智慧，画荻教子的故事更是家喻户晓，代代相传。

　　史书还记载，欧阳修 4 岁之时父亲欧阳观便已去世，由于欧阳观为官清廉，且为了使子女不至失去勤勉的本分而在生前不置田产，所以欧阳修一家的生活都过得非常艰辛。欧阳修尚有一兄一姐，都由母亲郑氏一手带大，欧阳修之所以长大之后能在各方面都取得不凡成就，这得益于郑氏的谆谆教诲。

　　父亲病逝后，年仅 30 岁的母亲郑氏，只得携子远道投奔在随州城任推官的小叔子欧阳晔。欧阳晔将他们母子安置于城南定居下来。从此，随州成了欧阳修的第二故乡，也成了滋润其成长的沃土。

　　由于欧阳晔为官清廉，家无余财，欧阳修母子只能过清贫的日子。但在母亲郑氏的悉心教导下，欧阳修勤奋好学。当时没有钱请老师，母亲郑氏便亲自教他读书；没有钱买纸和笔，母亲便用荻草秆在地上教他练习写字，这就是历史上有名的"画荻教子"的故事。

为教育欧阳修长大后做一个有为之人，母亲还将其父的事例作为教材，教导欧阳修不可辱没家门，要学习父亲正直廉洁的品性。虽然对欧阳修而言，4岁时就去世的父亲，可能形象有些模糊，但在母亲的教导之下，却对父亲有着由衷的敬意，被其严谨、仁厚、正直的人格所深深感染，自幼便在品行上有了标杆。在后来的回忆中，欧阳修表示他对于母亲的这番教导，是"泣而志之，不敢忘"。

在母亲的苦心教育下，欧阳修不仅培养起了良好德行，更培养出了强烈的好学之心。天资明显超过父亲，年纪稍大一点，因为强烈的阅读欲望，便开始去一些好心人家借书看。

书在当时属于稀缺品，富裕人家的藏书也不是很多，能借给你都是很大的面子，借了也是要马上归还的，多借几次，人家还会有意见，怎么办？那就借来抄。由于用心极其刻苦，往往一本书还没抄完，欧阳修便已能将其全部背下。这是一种极端艰苦条件下的记忆力训练，训练得久了，欧阳修的才智进步也越来越大，小小年纪便能写出文采飞扬的文章。也就是在这刻苦的抄书学习中，欧阳修偶然捡到一套被人家准备当作废纸处理的《韩昌黎文集》，也就是韩愈的文集。这位前代文豪的著作，遇到数百年后一个同样好学的后辈，立即产生了穿越时空的强大效应。再加上这次不用归还，可以仔细研读下去，结果如获至宝的欧阳修从书中得到了许多养分，其学问的精髓也由此萌发。

父亲"活到老、学到老"，快50岁时终于考上进士。儿子时时以父亲为榜样，在自己已经功成名就、成了北宋文坛领袖后，还时常将自己的文章拿出来修改，因为他觉得学习没有尽头，文章也永远不会写得完美，只有"活到老、学到老、改到老"。

欧阳家族的好学家风，也算是在欧阳修的身上得到了传承和光大。欧阳修好学，对子孙影响很大，他的子孙也多有文才杰出之士。如其长子欧阳发，自幼好学，不亚于父亲，后来又拜大学者胡瑗为师，学得一身本领。难能可贵的是，他学到了父亲好学的真谛，那就是学不为官，而是为了探求世事兴衰之理，因而也就没有将兴趣放在考取功名上，一头扎进历史长河之中，从帝王将相到天文地理，都有深入研究，极为博学。其离世之后，许多当时的名士感到痛惜，如苏轼就为之悲叹，认为欧阳发得到了父亲欧阳修的真传，是罕见的学者之才，匆匆离世，是世间一大损失。二儿子欧阳奕天资聪慧，幼年时就具有超强的记忆力。在欧阳修的精心教导下，10多岁时就写得一手好文章。有一次，他看见父亲所作文章《鸣蝉赋》，来了兴趣，欧阳修便启发道："你将来能写出如此水平的文章吗？"并亲自抄写一篇送给儿子，进一步激励他在学问道路上前行，这也是一份极其珍贵的家教礼物。

为官后的欧阳修心胸坦荡，一心为公，勤政爱民，积极作为。为了改变北宋积贫积弱的现实困境，他大量举荐有真才实学的人才。在他的提携下，一大批当时还默默无闻的青年才俊脱颖而出，包括苏轼、苏辙、曾巩等文坛巨匠，还有张载、程颢、吕大钧等旷世大儒。包拯、韩琦、文彦博、司马光等人，也都得到过欧阳修的激励与推荐。

但欧阳修最为世人赞誉的，还是他举贤为公不记仇的高风亮节。嘉祐六年（1061），欧阳修出任参知政事，皇帝要他举荐可任宰相之人，谁也没想到，他竟然举荐了吕公著、司马光、王安石。要知道，吕公著的父亲吕夷简曾诬陷过欧阳修，害得欧阳修下大狱；司马光、王安石与欧阳修政见不合，矛盾尖锐，曾使其遭贬。但欧阳修并不计较这些个人恩怨，一心为公举荐人才，世人无不敬服！

对于腐败，欧阳修也非常痛恨。对于贪官污吏，他一直主张严惩，即使是位高权重的高官也毫不畏惧。当时守边将军葛宗吉贪污巨额军费，建造华丽官邸，大肆挥霍，生活奢侈。案发后，有人主张从轻发落。欧阳修坚决反对，认为对待此类贪官不严惩不足以平民愤，不足以警示朝廷百官。

淮南转运使吕绍宁，大肆搜刮民脂民膏，用 10 万白银进献朝廷，企图取媚升官。欧阳修上奏说："吕绍宁刚到淮南，若不是搜刮百姓，能用什么方法拿 10 万进献朝廷？要是这样的话，那百姓绝对是困苦不堪。"经核查，吕绍宁终以苛剥、谋取私利而被治罪。

欧阳修反对腐败，连皇帝的铺张浪费他也敢于反对。至和元年（1054）全国久旱少雨，田野荒芜，饿莩遍地，而宋仁宗却不顾百姓死活，还在大兴土木、营建宫殿。欧阳修愤愤不平，上书指责那些只顾迎合皇上而鱼肉百姓的官吏，强词请求宋仁宗停修宫殿，节约国库，让百姓休养生息。

家风是一面镜子，光照子孙。如欧阳奕曾在地方为官，当地有一个恶霸，依仗自己在朝中有人，胡作非为，竟然要强占政府土地。欧阳奕看不过去，他的同僚与属下连忙劝他说："这个恶霸的亲戚是谁谁谁，你惹不起，那块土地反正荒废着，不如做个人情算了，何必强出头？"欧阳奕一听，愤然表示："我此生最痛恨的就是这类自恃有人撑腰就目无王法的恶霸，只要我在，他就休想得逞。"欧阳奕当然知晓这个恶霸的靠山是当朝宰相，也深知自己的处境，但为了朝廷的利益，他豁出去了，凭借忠诚与正义最终赢得皇帝的信任和世人的尊敬。

欧阳修为官40年，仕途坎坷，屡次被贬。在庆历新政失败后，他被贬滁州，写下千古名篇《醉翁亭记》。尽管仕途不顺，但他始终心态平和，不畏权贵，所到之处，与民同乐，政绩斐然，赢得了当世和后代的景仰，也为随州历史文化增添了亮丽的一笔。

最是家风能致远。为了传承欧阳修的好家风，随州专门修建了廉洁文物展馆，馆内建有欧阳修家风故事展区，每当我走进该展区，听着讲解员动情的讲解，欧阳修的家风故事仿佛穿过历史的长河，流淌在我的心灵深处。

后记
用文字抵达家的精神世界

亲爱的读者！我衷心希望《故事里的家风》这本散文集有幸被你翻开阅读。我们也许彼此陌生，但是通过这本文集，我们有幸相识，但愿我的文字能够带给你温暖和力量。

新书《故事里的家风》付梓，我的内心确实有些感慨。写一本书的过程就像孕育一个孩子，各种酝酿各种小心翼翼保护初心，有时新颖思路异动，都会激动而喜悦，当孩子经历十月怀胎一朝分娩与你见面时，你会突然感到所付出的一切都是那么值得、那么幸福！还是说说这本书的创作过程吧，我想，"三情"最能表达我的创作心声。

这本书付出了真情，也收获了真情。在过去 1 年的业余时间里，为了采写散文集《故事里的家风》，我一直奔忙在采访与写作的路上，挑灯夜战是经常的事，有时甚至整夜未眠，脑海里回荡的全是主人公关于家的故事、家的精神。可以说，每篇文章都凝结着自己的情愫。有的文章未曾动笔，就潸然泪下，有的文章反复修改，一定要让自己满意。

家风是个常写常新的故事，我尽量站在主人公的角度写出一个家原有的样子，所以我选择以纪实散文的手法去书写。

一路采访一路感动。越是写家风这样严肃的文章，就越不敢马虎。因为我采写的大多是别家的故事，为了还原真实性，我在每篇文章动笔写作前，首先要求自己必须与采访家庭见面，与家风故事讲述人面对面进行交流，文章写成后先送给采访人进行核实，而后反复打磨，再投给"中国作家网"，直至成功刊发再考虑收录书中。当然，写作的目的不仅是出版一本书，更多的是工作需要。我是一名纪检战线宣传干部，担负着清廉家庭的创建工作，于是我从工作中找出与文学的结合点，把采写的过程当成调研家风主题的过程，一方面深入了解了感人的家风故事，另一方面积累了做好清廉家庭工作的宝贵经验。

这本书我付出了热情，也收获了热情。回顾我从懵懂少年，到青年，再到中年的人生过程，我可以对自己的内心说，我对文学这件事是上了心的，尽管至今没有什么大的收获，但仍然坚持在传统文学写作的道路上，不为金钱名利，是单纯的热爱，也许唯有热爱可抵岁月漫长吧。记得两年前，我的新兵连老连长在经历一场大病后，想着人生不要留遗憾，该做的事就要趁早做，该见的人就要趁早见，于是病情稍微稳定后，他带着妻子驾车从河北邯郸直奔湖北随州，他说我是他想见的重要的人，他还说他十分敬重对梦想始终抱有热诚的人。连长到随州后，我做东邀请同批入伍进藏的战友与老连长聚餐，宴席上大家都轮流介绍自己退伍十多年的变化，有的谈到了经商当老板的经历，有的谈到了打工奔波持续追求人生梦想的历程。轮到我发言了，我说，要说这几年的变化，只是时间上的变化，在部队当兵时我是炊事员，白天负责做饭，晚上坚持写作，后来出了三本书；现在在纪检宣传部门工作，是白天写稿晚上做饭，后来生了两个孩子，这些都是我的"作品"，连长听后哈哈大笑，战友们也跟着笑起来。我的梦想很简单，把工作当事业，把爱好当灵魂。我想说的意思是，写文章也是会上瘾的，写了就觉得舒服，不写就觉得憋屈。能把文章写了和朋友们分享，更是一种快活。人在世间总要有所寄托，总要有件排除功利心之后还愿意去做的事，这件事最接近人的灵魂。这也正是为什么我在多次调研中发现咱们随州书店、农家书屋、社区读书角等地没有一本有关随州家风故事书后会产生焦虑感，于是在调研中我就对随行的领导说，我会在一年内完成一本咱们随州本土的家风故事集。大话一说，便无退路，于是我开启了长达一年的家风故事采访之旅。对于出书本身而言，这是极庄严神圣的事情，古人说"文字通神"，文章更是众神之神。我希望我的文章能够给读者带来精神上的享受、思想上的启发、智慧上的提升，至少让读者觉得读后没有浪费时间。这对于我而言，就已是莫大的安慰了。

这本书我付出了深情，也收获了深情。我是随州人，随州这片土地对我有养育之恩，随州更是我的精神家园。我写我家，我写我情，这当然是一名写作者义不容辞的责任。现在，这本书交给了对家风故事主题有宝贵经验的中国文史出版社出版，我觉得是我写作的一个阶段总结，就像丰收的庄稼告别土地收入粮仓，以后还会入锅做成馒头或者蛋糕。作为写作者，只是安心享受他耕种时的愉快。希望读者像享受美食那样享受文章，不必在意谁是作者。此刻，我想感谢的人有很多。感谢父母、亲人一直在身边，让不惑之年的我依然享受家人的宠爱；感谢爱人一直一如既往地包容我、爱护我，支持我的文学梦；感谢孩子的乐观积极，总是带给我惊喜和感动；感谢我的领导们、同事们、朋友们，尤其要感谢联系采访的市纪委监委、市委文明办、市妇联的同志们，在我需要的时候给予我的帮助和鼓励；感谢因文字相识的文友们，让我的生活变得色彩斑斓；最后，要感谢生活，感谢接受我采访的朋友们。所遇都是命中注定，我倍感珍惜。

愿所得皆是所愿，一切安好！